第33回
鮎川哲也賞
受賞作

帆船軍艦の殺人

岡本好貴
Yoshiki Okamoto

Impossible Crimes on The Halber

東京創元社

目次

受賞の言葉

岡本好貴

この度は鮎川哲也賞という栄えある賞をいただき誠にありがとうございます。受賞を知った地元の友達からは「センセェ！　センセェ！」とひたすら連呼され、揶揄（やゆ）されるようになりましたが、子供の頃の私は読書にまったく興味を持たないゲームっ子でした。

ようやく小説に手が伸びたのは二十歳を過ぎてからで、読書を始めた理由もコミカライズされた漫画が近所の書店で売っておらず、仕方なく原作を買ったというかなり後ろ向きなものでした。しかしそこから小説の面白さに気づき、文字の世界にどっぷりと浸かるようになりました。

特に没入したのが海外ミステリ、それも本格黄金時代の作品でした。思い返せば私が本に夢中になったのは現実逃避をしたかったからです。だからここではない場所、今でない時代に強く惹かれるのは必然だった気がします。おかげで私が書く小説も過去の海外を舞台にした話ばかりです。しかしこれが自分の持ち味だと思って執筆を続けたいと存じます。

最後になりましたが、選考委員の先生方並びに東京創元社の皆さまに厚く御礼申し上げます。受賞作分も合わせて五回の選評を胸に刻み、自分だけの物語を紡いでいきます。

主な登場人物

●ハルバート号の乗組員

デイビット・グレアム……ハルバート号の艦長
フランシス・マーレイ……副長。一等海尉
ロビン・ロイデン……二等海尉
ジョン・コフラン……三等海尉
ロバート・ジャーヴィス……四等海尉
リチャード・ヴァーノン……五等海尉
ケネス・フッド……掌帆長（しょうはんちょう）
アーサー・レストック……軍医
ヘンリー・ファルコナー……船大工長
ウィリアム・パーカー……主計長
マンゴ・ハーデン……掌砲長（しょうほうちょう）
アルフレッド・マイヤー……先任衛兵伍長
エリック・ホーランド……水兵
ニッパー・ホイスル……水兵
ガリー・ウォルドン……水兵

マンディ……水兵。食卓長
ガイ……スコットランド人水兵
コグ……黒人水兵
ラムジー……インド人水兵
チョウ……中国人水兵
ジャック……少年水兵

●強制徴募された人間
ネビル・ボート……靴職人
ジョージ・ブラック……靴職人。ネビルの友人
ガブリエル・スマイルズ……牧場主の息子
ヒュー・ブレイク……ガブリエルの腰巾着(こしぎんちゃく)
フレディ・チャック……ガブリエルの腰巾着
ウィリー・ポジャック……雑貨屋の息子

マストを支える索具

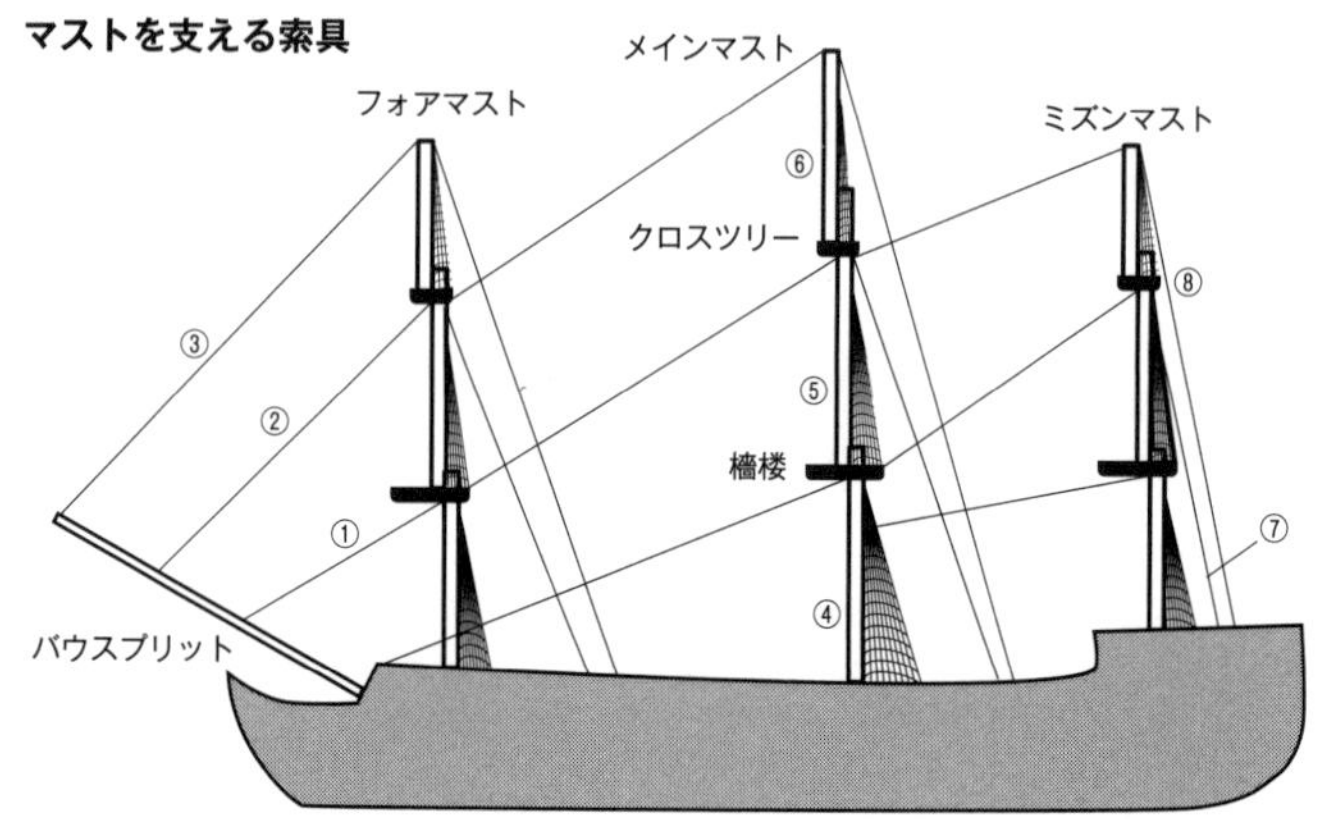

①ステイ　②トップステイ　③トゲルンステイ　④シュラウド　⑤トップシュラウド
⑥トゲルンシュラウド　⑦トップバックステイ　⑧トゲルンバックステイ

帆とヤードの名称

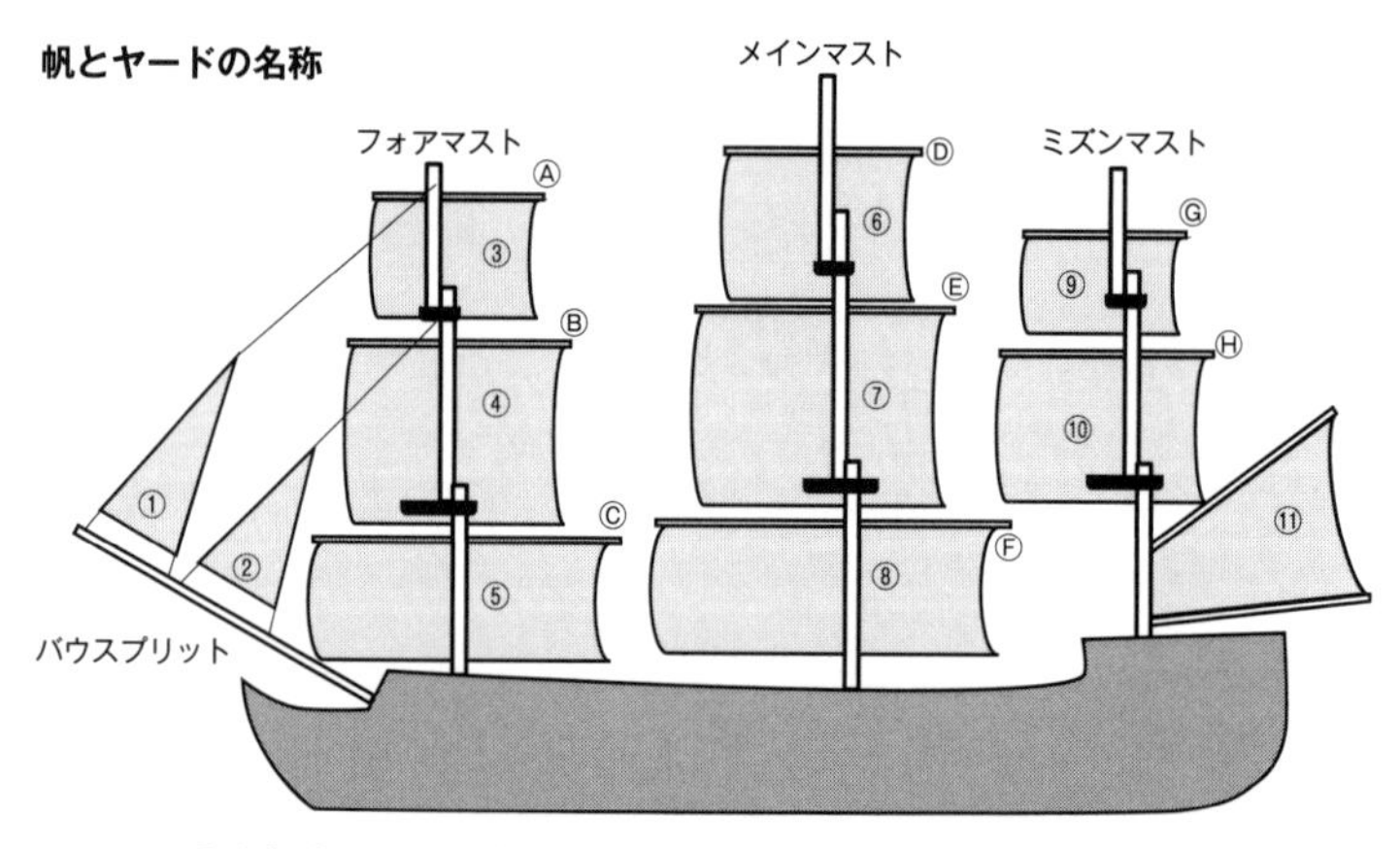

①ジブ　②フォアトップマストステイル　③フォアトゲルンスル　④フォアトップスル
⑤フォアコース　⑥メイントゲルンスル　⑦メイントップスル　⑧メインコース
⑨ミズントゲルンスル　⑩ミズントップスル　⑪スパンカー

Ⓐフォアトゲンスルヤード　Ⓑフォアトップスルヤード　Ⓒフォアコースヤード
Ⓓメイントゲンスルヤード　Ⓔメイントップスルヤード　Ⓕメインコースヤード
Ⓖミズントゲンスルヤード　Ⓗミズントップスルヤード

帆船軍艦の殺人

第一章　始まる地獄

その日のサウサンプトンの海は赤子（あかご）の寝息のように穏やかで、薄雲のベールを突き抜けた陽光が海面を宝石のように輝かせていた。絶好の漁猟日和（びより）である。

しかし沿岸には、漁船は一艘も存在しなかった。漁師たちはみな教会の地下室に集まり、そこで身を寄せ合って隠れていた。真っ暗で息苦しくなるような空間でもう半日近く過ごしているが、文句を言う者はだれもいなかった。

漁師だけでなく、商船の船乗りたちも同じような調子であった。彼らは停泊中の船にはおらず、港の倉庫にもその姿はなく、街中の事務所からも消え失せていた。あらゆる商船会社の船乗りたちは示し合わせたように、町外れにある反王党派の主人が営む牧場に集まり、納屋（なや）や藁（わら）の中、さらには悪臭が充満している豚小屋で縮こまっていた。

今日が船を出す絶好の日和だとしても、海の男たちは嵐のまっただ中にいるようなものだった。その嵐が繰り出す荒波にさらわれれば、教会の地下や豚小屋よりも遥かに悪い場所に連れていかれるのだ。ならばどれほど窮屈であろうとも、豚の汚物にまみれようとも、嵐が去るまでその場に留まるほかない。

嵐の中心はサウサンプトンの沿岸に堂々と居座っていた。

それは一隻の帆船だった。漁船が玩具(おもちゃ)に見えるほど巨大で、その木造の船体には黒と黄の横縞(よこじま)模様がペイントされていた。甲板からは三本の大きなマストがそびえ立っており、艦尾には自らの存在を誇示するように、白地にユニオン・ジャックを縫い付けた軍艦旗がはためいている。

これが英国の帆船軍艦ハルバート号である。

船体の最も高い場所にある艦尾楼甲板(かんびろうかんぱん)で、艦長のデイビット・グレアムは望遠鏡を覗き、帰還してくる手こぎボートを見ていた。彼は望遠鏡を目から離すと深々と溜息を漏らした。

グレアムは召使いに望遠鏡を渡してから、海原のほうを向いたまま言った。

「強制徴募隊(プレス・ギャング)が戻ってきた」

「成果のほどは？」艦長の後ろに控えていた副長のフランシス・マーレイが訊ねた。

グレアムはふり返った。幾多もの時化(しけ)と炎天、そして海上のあらゆる危機によって成形されたその顔は、真顔のときでも狼のような厳(いか)めしさが宿っていた。

「ゼロだ」

マーレイは常に苦虫を嚙みつぶしたような顔をしているが、艦長の言葉を聞いてその表情が一層忌々(いまいま)しげに歪んだ。

「ただの一人も連れて帰ってこられないとは、とんだ無能どもですな」

グレアムは再び海面に目を向け、徐々に輪郭がくきやかになるボートを眺めた。

マーレイはプレス・ギャングを無能と罵(ののし)ったが、グレアムの考えは違った。だれを向かわせても結果は同じだろう。戦端が開かれて間もない頃は、港に行けば水夫を何人でも連行できた。だが、開戦から二年以上が過ぎた今、サウサンプトンのような散々痛い目に遭ってきた港町では、軍艦の姿が見えた途端に船乗りは海に出るのをやめ、大急ぎで陸地に逃げ込み、秘密の隠れ場所に閉じこもって海軍が去るのをじっと待つのであった。

「船乗りどもは隠れているのだよ」

「それならせめて陸者（おかもの）を連れてくるべきです」

「治安判事が動いているのだろう。我々が連れていける者は一応船乗りだけだからな。無関係な若者が連行されないように、今は街のすべての通りに守衛がいても驚きはせん」

「ではどうなさるので？　いつまでもここに留まっているわけにはまいりませんぞ」

　グレアムは考えを巡らせた。もちろんマーレイの言うとおりだ。本艦は一刻も早く北海を進み、バルト海の艦隊と合流しなければならないというのに、サウサンプトンでいつまでも尻を落ち着けているわけにはいかない。水夫を捕まえられないなら陸者を引っ張ってくるしかない。技量はまったく当てにならないが、今は時間を優先するか。

「スティンクよ」艦長は召使いに言った。「わしの部屋から財布を取って来てくれ」

　命じられた召使いは返事をするとすぐに踵（きびす）を返して走り去った。

「判事を買収されるので？」マーレイが言った。

「まさか。もっと安上がりな方法がある」グレアムはマーレイを見た。「荷馬車を借りてソールズベリーまで走らせる。内地ならここよりも容易に人を集められるだろう」

　フランス国王ルイ十六世の首がギロチンに刎（は）ねられた衝撃が、稲妻のようにヨーロッパを走って早二年以上の月日が経った。一七九五年、イギリスとフランスは歴史に倣（なら）うかのように干戈（かんか）を交えており、運用に膨大な人力を使う軍艦は常に乗組員を欲していた。

　一時間後、サウサンプトンから二台の馬車がソールズベリーに向けて放たれた。

「おかえりなさい、あなた」

仕事から戻ったネビル・ボートは妻のマリアから温かく迎えられた。

「ただいま」ネビルはマリアを優しく抱きしめた。

「いつもお疲れさま」

ネビルは柔らかな笑みを浮かべた。

「なに、もう一人家族が増えるんだ」彼はそっと妻の膨(ふく)らみのあるお腹に手を当てた。「仕事くらいで音(ね)を上げてはいられないよ」

ネビルはソールズベリーで生まれ育った若者だった。彼は十四歳のときから靴職人として働き始めた。それから十年、勤勉なネビルは親方の厚い信頼を得て、今ではお得意様の靴作りを任されるようになっていた。私生活では今年の一月にマリアと結婚したことで、人生が鮮やかに色づいていた。

そして今年のうちに父親になるのだ。彼はマリアの妊娠がわかったときから、その祝福された日が来るのを心待ちにしていた。

居間では、ネビルの父のサイモンと義父のマーカスがバックギャモンに熱中していた。

サイモンは馬車大工一筋三十五年の男で、十六人の職人を率いる親方だ。ところが先週、事務所に新しい絵を飾ろうとしたところ、踏み台に使っていた椅子が壊れ、腰を打ちつけそのまま休養を余儀(よぎ)なくされた。幸いサイモンはネビルと同じ家で暮らしていたため、息子夫婦のおかげでなんとか滞(とどこお)りなく生活を送ることができた。

マーカスは一昨年(おととし)まで肉屋を営んでいたが、現在は長男夫婦に店を任せて引退した身であった。彼は隠居生活を長く待ち望んでいたが、実際に職から離れると暇を持て余すようになった。おまけに家にいると妻の小言がことあるごとに飛んでくるので、マーカスは一日の多くを街中で過ごした。サイモンが怪我をしたと聞いたときには暇つぶし相手ができたと思ったらしく、二人してボードゲームに没頭するのが日課となった。

マーカスは「うーん」と唸りながら腕を上げ、丸っこい身体を伸ばした。ネビルの帰宅は二人の間ではお開きの合図となっていた。

「さて、ネビルくんが帰ってきたことだし、わしもそろそろ帰るか」義父はでっぷりとした尻を上げながら言った。

「一人で大丈夫ですか？　雨が降ってますよ」ネビルが言った。

義父は眉間に皺を寄せた。

「なんと、雨だと？　気づかなかったよ。昼間はいい天気だったというのに」

ネビルは明るい声で言った。

「よかったら送っていきましょうか？　ぬかるんで足元が悪くなっているでしょうし」

「いやいや、きみは帰ってきたばかりなんだ。迷惑をかけるわけにはいかん」

「かまいませんよ。食事ができるまでまだ時間があるみたいですし、ぼくとしては家にいて腰の悪いじいさんにアレをしろコレをしろと指図されるよりは、雨の中に出ていくほうがずっといいですから」

「こいつめ！」サイモンは握り拳を振り上げたがその顔は笑っていた。

「そこまで言うなら厚意に甘えるとしようかの」

ネビルはマリアがいる台所に顔を出した。

「マリア、お義父さんを家まで送ってくるよ」

「あら、そう」彼女はスープをかき混ぜる手を止めて言った。「今日はあなたの好きなローストポークだから、料理が冷めないうちに帰ってきてね」

「ああ。それじゃあ行ってくるよ」

あいにくの天気にもかかわらずソールズベリーの街中は賑(にぎ)わっていた。一日の疲れをビールで洗い流してやれと、多くの労働者たちが酒場に足を運んでいる。

マーカスは酒場の窓から漏れる明かりを見て、ごくりと喉を鳴らした。

「ネビルくん、きみはここまででいいよ。わしは猛烈に一杯やりたい気分になってきた」

「大丈夫ですか？　帰りが遅くなりますよ？」

「なあに、家に戻っても迎えてくれるのはガミガミばあさん一人だけだ。むしろ帰りが遅くなったほうが小言を聞く時間が短くなってよいわい」

マーカスは窺うようにネビルを見た。

「よかったらネビルくんもどうだね？　ここまで送ってもらったお礼に一杯奢るよ」

ここで義父に付き合えばおそらく夕食に遅れるだろうが、ネビルも左党なのでこの提案はじつに魅力的だった。

「喜んでお付き合いしますよ」

二人は酒場の入り口をくぐり、ドアに取り付けられたカウベルが歓迎の音を鳴らした。

酒場は盛況だった。カウンターはすべて埋まっており、きれいに空いているテーブルは一つもなかった。白い毛糸帽子を被った客が一人だけ座っているテーブル席があったので、ネビルたちはそこに座ることにした。白い帽子の客は背を向けていたが、ネビルはその人物に心当たりがあった。

く知る人物だった。

「やっぱり」席に近づいたとき、ネビルはぽつりと言った。案の定、毛糸帽子の客はネビルがよく知る人物だった。

「やあ、ジョージ」

ジョージと呼ばれた男はジョッキから顔を上げた。ネビルの姿を認めると「おおっ！」と驚きの声を上げ、顔に笑みを広げた。

「ネビルじゃないか。どうした？　家に帰ったんじゃないのか？」

彼はジョージ・ブラック。ネビルと同じ靴屋で働く職人だ。ネビルより十二歳も年上だったが、今の仕事に就いたのは遅く、靴職人の経歴はネビルよりも三年長いだけだった。それでも職場では堅実な仕事で親方からの信頼を勝ち得ており、同僚には打ち解けた振る舞いをするので、年が離れていてもネビルとは友人のような関係であった。

ジョージの顔は酒によって赤く染め上げられていた。おそらく彼は仕事が終わってからずっとここにいたのだろう。

「義父を家に送っている途中なんだよ」ネビルは席に座りながら言った。「お義父さん、この人はジョージ・ブラックさん、おなじ靴屋で働いているんだ」

マーカスはジョージと挨拶をすると、店員を呼んで代金を渡しながらエールを二つ注文した。きめ細やかな泡を冠のように被った木のジョッキがやってくると、三人は乾杯をしてぐびりと黄金色の液体を喉に流し込んだ。

エールが胃に流れ込むにつれて、ネビルは身体中のこりがほぐれるような感覚を味わった。ジョッキから離れた口は自然と緩み、笑みが浮かんだ。これだから仕事のあとの酒はやめられない。

その後、ネビルはポケットに入れていた硬貨でもう一杯エールを注文した。一杯が二杯になったことで帰りがさらに遅れるが、酔いで気がほぐれたネビルは帰る時間など大して重視しなくなっていた。酒場に長居して帰りが遅くなるのはこれまでも何度もあった。マリアはあまりいい顔をしなかったが、その選択が深刻な結果を引き起こすことは今までなかったのだし、今回もかまわないだろう。たるんだ思考でそう考えた。

だが、今回は深刻な結果を引き起こした。

ネビルが二杯目に口をつけていると、出入り口のカウベルが激しく鳴った。出入り口に目をやると、ここらでは見たこともない恰好の男たちがぞろぞろと入ってきた。数は十二人。彼らの大半は、チェックのシャツ、濃紺のジャケット、白い厚手のズボンを着て、首に赤いスカーフを巻いているという出で立ちだ。また半分以上の人間が、後ろ髪を長く伸ばして弁髪(べんぱつ)にまとめていた。だれも彼もすさんだ表情を浮かべている。

その中に一人だけ異なる恰好をした者がいた。三角帽を被り、ジャケットも丈が長く真鍮(しんちゅう)のボタンが輝いている。下は白の半ズボンと白いタイツを穿いていた。

「すいません。もう席がいっぱいなんですよ」店主が顔色を窺うように言った。

紺のジャケットの男たちは、店主の言葉を無視して店内を進んでいく。

「あの……」店主が再び口を開いたが、それは三角帽の男が発した言葉にかき消された。

「悪いが、おれたちは酒を飲みに来たんじゃないんだ。ところで店主、ちょっとばかり店を閉めてくれないか？　なあに、すぐに終わるさ」

それまでジョージは出入り口に背を向けて座っていたが、不穏な空気を察してふり返った。

ネビルはジョージの横顔を見て驚いた。彼は濃紺のジャケットの男たちを視界に収めた途端、目を剝いて凍りついたのだ。酒で火照(ほて)った顔色はあっという間に蒼白になった。

ネビルは驚きと困惑で頭が混乱した。いったいジョージはどうしたのだ？　まるで真冬の湖に落ちたかのように真っ青になって震えている。濃紺のジャケットの男たちがなぜこれほどジョージを怖がらせているのだ？

「我々は国王陛下の戦列艦ハルバート号から遣わされた者だ！」三角帽の男ががなった。「ハルバート号では現在水兵を集めている。これよりここにいる者たちが水兵に適任かどうか評価する。選ばれた者は速やかに表に停めてある馬車に乗り込むこと。これは命令で、おまえたちに拒否権はない！」

　あまりの唐突さに、酒場にいる者たちは唖然とした。だがやがて、あちこちから抗議の声が上がった。客たちは一体となって野次を飛ばし、ハルバート号の使いを追い返そうとしたが、彼らはその場から微動だにしなかった。

「ネビル、逃げるぞ」罵声に紛れてジョージが囁いた。「あいつらはプレス・ギャングだ。船乗りたちを捕まえては無理矢理戦艦に連れていく海軍の部隊だ。船乗りには悪魔の使いのように恐れられている」

「ぼくたちは船乗りじゃないよ」ネビルは椅子の上で尻を動かしながら言った。

「プレス・ギャングは人手の集まりが悪いときには船乗り以外の人間も連行していくんだよ。こんな内地に来ているということは、若くて健康な男ならえり好みはしないってことだ。やつらに捕まると家に帰れなくなるぞ」

　口早に言ってジョージは中腰になったが、ガタイのいい水兵がやってきてその肩を押さえた。

「おっと、困るね。勝手に動かれちゃ」

「や、やめてくれ。おれは目が悪いんだ。あんたらの役には立てない」

「そうは思わんがな。おまえ、おれたちを見て顔色を変えたろ。ちゃんと見てたぞ」

ジョージは無理矢理椅子に押し戻された。彼は額に汗を浮かべて震え始めた。

その様子を見たネビルは酔いがあっという間に醒め、不安が心を蚕食していった。最初はこの騒動を寸劇のように眺めていたが、ようやく自分は観客席ではなく舞台の上にいるのだと気づいた。ネビルは不安げに義父を見ると、彼もネビルと同じくらい先行きに恐れを抱いているようだった。

「奥の席から一人ずつ出入り口に向かえ！　そこで我々の仲間にふさわしいかどうか判断する。適任と判断された者は馬車に乗り込め。それ以外の者はそのまま帰ってよい」

「ふざけるな！」店の奥からひときわ大きな怒鳴り声が響いた。

声の主は肩を怒らせながら三角帽の男に近づいていった。ネビルもよく知る人物だった。

砂色の髪を持ち、ひょろりとした上背のある男は、ガブリエル・スマイルズだ。ネビルと同い年で同じ日曜学校に通った仲だった。だが、ネビルはガブリエルを極力避けていた。彼は学校にいたときから自分勝手で乱暴者だった。学友から気に入らないことを言われるとすぐに手を上げていた。そのたびに先生に木の棒でぴしゃりと手を叩かれていたのだが、暴力癖はついぞ直ることはなかった。今は親が営む牧場で働いているが、そこでヒュー・ブレイクとフレディ・チャックという手下を作って、他の労働者相手にいばり散らしたり、病気で資産価値のなくなった家畜を虐待したりと悪い評判ばかり聞こえてきた。

ガブリエルは職場の腰巾着たちと一緒に飲んでいたようで、彼のあとには猪首のヒューと、キツネのようにずる賢そうな顔つきのフレディが続いていた。ただしこの二人はガブリエルのように気炎を上げてはおらず、どちらかと言えば及び腰であった。

ガブリエルは三角帽の男の前に立つと相手の胸に指を突きつけた。

「いきなりやってきて勝手なことをぬかすな！」

ガブリエルは相手よりも頭一つ分背が高かったが、三角帽の男は見下ろされてもまったくたじろぐ様子はなかった。それどころかガブリエルの手を振り払うと、続けざまに顎に拳を叩き込んで彼を昏倒させた。

この出来事に酒場中の抗議の声がぴたりとやんだ。三角帽の男はジャケットの内側に手を伸ばすと、ズボンに差してあったピストルを取り出し、これ見よがしに掲げて見せた。撃鉄を起こすと冷たい音が静まりかえった酒場に響き、客たちははっと息を飲んだ。

「このバカを連れていけ！」三角帽の男は鋭く命じた。

彼の仲間がガブリエルを引きずって出ていくなか、三角帽の男は酒場を見回しながら恫喝した。

「反抗的な態度を取れば、我々が面倒臭がって見逃すと思ったら大間違いだ！　むしろそんな連中は必ず艦に乗せる。本来水夫には不適性だと思えるやつでも絶対に乗艦させてやる。いいな！」

この威圧とピストルの存在が酒場の客たちを従順な羊の群れに変えた。客は出入り口に向かって列を成し、ドアの前で一人ずつ吟味された。言葉は必要なかった。出入り口付近の水兵たちは、若くて健康な男であれば腕ずくで馬車に乗せていった。ヒューとフレディもガブリエルのあとを追うこととなった。ジョージも馬車に乗るように言われた。彼は「勘弁してくれ、勘弁してくれ」と涙ながらに訴えたが、水兵たちに両脇を抱えられ無理矢理馬車にねじ込まれることになった。年老いたマーカスは一瞬で徴募を免除されたが、ネビルは捕まった。

「よし、おまえは馬車に乗れ！」

事態についていけず呆然とするネビルの腕を水兵がぐいっと引っ張った。マーカスがその水兵の手をすがるように摑んだ。

「彼はうちの娘婿なんです。もうすぐ子供が産まれるんですよ。二人のことを思うと、こんなのはあんまりです。勘弁してやってください」

義父は必死に懇願したが、それに対する水兵の回答は「黙れ！」と怒鳴って腹に棍棒を打ち込むことだった。

強烈な一撃にマーカスは絞り出すような声を上げてその場にうずくまった。義父への暴力を見て、ネビルの頭にどっと血が流れ込んだ。

ネビルは手をふりほどき、卑劣な水兵の顔を殴りつけた。水兵はよろめいたものの、すぐに怒気に染まった目でネビルを睨み、棍棒をこめかみに叩き込んだ。

ネビルの身体はゴムのようにぐにゃりと曲がり、地面に倒れた。激しい痛みが彼の意識を遙か彼方へと連れ去っていった。完全に意識を失う前にネビルが聞いたのは「このバカをさっさと馬車に乗せろ」という言葉であった。


どれくらい気を失っていたのかわからない。ネビルの意識は、双葉が地面を押しのけて顔を出すようにゆっくりと暗闇から抜け出てきた。

ひどく気分が悪く、目を開けるのも辛い。痛みは未だ(いま)に残っており、殴られた箇所に釘が打ち込まれているかのようだった。あまりの苦痛に全身が揺れているように感じたが、すぐにそれが錯覚でなく、実際に揺れているのだとわかった。甦(よみがえ)った聴覚が、木が物悲しく軋(きし)む音と、何かが力強く水に叩きつけられる音を捉えた。

いったい何が起こっているのかと思い、ネビルは重いまぶたを上げた。彼の目に飛び込んできたのは紺色の海だった。ネビルは連行された他の人々と一緒にロングボートの上にいた。ボートの両舷(げん)で十人の水兵たちが並んで櫂(かい)をこぎ、十四人の憐(あわ)れな囚人たちは後ろのほうに、積み荷のように押し込められていた。隣にも同じくらいの人間を乗せたロングボートが併走しており、そちらにはジョージとガブリエルたちの姿があった。

「やっとお目覚めか」ボートの一番後ろで舵(かじ)を取っている水兵が言った。「あんまり長いこと目を覚まさないから死んでいるのかと思ったぜ」

太陽が既に昇り、青々とした空が広がっている。いったい何時間気を失っていたのだろうか。もうすっかり夜が明けていた。ネビルの頭に、台所に立っていたマリアの姿が突如浮かんだ。彼は同乗者を押しのけて膝立ちになると舵取りをしている水兵に言った。

「ぼくを帰してくれ。妻が家で待っているんだ！」

水兵の顔には寸毫(すんごう)の同情も表れなかった。

「そんなに帰りたきゃ、泳いで帰りな」

ネビルの視線の先にはサウサンプトンの街があった。ボートはすでに岸からかなり離れており、建物はどれも豆粒のように小さくなっていた。おまけに彼は生まれてこの方泳いだことがなかった。ネビルがこのボートから泳いで岸にたどり着くのは、月に行くくらい不可能なことだ。

家にいるマリアのことを思うと、ネビルの目に涙が溢れてきた。

「なら、いつ帰してもらえるんだ？　あんたらの用が済んだら帰してもらえるのか？」

「そんなのおれが知るか。そういうのは全部上が決めることだよ。この日のうちにサヨナラなんてありゃしねえ。ひょっとしたら年老いて満足に働けなくなるまで艦の上かもな」

ネビルは海に落とされたかのような衝撃を受けた。

「ぼくたちはよぼよぼになるまで帰れないっていうのか?」

「かもな。まあ腕か脚がなくなればそこで降ろされるがな」

ネビルは歯を食いしばって俯いた。苦悶の念が腹の中でのたうち回った。

「こんな馬鹿な話があるか!」

舵取りは肩をすくめた。

「不運だったと思って諦めるんだな。それと親切で言ってやるが」水兵は視線を上げた。「その艦の上ではそんな態度を取るんじゃないぞ。さもないとひどい目に遭うからな」

ネビルは水兵の視線を追ってふり返った。巨大な船が景色を遮っていた。

ネビルは初めて見る軍艦の威容に圧倒された。海面から顔を出している部分だけでも二階建ての家ほどの高さがあり、船首から船尾までは五十五ヤード(約五十メートル)はあった。立派な屋敷くらいの大きさである。

ボートは艦の側面に近づいた。舷側には、梯子と階段が混じったような昇降路があった。それは梯子のように木板の両脇にロープが通っているのだが、木板は舷側に打ち込まれて階段のステップのように固定されていた。

ボートの船首に立っていた水兵は鉤ざおを拾い上げると、ステップを連ねるロープに先を引っかけ、ボートをステップのすぐ近くまで引き寄せた。それから彼は、囚人たちにそこから艦に上がれと命じた。だが未知の世界を前にして、従順に動く者はだれ一人としていなかった。

「早く上らんか! 一番近くのおまえからいけ!」

艇長が棍棒を手にして吠えたことで、ステップの目の前にいた男が上り始めた。彼の動きはぎこちなく、上る速さは亀の歩みの如しであった。

「他の者もさっさと行け！」

　こうして囚われた人々は続々と甲板を目指していった。ネビルの番が回ってきた。上りたくはなかったが進むしかなかった。帰り道はもうどこにもない。ロープを握り、ステップを一段一段踏みしめていったが、波しぶきを浴びて滑りやすくなっているためどうしても慎重に上らざるを得なかった。

　ネビルは船縁を越えて甲板にそろりと足を付けた。甲板は屋根がないというのに開放感がなかった。その理由はマストだ。マストは艦の前部に一本、中央やや後ろよりに一本、艦尾楼甲板に一本あった。この三本のマストは教会の尖塔（せんとう）を彷彿（ほうふつ）とさせるほど高く、船体からはみ出るほど長い帆桁（ヤード）が一つのマストにつき三本ずつ水平に取り付けられている。さらにマストとヤードからは天幕を支える骨組みのように索が伸び、それが鳥かごの格子のように宙を横切っていた。

　不意にネビルは自分が別世界に来たことを実感した。乗った。乗ってしまった。ネビルは絶望に駆られて陸地のほうに目をやった。慣れ親しんだ大地はヴァルハラよりも遠い存在となり、固い家族との絆（きずな）はギロチンにかけられたかのように寸断された。

　ネビルが船縁に手をついてうなだれていると、甲高く耳に障る声が飛んできた。

「新人（おかもの）ども、注目！」

　連行された人々は反射的に声のほうを見た。艦尾楼甲板から部下を引き連れ、不機嫌そうな顔で階段を降りて来る者がいた。彼は新参者たちの前に立つと、じろりと一通り見回してから口を開いた。

「わたしはハルバート号の副長のフランシス・マーレイである。まずはおめでとうと言っておこうか。おまえたちはこの瞬間から国王陛下のために、世界の海を駆けながら戦うという誉（ほま）れ高き役目を得たのだからな。その名誉にふさわしい働きを期待する」

嫌な男だとネビルは思った。目つきや言葉の調子から、マーレイは連行された人々を不良品であるかのように蔑視しているのが見てとれた。他の者もマーレイに敵愾心を抱いたらしく、不満げに副長を睨みつけた。

「おまえたちがソールズベリーから連れてこられたことは知っている。今まで船に乗ったことすらない新米ばかりだろう。このあと艦長が、全乗組員に向けて今後の行動を説明される。それから本艦は抜錨をする。つまりおまえたちにも仕事に従事してもらうこととなる。だから今のうちに戦艦のイロハについて教えてやろう。航行中にカカシのように突っ立っていてもらっては困るからな。一度しか話さないからよく聞いておけ」

副長は話し始めたが、その態度はつまらない仕事を仕方なくこなすかのようだった。

「まずはおまえたちが生活するハルバート号について説明してやる。ハルバート号は戦列艦、簡単に言えば多くの大砲を備えて海戦では主戦力となる艦である」

艦隊で戦う際に戦艦が一列になる戦陣を構成するので戦列艦という名前なのだが、マーレイはわざわざ言わなかった。連れてこられたばかりの陸者に名前の由来を教えるなど無意味だ。代わりにマーレイはハルバート号の構造を簡潔に伝えた。

「おまえたちが今いる雨に打たれる甲板は露天甲板という。そして露天甲板の下には五つの階層が存在する。一番上が上砲列甲板だ。露天甲板はメインマストの前の部分には床板がないため、上砲列甲板が艦内への雨水の流入を防ぐ役割を担う。上砲列甲板の下は中甲板、さらにその下が下甲板だ。おまえたちはこの二つの階層で寝食をすることになる。下甲板の下は主に倉庫が並ぶ最下甲板である。そして一番下にあるのが飲食料や、燃料などを保管してある船倉だ」

マーレイは言葉を切り、目の前の男たちを観察した。彼らの表情からして艦内の構造を把握した者は皆無だ。だが副長は気にしなかった。どうせここで暮らすようになれば理解できることだ。重要なのはこれ以降の話だ。

「次に仕事内容だ。貴様らは下級水兵（ランズマン）として本艦の乗組員に登録される。水兵の最も基本的な仕事は操帆（そうはん）だ」

マーレイはマストを見上げた。

「停泊している今は帆は完全に畳（たた）まれているが、航行中は風を捉えるため常に帆を張る必要がある。だが帆を張って終わりではない。我々は風の気まぐれに付き合わなければならん。風は常に帆の後ろから艦を押すように吹きはせん。横から吹くこともあれば、当然艦の真正面から来ることもある。だが、どの方角から風が吹きつけても、ヤードを回して帆を正しく傾ければ帆船は先に進むことができる。

それに風の強さも考慮しなければならん。帆船は帆に風を孕（はら）ませて進むが、颶風（ぐふう）はマストをへし折る海上の悪魔だ。風が強くなってきたら縮帆（しゅくはん）して帆の面積を狭め、マストを保護する必要がある。そして風が弱まれば展帆（てんぱん）して再び帆を風でいっぱいにしてやらなければならん。マストを上り、ヤードを渡って帆を畳んだり広げたりするのも水兵の役目だ」

ネビルは信じられない思いでマストを見上げた。あんな高いところに上れというのか？　何かの間違いで落ちたらひとたまりもないではないか。ネビルは腹の奥がねじれるような感覚に襲われ気分が悪くなった。

ネビル以外にも高所での作業を不安に思った者は大勢いた。彼らはマストを見上げ、居心地が悪そうに身をよじった。

「動くな！　話はまだ終わっておらん！」マーレイが吠えた。「新人が最初から滑るようにヤードの端まで行くことは期待していない。最初は甲板で経験を積んでもらう。マストに上るのは訓練を経てからだ。訓練は全員に受けてもらう。甲板にへばりついているだけの人間を乗せておくなら、床磨き女でも雇っているわ」

マストに上る。そして上ったマストから転落する己の姿を想像し、新人たちは暗澹たる表情を浮かべた。

「さて、話を戻そう。操帆がおまえたちの大事な仕事というのはわかっただろう。何をどうすればいいかわからないという心配はしなくていい。おまえたちは当直の間は指定された場所に就き、上官から命令が下れば言われたとおりに動いて索具を操るのだ。いわばおまえたちは上官の手足となって働くわけだ。

他にも掃除、運搬、武器や艦の手入れ、さまざまな雑務が水兵の仕事だ。たとえ当直外でも、上官から命令されれば速やかに言いつけられた仕事を遂行しろ。この艦はおまえたちの都合に合わせて動いていないのでな」

マーレイは次に艦の一日のスケジュールについて話し始めた。

「水兵は第一班、第二班という二つのグループに分かれて、四時間ごとに交替しながら当直に就いている。第一班が零時から四時まで働いたあとは第二班が四時から八時まで働く、あとは八時から十二時、十二時から十六時と同じように交替していくが、十六時から二十時だけは違う。この時間帯は折半直といって二時間おきの交替となる。十六時から十八時が第一折半直、十八時から二十時までが第二折半直だ。ふん、なぜこの時間帯だけ二時間ずつの当直になるのかと不思議そうにしておるな。理由は単純、夕食を夕刻に食べられるようにするためだ。二十時以降、非番の者は就寝することになる。だから十六時から二十時の間に全員が夕食をとれるようにこのような時間割になっている。

艦の時刻は船鐘で知らせるが、陸の時計塔の鐘と一緒にするな。船鐘は三点鐘が鳴ったから三時という単純なものではない。船鐘は当直交替の合図のために、三十分ごとに鳴らしている。当直が始まって三十分が過ぎたら一点鐘を鳴らし、一時間が過ぎたら二点鐘を鳴らす。その後も三十分が過ぎるごとに一回ずつ鐘の音が増えていき、八点鐘が鳴れば四時間が経過したということになる。だから非番の者は八点鐘が聞こえたらすぐに持ち場に向かうのだ。仕事に関しては以上だ。わかったな?」

新米たちは返事もせずに憮然としていた。この態度にマーレイが怒鳴った。

「わかったかと聞いてるんだバカどもが! それともおまえらは言葉もわからん畜生どもか? 了解したときはキビキビと答えるのだ。アイ・アイ・サーとな! もう一度聞く。わかったか?」

干からびた瓜のようにスカスカのアイ・アイ・サーという言葉があちこちから漏れた。

「声が小さい! それと了解の返事をするときは背筋を伸ばして敬礼をしろ! 敬礼は手のひらを自分のほうに向けるか握り拳を作ってからやれ。手のひらを上官に見せないのが海軍式の敬礼だ!」

今度は先ほどよりも大きな返事となったが副長は満足しなかったようだ。

「掌帆手!」

マーレイが大声で言うと艦の前部のほうから、顔の下半分に濃い髭をまとわりつかせた男が走ってきた。彼は副長の隣に駆け寄ると敬礼をした。

「そこの羊のようなくせ毛頭にネコを入れてやれ」副長は掌帆手に命じた。「やつには自分が英国海軍の一員となった自覚がまだないようだ」

羊のようなくせ毛頭とはネビルのことだった。彼の鳶(とび)色の髪は幼いころから膨らみを帯びており、学校ではよく周りの子供たちに羊頭と言われからかわれていた。

ネビルは自分が呼ばれたことで一瞬身体を硬くしたが、同時にネコを入れるとはなんだと訝(いぶか)った。

答えはすぐにわかることになった。掌帆手は「アイ・アイ・サー」と応じるとポケットから短いロープを取り出した。それから慣れた様子でネビルから四フィート(約一・二メートル)ほど離れたところに立つと、腕を振り上げてネビルの背中にロープを叩きつけた。

服の上からであったが、それでも無数の針が食い込んだかのような痛みが走った。ネビルは叫び声を上げてその場にうずくまった。

ネコというのは艦で振るわれる鞭(むち)の通称であった。この鞭は短いロープの先をほぐし、九つの細い房に編み直して作られる。細い房がネコの尻尾のように見えるため、この鞭は〝九尾のネコ〟と呼ばれていた。

副長はネビルには目もくれず、啞然としている他の新米たちを睨みつけながら言った。

「これでわかったな。仕事で手を抜く者、上官に対して不敬な態度をとる者、のろまな者、そういった連中はここでは鞭で打たれてしかるべきだ。痛い目を見たくなければ、上官に従い、己の仕事に全力を尽くせ!　そして命令を無視した際には命はないと思え!」

ネビルは息を整えながらゆっくり立ち上がった。彼以外にも適当な返事をした者が何人もいたが、見せしめとしてネビルだけ鞭で打たれることになった。鞭打ちの効果はてきめんだった。緊張と恐怖が新米たちの肌をひりつかせ、背筋を伸ばさせた。

「次は貴様らの当直と戦闘部署を言い渡す。そこにいる……」と言ってマーレイはメインマストの前に机を設置している男を指差した。「バーク士官候補生が貴様らに書類を渡す。その書類に当直と戦闘の部署が書かれている。当直になったら記入されたところに向かえ。書類をもらう前には名前と住所、それと以前の職業を伝えるように」

新米たちはバーク士官候補生の前に列を作った。バークは手早く新米たちを処理していった。名簿に新入りの名前と住所、陸にいたときの職業を記入すると、書類に名前を書いて渡した。

ネビルは未だに鞭に打たれた痛みとショックで混乱した状態で書類を手にした。彼の当直は右舷後甲板の第一班だった。そして戦闘部署は右舷下甲板第三砲隊とあった。明文化された自分の立場をまざまざと見せられたことで、ネビルは本当に自分が取り返しのつかない状況に陥ったことを痛感した。この書類は水兵になったという徽章なのだ。

「次は下の中央ハッチに行ってくれ。そこで水兵の服が支給される」

メインマストの前はマーレイが先ほど言ったように、両舷に通路と呼べるくらいの幅の床と、下の階の梁を残して甲板が切り取られた形になっていた。梁の上には四艇のボートが載せられており、このスペースはボート置き場として利用されているのが明瞭だった。メインマストと並べられたボートの間には、下の甲板に向かう階段が伸びている。ネビルは言われるがままにその階段を使って中央ハッチに向かった。命じられる一つ一つの言葉は濁流であった。抗う術はなく、身を任せるしかない。

中央ハッチの前では主計手が制服の入った麻袋を渡していた。袋を渡すとき、主計手は一人一人に次のように声をかけた。

「すぐに制服に着替えるように。今着ている服は麻袋に入れてくれ。袋は自分で管理しろ。手荷物があればその袋の中に一緒に入れておくように」

麻袋の中には丈の短い濃紺のジャケットと、白地に黒のチェック柄のシャツに赤いネックスカーフ、それと帆布地(はんぷじ)の厚手の白いズボンが入っていた。

ネビルはぼんやりと袋の中身を覗いた。ほかの新米たちはしぶしぶながらも着替えているというのに、ネビルは袋の中を見つめたまま立ちすくんでいるだけだった。

服は社会的立場を示す。貴族はシルクのストッキング、農民はスモック、神父はカソック、そして軍人は軍服という具合に。これを着たら、おれは本当に水兵になってしまうぞ。靴職人のネビル・ボートとはおさらばすることになっちまう。これまでの人生と、マリアとの生活と決別することになるぞ。

ネビルが絶望に沈んでいると、ジョージが近づいてきた。

「ネビル、さっさと着替えないとまた鞭で打たれるぞ」

彼はもう水兵の服に着替えていた。酒場で水兵を目にしたときの取り乱した雰囲気は消え去っていた。ジョージはすでに諦観(ていかん)し、水面に浮かぶ葉のように、今後の展望を自分以外のすべてに任せているように見えた。

「ぼくはもう死にたい」ネビルはぽつりと言った。

「そんなことを言うな。死ねばそこで終わりだ。生きていればいつかは必ず陸に戻れる」

「いつかじゃなくて今戻りたいよ。マリアはあと二ヶ月ちょっとで出産するのに」

ジョージは励ますようにネビルの肩に手を置いた。

「なら、なおさら死ねないじゃないか。おまえは実の子に父親の顔も見せずに死んでしまうのか？」

空っぽだったネビルに新しい気力が吹き込まれた。ネビルはマリアとの離別ばかり考えていたが、ここで簡単に命を投げ出しては、これから産まれてくる子供に父のいない人生を送らせてしまう。

「生きていれば、陸に戻る機会が巡ってくるかもしれない。それまでここで何とかやっていこうじゃないか。自分のために、そしてきみの家族のために」

麻袋を持つネビルの手に力が籠った。

「ありがとう、ジョージ。目が覚めたよ」

ネビルは水兵の服に着替えた。服は若干ぶかぶかだったが、それゆえに腕や脚を動かしやすかった。マストを上り降りするのなら多少寸法にゆとりがあるほうがいいのだろう。

ネビルが服を触っていると、近くにいた瓜実顔の男が突如舷側通路の階段を駆け上っていった。そのまま艦から身を乗り出すと盛大に嘔吐を始めた。

「船酔いだな」ジョージはネビルに言った。「あれはつらいぞ」

ネビルはその瓜実顔の男を知っていた。雑貨屋の息子のウィリー・ポジャックだ。親しい仲ではないが、ネビルはポジャックの雑貨屋をよく利用していたので、店内でたびたび顔を合わせたものだ。ポジャックはいつもおどおどとしており、しゃべり方も自信なげな感じなので、ネビルは彼に気弱という印象を抱いていた。

ポジャックは胃の中のものを出すと死人のように青い顔をしながら階段を降り始めたが、またすぐに回れ右して頭を海に突き出した。彼ほどではないが他にも気分が悪そうな者はいたが、幸いネビルは艦上でも平気だった。

ハッチからまた別の水兵が出てきて大声で言った。

「食卓番号が一番の者から順にハッチから降りていってくれ。さあ、早く！」

食卓番号はもらった書類に記されていた。ネビルがハッチの階段を一段降りた途端、すえた臭いが漂ってきた。一段降りるごとに臭いは確実に濃さを増していき、太陽の光は薄らいでいった。階段を完全に降りきると、突き抜けるような潮の香りとどこまでも広がる空は消え去り、豚小屋とどちらがマシか甲乙付けがたい臭いと、点在するランタンがかろうじて辺りを照らす世界が現れた。船の中はいわば地下室のようなものなのだ。その地下室には驚くほど大勢の人間がいて、書き入れ時の酒場の中のように話し声で満ちていた。鼻を突く臭いの正体は彼らの体臭が籠ったものだった。

階段の下には三角帽を被った士官が立っていた。彼はハッチを降りてきた新米たちの食卓番号を確認して、周りの水兵に案内を命じていた。

ネビルとジョージの食卓番号は同じだった。

「おまえは七番か？　その後ろのやつもだな？　よし、食卓番号七番、案内だ！」

士官が大声で言うと、十五歳にも満たないであろう少年がネビルたちの前に現れた。

「あんたらが新入りだね」少年が言った。「おいらはジャック。あんたらと同じ食卓のもんだ。食卓まで案内するよ。ついてきて」

ジャックは艦の前部のほうに歩いていき、ネビルとジョージが小さな先導のあとに続いた。天井は低く、それよりもさらに低い梁があちこちから伸びていたため、ネビルは腰をかがめて進まなければならなかった。薄暗さも相まってまるで洞穴の中を進んでいるかのようだ。舷側にはロープで固定された大砲が一定間隔で並べられていて、大砲と大砲の間に長方形のテーブルが置かれていた。大砲はパーテーションにしても置物にしても物々しすぎた。この大砲は戦闘時になると敵艦めがけて火を噴くのだ。だが多くの水兵が、まるでここがリビングであるかのようにテーブルを囲って談笑していた。この光景は軍艦の性質を端的に表していた。ここが彼らの家であり、戦場でもあるのだ。

「ここが七番テーブルだよ」

テーブルを囲っていた顔が一斉にネビルたちに向けられた。その顔ぶれは白人、黒人、東洋人、インド人と国際色に富んでいた。

「人員の補充があると聞いていたが」右手の甲に錨、左手の甲に魚のタトゥーをした赤毛の男が、新入りを値踏みしながら言った。「これまた頼りなさそうなのが来たな」

頬に茂みのような黒い毛を蓄え、腕や胸も毛深い男が軽くなだめた。

「まあそう言ってやるな。艦長が内地にプレス・ギャングを向かわせたのは聞いていただろう。その時点で熟練水夫は期待できんさ。で、おまえさんたちはいつまで黙って突っ立っているつもりだ？　せめて自己紹介くらいはしたらどうだ？」

まずジョージ・ジョージが口を開いた。

「ジョージ・ブラックです。ここに来る前は靴職人をしていました」

「ブラックだとよ。コグ、おまえのお仲間じゃないのか？」毛深い男が黒人に言った。

コグと呼ばれた黒人はわざとらしく目を細めてジョージを見た。

「ほお、珍しい。ずいぶんと白い黒人もいたもんだな」

テーブルが笑いに包まれた。ネビルも合わせてぎこちない笑みを浮かべた。

「で、そっちのもじゃもじゃ頭くんは？」タトゥーの男が言った。

「ネ、ネビル・ボートです」

ネビルの名前を聞いた途端、テーブルの面々が大笑いをした。

東洋人の男がひいひい息を乱しながら言った。

「海軍の艇(ネビル・ボート)！　まさに海軍にぴったりの名前じゃないか。おまえは水兵になるために生まれてきたようなもんだろ」

彼らにとっては面白くてもネビルには馬鹿にされたとしか感じられなかった。

「やめてください」ネビルはとげのある声で言った。「好きでここに来たわけじゃないんです。身重の妻がいるのにそんなのお構いなしに無理矢理連れてこられたんです」

「おっ、不幸自慢かい？　ならおれの話も聞いてもらおうか」インド人が言った。「おれはインドから英国に綿を届ける英国の商船で、契約水夫として働いていたんだ。幾多の嵐を越えて英国近海まで行ったが、そこで船が英国軍艦に捕まっちまって、軍艦に人員を何人か差し出すよう要求されたんだよ。で、生け贄の皿の中におれも放り込まれちまったってわけ。おれは契約水夫だから英国に到着して賃金の半分、インドに帰還して賃金のもう半分をもらう予定だったのに、一ペニーももらえずに商船から放り出されたんだよ。それから、もう四年も故郷に帰れずこうしているのさ」

「おいおいラムジー」毛深い男がにやにやしながら言った。「酒の飲み過ぎで忘れたか？　不幸話ならうちには絶対王者がいるんだぜ。ジャック、話してやれ」

「おいらは親に捨てられたんだ。十二歳のとき港で小間使(こまづか)いの仕事をしてたんだけど、ある日家に帰ると父ちゃんと母ちゃんが弟たちを連れてどっか行ったの。おいらだけ置いていかれたんだ」

「うーん、優勝」ラムジーがお手上げというポーズをすると、これまでで一番大きな笑いが巻き起こった。

　ネビルが反応に困っていると毛深い男が言った。

「いやあ、置いてけぼりにしてすまんな。おれたちはいつもこんな感じなんだよ。ネビルとジョージだな。おれは食卓長のマンディだ。もともとは水夫だったが、八年前に乗っていた商船が嵐に巻き込まれて沈没してな。樽に摑まって漂流していたところを英国海軍の艦に助けてもらってから恩返しのつもりでずっと働いている。これからはおまえたちも食卓を囲む仲間だ。みんな、新入りのために席を詰めようか」

　食卓の椅子は長いすだった。ネビルとジョージが通路側に腰を掛けると、マンディが二人の手荷物袋を預かり、舷側にある袋掛けにぶら下げて他のメンバーの手荷物袋と一緒にした。袋掛けの下には食器棚があり、木皿やジョッキなどの食器が収められていた。

　残りの班員も自己紹介をしてくれた。ラムジーやマンディが水兵になるまでの過程が冒険に満ちていたのと同じように、他のメンバーも起伏に富んだ道を通っていた。

　タトゥーの水兵のガイはスコットランド人で、家は祖父の代から船乗りの家系だった。ガイ自身も十六歳で貿易会社の水夫になり、十年間でさまざまな海を巡った。フランスとの戦争が始まった年に彼の乗る商船がハルバート号に引き留められ、強制徴募の憂き目にあった。会社としては優秀な水夫を盗られたくないのでガイは船倉の空樽の中に隠されたが、相手も強制徴募の鬼の英国海軍。その偽装を見破り彼を艦まで連れ帰ったのだ。

　コグはジャマイカの砂糖プランテーションからの逃亡奴隷で、農園から逃げ出して密航した船が英国海軍の補給艦だった。食料をたっぷり積んだ艦なので腹が減ることはなかったが、彼の密航はわずか二日で露見した。密航と盗み食いを犯したコグは、補給艦の艦長から今すぐ海に捨てられるか、水兵として働くことで罪の埋め合わせをするか迫られた。コグは後者を選び、その後の八年間で複数の艦を転々としながら今に至っている。

　中国人のチョウが水兵になった経緯には艦長特権が働いていた。彼はもともとサーカスの綱渡り芸人だった。彼のいたサーカス団がプリマスで公演をした際に、ハルバート号もその港町に停泊しており、艦長のグレアムが観客席にいたのだ。艦長はチョウの抜群のバランス感覚に着目し、公演後に団長に内緒でチョウを勧誘した。団長の横暴さに辟易していたチョウは、ハルバート号に乗り込むことにした。だが、海の生活を知らなかった彼は、すぐに己の決断を後悔し、最初の一年はサーカス団を故郷のように懐かしむこととなった。

　少年水兵のジャックは数奇な運命に導かれてここに来た。親に捨てられたあと、彼は家主から住処を追われ、路上生活を強いられることになった。港での小間使いの賃金では一日に一個のパンを買うのがやっとであった。港湾で本格的な仕事をしようにも、子供のジャックが、重い荷物を船から降ろしたり積んだりするのは不可能だった。しばらくはゴミ漁りで命を繋いでいたが、それも限界がきて、とうとう悪魔の誘惑に負けた。その日、ひどい空腹を抱えたジャックは、仕事帰りに露店の果物をわしづかみにすると脱兎の如く駆け出した。だが、すぐに店主に捕まって百叩きに遭いそうになった。そこに割って入ったのがハルバート号のリチャード・ヴァーノン五等海尉だった。そのときハルバート号はちょうどジャックが働いていた港に停泊していて、海尉は休暇をもらって陸にいたのだ。ヴァーノンは事情を聞くと、少年を憐れんでハルバート号に誘った。それから海尉がグレアム艦長を説得し、許可を得たことでジャックは晴れて少年水兵となったのであった。

「ここでは毎日ご飯が食べられるからお腹は満足さ」ジャックがにこにこしながら言った。「週に四日も肉が出てくるんだよ」

「ああ、農園で働かされていたときよりもずっとまともな飯だ」とコグも言う。

「おまえらにとってはよくても、この兄ちゃんたちの口に合うかな？」ラムジーが意地悪そうな笑みを浮かべた。「陸とここじゃ、豪勢の意味もだいぶ違ってくるからな」

　そのとき、上からけたたましいホイッスルの音が鳴り響いた。

「そういーん、しゅーごーう！」

「おっと、お呼びがかかったぜ」マンディが立ち上がった。「後甲板だ。遅れると鞭で打たれるぞ」

　ネビルたちは洞穴じみた艦内からメインマストの後ろにある後甲板に移動した。すべての水兵たちが集まった後甲板は、鶏小屋くらいぎゅうぎゅう詰めで、身動きするのも一苦労だった。後甲板に収まりきらない水兵は舷側通路にまで溢れ、それでもスペースが足りないので、何人もの水夫がマストを支える横静索（シュラウド）に上った。これほどの密集状態でも、後甲板に掛けられた階段の先にある艦尾楼甲板に向かう者はだれ一人いなかった。艦尾楼甲板にいるのは、水兵よりも立派な身なりの士官と緋色の軍服を纏（まと）った海兵隊だけで、右も左もわからないネビルでも、あの甲板は特別な場所だと理解できた。

　艦尾楼甲板の鼓手（こしゅ）が、場を盛り立てるように太鼓を叩いている。人混みと合わさり、まるで祭りの一幕のようだ。やがて艦尾楼甲板に一人の男が現れた。金糸で綺麗に装飾された軍服を纏ったその人物こそ、ハルバート号の艦長デイビット・グレアムだ。

　グレアムが、帆布（はんぷ）のカバーが掛けられた胸壁の前に立って水兵たちを見下ろすと、彼の後ろに控えているマーレイが声を張り上げた。

「静粛（せいしゅく）に！　全員脱帽！」

艦尾楼甲板にいる士官はさっと三角帽を取った。後甲板の水兵たちも、軍から支給された丸い水兵帽だったり、私物のものだったりするさまざまな帽子を脱いだ。

艦長は右舷から左舷（さげん）に首を巡らせ、水兵たちを眺めてから威厳溢れる声を上げた。

「諸君！　短い休暇は終わりだ。本艦はこれより栄誉ある任務に就く。次の任務には英国の存亡がかかっているといっても過言ではない！」

英国の存亡という言葉を聞いて水兵たちがどよめいた。

「我が国はフランス革命政府と戦いを繰り広げているが、戦況は日に日に苦しくなっていることを認めなくてはならない。開戦当初、敵は革命の熱に浮かされただけの一般市民で、戦闘の素人（しろうと）だと思われていた。対して我々には訓練を受け洗練された行動が取れる軍隊があるだけでなく、共に戦う同盟国がいた。右を向けばスペインにサルディニア、左を向けばオランダにプロイセンにオーストリアがいた。ところがどうだ？　カエルども（フランス人の蔑称）はこの二年半、正規軍を相手に戦い続け、未だに我々に楯突いている。

そして、戦いのなかで同盟国は軟弱揃いであることが判明した。今年の四月にフランスとプロイセンが和睦（わぼく）を結ぶと、それに続くようにオランダも同盟を抜けてフランスに譲歩した。そして今度はスペインが中立国となった。この三ヶ国は形式上は中立だが、フランス寄りの中立と言わざるを得ない！　この自称中立国どもは沿岸における英国艦隊の停泊を許可していないにもかかわらず、フランス艦隊は我が物顔で中立国の海域に留まることができているのがその証左である！　今後、中立がその一歩先に進んでもわしは驚かん。数年前はフランスがヨーロッパの敵であったが、今や英国がヨーロッパの敵と見なされつつあるのだ！」

　不安が水兵たちの間にうねりのように広がった。

「静粛に！」グレアムが鋭く吠えた。「確かに英国は孤立しつつあるが、我が国には世界最強の海軍がある。この半世紀、英国海軍はフランスと激しい戦闘を繰り広げてきたが、それは輝かしい勝利に彩られてきた！　インド洋で、カリブ海で、大西洋で、我々英国海軍は幾度となくフランス艦隊を退けてきた！」

　グレアムは拳を振り上げて熱弁した。

「そして此度の戦争でも、我ら海軍が英国の矛となり盾となり、国家に仇なす敵を打ち払うのだ！　そう、海軍が健在ならば、英国の安寧は保証されている！」

　古参を中心に、多くの水兵がグレアムの言葉に熱狂の声を上げた。水兵になって久しい者ほど、自分が偉大なる海軍の一員であることの誇りを感じているのだ。

　水兵たちの熱狂が収まってからグレアムは続けた。

「もう一度言う。英国海軍は世界最強である。……しかし！」グレアムの表情は厳しくなり、声色にも緊張が混じった。「しかし今、英国海軍は根底から崩れ去るかもしれない危機的事態に直面しているのである！」

　水兵たちは驚きの声を上げた。

「先月のことだ。イエテボリ（スウェーデンの都市）から出発した造船用の木材を積んだ船が、フランス艦に拿捕されたという情報が入ってきた。これはオランダが中立になったことで起きた事件だ。もともと北海はオランダ海軍が哨戒に当たっていたが、今やオランダの艦隊はすべて帰港し、フランス海軍が自由に北海を動き回れるようになったというわけだ」

グレアムは一旦言葉を切った。水兵たちはみな黙り、不安そうな表情で艦長を見つめていた。

「我が国の造船所で使われる木材の大半は、北欧からの輸入資材である。そして北海は北欧と英国を結ぶ貿易路だ。今その貿易路がカエルどもに脅かされ、木材の供給が滞ろうとしている。そうなれば造船所は止まり、艦の修理もままならなくなる。つまり、このままでは英国海軍の戦力である軍艦が海上から消え失せるのだ！　それだけは何としても阻止しなければならん！」

グレアムは水兵たちを見回し、部下たちが事の重大さを飲み込んでいることを確認してから続けた。

「もちろん国王陛下はこの事態を黙認されてはおられない。陛下は北海の安全を確保するための艦隊を編成するように命じられた。その艦隊には本艦も含まれている。我々はこれよりスカーゲン泊地に向かい、同様の命令を受けた艦と合流したのちに北海の哨戒任務に当たる。これは何ヶ月、あるいは一年を超える長く厳しい任務になるだろう。だが北海は英国軍艦の生命線であって、それが脅かされている以上、我々は鋼の精神をもって全力で安全確保に努めなければならない。

この艦にはベテランの水兵もいれば、今日から水兵になった者もいる。新参者たちに技術はないのは当然だが、意識だけはしっかり持っておけ。英国海軍が全面敗北を喫したとき、それはカエルどもが英国本土へ乗り込んでくるということだ。そうなれば、やつらはお気に入りのギロチンを使って無辜の民の首を刎ねて回るようになる。ギロチンの露と消える者は、きみたちの家族になるかもしれない。国を守るための戦いであると同時に、きみたちの家族を守るための戦いにもなるのだ！」

多くの水兵が呼応して雄叫びを上げた。その中には強制徴募で連れてこられた新米もいた。家族の話を出されたことで、彼らは危機感を持ち、長年の敵国であるフランスに燃えるような敵愾心を抱いたのだ。先ほどまで己の境遇を呪っていたネビルでさえも、身体が熱くなるのを感じた。

グレアムは最後に力を込めて言った。

「さあ、カエルどもを後悔させてやろうではないか。嵐のような砲撃を浴びせ、フランスの艦を一隻残らず葬るのだ。北海に侵入したカエルどもを全員叩き出してやれ！」

水兵たちは拳を振り上げながら力強く叫んだ。

満足げに水兵たちを見下ろすグレアムの後ろで、マーレイがメガホンを使って怒鳴った。

「国王陛下に万歳！」

万歳は波濤（はとう）のように広まり、血のたぎりから帽子を飛ばす者もいた。ネビルも周囲に合わせて国王を称えた。

「それではこれより本艦はスカーゲン泊地に向けて出発する！」グレアムが言った。「当直員は持ち場につけ！　手の空いている者はキャプスタン（錨を巻き上げるための装置）を回せ！」

水兵と士官が自分の持ち場に移動を始めた。ネビルはどうしていいのかわからなかったので近くにいたマンディを摑まえて訊ねた。

「すいません、ぼくはどうしたらいいのでしょう？」

「おれと食卓班が一緒ってことは、おまえ第一班だろ。だったらこれから当直だ。持ち場はどこだ？」

「たしか右舷後甲板だったはずです」

「ならおれと一緒だな。まずはメインマストに集合だ」

心の準備が十分でないまま水兵の仕事にかり出され、ネビルは緊張しながらマンディのあとに続いた。

メインマストは後甲板の最前部から突き出ていた。マストの前には皺一つない軍服を纏った士官が立っていて、その周りに水兵たちが集まっていた。

士官の男は荒々しい艦上の生活で鍛えられた引き締まった肉体をしていたが、その目は優しく、知的な雰囲気が宿っていた。三角帽の下からは濡羽色の髪が覗いており、首を左右に巡らすたびに頭の後ろから垂れた弁髪が揺れた。

「後甲板で指揮を執るヴァーノン海尉だ」マンディはネビルに耳打ちした。

「ジャックを助けた人ですか？」

「そうさ。水兵からのたたき上げの海尉で、おれたちにも優しく接してくれるいい上官だ」

「全員集まったか？」ヴァーノン海尉が言った。「先ほど水兵になったばかりの新米もいるな。その者たちは甲板で索を操ってもらう。と言ってもこれが最初の当直なので何もかもわからんだろう。右舷の新米はマンディ、左舷の新米はブルックが指示を与えてくれ」

「アイ・アイ・サー」二人の水兵は背筋を伸ばして答えた。

一方、中甲板では抜錨の準備が行われていた。キャプスタンはメインマストよりも太く強靭な円柱で、その側面に人の背丈を超えるほど長い回し棒が次々と差し込まれていく。棒がすべてキャプスタンに差し込まれると、非番の水兵たちと赤い軍服を着た海兵隊員が回し棒の前に立った。

抜錨の号令がかかると、キャプスタンに着いた者たちが回し棒に手をやって、全体重をかけて押し始めた。鼓手が太鼓をドロドロと打ち鳴らすなか、兵たちは歯を食いしばり、うなり声を上げて全力でキャプスタンを回そうとしていた。最初、キャプスタンはびくともしなかった。巨大な錨が柔らかい泥の海底に深々と食い込んでいたからだ。だが一度ガタンと音を立てて動いてからは早かった。兵たちの歩みは徐々に滑らかになり、錨索はどんどん巻き取られていき、やがて巨大な錨が海面から姿を見せた。

艦首楼甲板（かんしゅろうかんぱん）の水兵たちが錨を舷側に固定すると、そこの指揮官であるステファン海尉心得が後甲板のほうに向いて、潮風を切り裂くような大声を発した。

「抜錨、完了！」

これを受けたヴァーノン海尉は、艦尾楼甲板にいる艦長へ復唱した。

「抜錨、完了！」こちらも空気が震えるほどの声量であった。

報告を受け取ったグレアム艦長は頷くと、命令を下した。

「配置につかせろ。展帆だ」

マーレイがメガホンを口に当てた。

「てんぱーん！　のーぼれー！」

今度は後甲板のヴァーノン、艦首楼甲板のステファンの順で命令の復唱が行われた。それぞれの甲板の指揮官が伝令を叫ぶと同時に、檣楼員（しょうろういん）がシュラウドを滑るように上っていった。檣楼員たちはヤードに取り付けられた足場綱をつたって移動していき、帆をヤードに縛り付けている括帆索（ガスケット）をほどき始めた。他の檣楼員はマストの途中にある檣楼にたどり着くと、檣楼から伸びるトップシュラウドをつたってさらにマストの上へと上っていた。ハルバート号のような大型艦のマストは一つの材木でできているのではなく、下部、中部、上部の三つの部位を組み合わせて造られていた。この不安定なマストは左右にシュラウド、前後にステイという索が張られ、その張力によって支えられている。マストには、下から順にコース、トップスル、トゲルンスルという三つの帆があり、すべての帆を広げる作業が相次いで行われた。

ネビルはその作業を恐ろしい気持ちで眺めていた。一番下のヤードから転落しても大怪我は免れないだろうに、トゲルンスルの見るも恐ろしい高さで作業をしている檣楼員もいるのだ。何かの間違いで転落したらまず命はない。見ているだけで肝が冷えた。

だがのんびりと見物している暇はなかった。後甲板でも慌ただしい動きがあった。マストの根元に設置された穴の空いた横木に、いくつもの棒が差し込まれていた。その棒はビレーピンという名前で、帆を操るための索を繋ぎ止めておくものだ。ピンには八の字状に索が巻かれていたが、水兵たちがその棒を抜くと索は瞬（また）く間にほどけて自由となった。

ほどけた索が甲板に無造作に投げられると、水兵たちがすぐにそれを取り上げて索を伸ばし始めた。水兵たちが一人また一人と伸びていく索を手に取っていき、綱引きの列ができていった。

「ほれ新人ども、ぼやぼやするな。どれでもいいから索を持て。おまえたちの仕事は索を使って帆を広げることだ。前の連中が動いたらそのとおり真似をしろ」

ネビルはおっかなびっくりという調子で一つの索を手にした。その索はコースの下隅についていて、握ると引力を感じた。

ヤードから帆が垂れてくると、ヴァーノン海尉は甲板組に命令を下した。

「紋帆索（クリューライン）、のばせー！」

ネビルの前に連なっている水兵たちが、一斉に索を繰り出し始めた。ネビルは命令のあとも索を力強く握っていたので、前に送られる索に引っ張られて目の前の水兵の背中にぶつかった。体当たりを受けた水兵は一瞬だけネビルを見て舌打ちをしたが、すぐに仕事を続けた。ネビルは体勢を立て直すと、他の水兵たちと同じように索を前に送り出した。

甲板のクリューラインが少なくなるにつれて帆は広がっていき、やがて全容を空中に晒（さら）した。その見た目はくしゃりとして、戦艦の一部とは思えないほど弱々しかった。

だが海尉の次の命令で帆は見違える姿となった。

「孕み索(ボーライン)、引けー！」

帆の両端にある索が引かれると、一旦丸めた紙を雑に広げたような見栄えだった帆が、ピンと伸びてしなやかな壁となった。そこに風がぶつかって、帆は赤子の頬のように膨らんだ。風を推力に、ハルバート号は海上をゆっくりと滑り始めた。

艦首楼甲板のフォアマスト、艦尾楼甲板のミズンマストでも展帆作業が滞りなく行われていった。すべてのマストに帆が広がると、艦尾楼甲板から次の命令が下った。

「左舷開き！」

ヴァーノン海尉は命令を復唱してから、すぐに後甲板の水兵たちに指示を出した。

「右舷！　帆脚網(シート)、転桁索(ブレース)、引けー！　隅索(タック)のばせー！　左舷！　タック引けー！　シート、ブレース、のばせー！」

素人のネビルにも、右舷と左舷で正反対の命令が下されたことだけは理解できた。彼はシートを操る列に加わると、力を込めて索を引いた。風を捉えた帆は力強く、ネビルには馬と綱引きをしているかのように思えた。

シートとブレースはヤードを後ろに引っ張るための索、タックはヤードを前に引っ張るための索だ。やがてヤードの左端が艦首、右端が艦尾に近づくように傾いた。

ヴァーノン海尉から「やめ」の命令があり、すべての索はビレーピンに収められた。ネビルはようやく一息つけた。腕は慣れない力仕事でもう疲れを訴えていた。おまけに、索には潮風による劣化を防ぐためにタールが塗られているので、手のひらは黒く汚れた。

今やハルバート号はすべての帆に風を受けて快活に沖へ進んでいた。ネビルは後ろをふり返った。陸が徐々に遠ざかっていく。マリアの姿が脳裏に浮かび、ネビルの胸を衝いた。喉の奥に熱いものがこみ上げてきた。いつになるかはわからない。でも必ず帰る。そのためには何としても生き延びてやる。

艦は艦首に白波を立てながら進んだ。抜錨直後の慌ただしさは過ぎ去り、ネビルは舷側板に寄りかかって一息ついた。艦尾楼甲板では艦長を始めとした士官たちが何かやりとりをしていたが、ネビルにはその内容がまったく聞き取れなかった。喫水線で砕ける波、波に揺さぶられ軋む船材、帆を強く打つ海風、艦では水と風が作り出す音が耳を覆った。声を張り上げるか面と向かい合う距離でないと、人の話し声は聞き取れそうにない。

艦長が新たな命令を下した。

「右舷開き！」

これは現在右斜め前を向いているヤードを、左斜め前に向けろという命令であった。ネビルは他の水兵たちと右舷のシートを緩める作業にとりかかった。すべてのヤードが左斜め前を向いたが、またしばらくすると今度は左舷開きにせよとの命令が下った。その後も右舷開きと左舷開きの命令が一定時間ごとに交互に続いた。

これにはネビルも不満を覚えた。この命令の繰り返しは、西の倉庫の荷物を東に移したあと、東の倉庫の荷物をまた西に戻せと言われているようなものではないか。

ネビルは仕事の隙を見つけてマンディに訊ねた。

「なんで右舷左舷ってコロコロ命令が変わるんですか」

「風が艦の真後ろから吹いているからだよ。だから一定の間隔でヤードの向きを左から右、右から左に変える必要がある」

船に関してはずぶの素人のネビルには、意味がわからなかった。

「風が真後ろから吹いているなら、帆はまっすぐ前を向いていればいいのでは？　右へ左へ向きを変えるなんて意味ないじゃないですか」

マンディはにやりと笑った。

「なんと聡明な意見、と言いたいところだが帆船はそんな単純なもんじゃねえ。真後ろから風が吹いているときに帆が真正面を向いていると、風は一番後ろのミズンマストにはよく当たるが、その帆が風を遮って前二つのマストがほとんど機能しない。要するにマスト一本で航行してるようなもんだ。だからヤードを傾けてすべての帆に風が行き渡るようにするんだよ。このとき同時に舵も取るから艦は順風を受けて斜め前に進むことになる。でもずっと斜めに進んでいると針路から逸れちまうだろ。だから針路を保つために右斜め前から左斜め前、左斜め前から右斜め前って感じに、ジグザグに進んでいくんだよ。風が真後ろから来てるときはこうしたほうが早いんだ」

船とは複雑で繊細な乗り物なのだとネビルは思った。その後も命令が下されるたびに、水兵たちは索を引っ張ったり送り出したりを繰り返した。仕事の終わりを告げる八点鐘（十二時）が鳴ったとき、ネビルの腕は過労に震え、力が入らなくなっていた。

「戻るぞ、昼食の時間だ」マンディはネビルの背中を叩きながら言った。

食卓に全員が揃うと、マンディがジョージに声をかけた。

「よう、そっちのミスター新人は初仕事どうだった？」

「まあなんとかって感じですね」

ジョージは伏し目がちに答えたが、すかさずラムジーが口を挟んだ。

「何がなんとか、だ。こいつはおれと同じ当直部署だけど、なかなか筋がよかったぜ。そこらの新米どもよりもずっと立派にやってたぜ」

「へえ、いびり屋のラムジーが言うくらいなんだから確かなんだろうな」

「だれがいびり屋だ！」

「まっ、ともかく飯だ、飯」

マンディは手荷物袋と一緒にぶら下がっている木桶を降ろすとネビルに渡した。

「それじゃあ食事をもらってきてくれ。今日の食事係はおまえに任せる。調理場に行けばこの木桶に食事を入れてもらえるからよ」

「調理場？」

「あそこに隔壁があるだろ」

マンディは艦首のほうを指差した。確かに、前部ハッチの奥に右舷から左舷まで繋がる木の壁が見える。

「あの向こう側に調理場があるんだ。隔壁には左右にドアがついているが、左のドアから入って食事を受け取れ。あとはぐるっと回って右のドアから出てくるようになる。ああ、そうそう、食事を受け取るときは木桶を差し出してちゃんと食卓番号を伝えるんだぞ」

マンディの言うとおり、食事用の木桶を手にした水兵たちが開け放たれたドアの向こう側に次次進んでいくのが見えた。ネビルも食事桶を二つ手にして調理場に向かった。ドアを抜けると、金属のかまどで温められた空気がじんわりとネビルを包み込んだ。前の列が徐々に減っていき、ネビルの番がやってきた。劇場のチケット売り場のような受付口があり、そこに禿頭の厳めしい顔をしたコックが立っていた。

ネビルはカウンターに食事桶を置いて、「七番です」と自分の食卓番号を告げた。コックは片方の桶にビスケットを入れ、もう片方の桶に茹でられた牛肉の塊を入れた。

木桶を回収したネビルは、コックとその助手が働く空間をぐるりと回って、来たときとは反対側のドアから大砲と食卓が並ぶ大部屋に戻った。ネビルが食卓に戻ると、すぐあとから銅製の水差しを抱えたラムジーがやってきた。ラムジーは水差しの中身をみんなのジョッキに注ぎ始めた。水差しの中に入っていたのはビールだった。

すべてのジョッキが泡を被るとガイが言った。

「さて、それじゃあ始めるか。今日はチョウの番だったな」

「ああ、そうだ」チョウはおもむろに立ち上がると、食卓に背を向けて座り直した。

チョウが背を向けると、食器棚から木皿が出され、コグが牛肉を切り分け始めた。切り分けられた牛肉はビスケットと一緒に皿の上に置かれていったのだが、その皿はみなの前に配られず、食卓に二列に並べられた。

「チョウ、いいぜ」コグが言った。

「うーん、それじゃあ……ネビル」

ネビルは唐突に名前を呼ばれて戸惑った。だが、次の瞬間には自分の目の前に食事が置かれた。

「ジャック、コグ、おれ、ラムジー……」

チョウが班員の名前を挙げるごとに、並べられた料理が右上から順に、その者の前に置かれていった。チョウが班員の名前をすべて挙げ終えて、みなに料理が行き渡った。

チョウが食卓に向き直ると、自分と他の者の皿を見比べながら言った。

「まあまあだな」

「何がまあまあだ」コグがフォークを手にしながら言った。「今日はきれいに切り分けられたんだ。大差ないだろうが」

「なんですか、今のは？」ネビルは訊ねた。

「ああ、平和な食事時間をもたらすおまじないだよ」マンディが言った。「普通に順番に飯を配っていくと、〝おれに少ないのを配るな〟とか〝おまえ多いの取るな〟とか、量が多い少ないで文句が出る。だから一人が後ろを向いて、何にもわかんない状態でだれがどの皿かを決めていくんだ。そうすれば公平ってもんだろ」

こぶし大の茹でた牛肉と大ぶりのビスケット四枚、ビール、これが艦でのネビルの初めての食事となった。牛肉は家では滅多に食べられないご馳走だったので、これがつらい生活の慰めになってくれると思いながら口に運んだ。だが咀嚼をしているなかでその希望は瞬く間にしぼんでいった。これは牛肉とは思えない代物だ。食感はゴムのようで根気よく噛んでいるうちに繊維状にほぐれて、口の中に塩気が広がっていくという塩梅だ。ネビルの知る柔らかくて噛めば肉汁が溢れる牛肉とは似ても似つかなかった。次にビスケットを食べたが、これは湿気ていて食感が悪かった。

顔をしかめるネビルを見て、ガイがせせら笑った。

「新米にはこの食事はお気に召さなかったようだな」

「これは本当に牛肉なんですか？」ネビルは肉らしきものをフォークでつついた。

「ああ、もちろん牛肉さ。ただし半年以上は塩漬けにされた牛肉だがな」

「軍艦ではいつもこんな食事が出されるんですか？」

「なあ新米」ガイが歪んだ笑みを浮かべながら言った。「ちょっとは知恵を巡らせればわかるだろ？　海上では新鮮な食べ物は売ってないんだ。つまりちょくちょく手に入れることができない。

だから食べ物は長持ちさせる必要があるんだよ」

　肉を飲み込んだラムジーが口を開いた。

「ビスケットと塩漬け肉の他には、乾燥エンドウ豆とオートミール、それにチーズとバター。毎日の食事はこれで回していくんだ」

「エンドウ豆のスープはそんなに悪くねえ。おめえさんも気に入るよ」コグがビスケットを咀嚼しながら言った。「オートミールはまあまあだ。でもバターは干からびてるし、チーズは臭いときた。あんまりうれしいメニューじゃねえ」

「だが一番まずいのは海が荒れたときの食事だな」と言って、チョウはフォークを肉に突き刺した。

「なんで海が荒れた日の食事がダメなんです？」

「火が使えないからだよ」ジャックが元気よく答えた。「海が荒れると艦がすごく揺れるから、火を使ったら火事が起きるかもしれないんだよ」

「船上の火事は船員にとって死を意味する」ラムジーが言明した。「逃げ場がないんだからな。家で火事が起きたのに外に出られないと想像してみろ。恐ろしいだろ？」

「だから嵐とかの日はね」ジャックが後に続けた。「水に浸ったエンドウ豆やオートミールを食べることになるの」

「食事がひどいというのは十分わかりましたよ。みなさんが我慢しているということも」

「我慢だって？　とんでもねえ」ガイが言った。「おれは十分満足しているぜ。商船で水夫をしていたときも似たようなメニューだったが、量はここのほうが多いし、何より毎日酒が飲めるのが最高だな」

「そうそう」マンディが相づちを打つ。「結局、軍艦の飯は国が出しているようなもんだし、海の上の食事では最高のもんよ」

　彼は陽気に言ってビールをぐびりとやり、ジョッキを置くと唇の上に泡の髭がついたままネビルに訊ねた。

「で、初仕事はどうだった？」

「最初は戸惑いましたけど、そんなに難しくはなかったですよ。ただロープを引っ張ったり緩めたりの繰り返しでしたから」

　食卓のあちこちから静かな笑い声が漏れた。

「いいか」ガイが言った。「船では縄（ロープ）なんて言葉は滅多に使わない。索具（リギン）のことはだいたい索（ライン）って呼ぶんだ」

「船でロープって言ったら、絞首刑のことを指すから、縁起が悪くてみんな口に出さないんだ」ラムジーが言った。

「絞首刑？　船の上で？」

「いいかよく聞いておけ」マンディが食卓に身を乗り出して言った。「艦には陸とは違う法と規則がある。それを破ったらエライ目に遭うぞ」

「喧嘩はするな。最悪、鞭で打たれることになる」コグが言った。

「賭博も御法度だ。営倉行きになるぜ」チョウがつけ加える。

　続けてガイが話し始めた。

「当たり前だけど盗みは重罪だ。陸じゃ縛り首だろうが（この時代の英国では、店から五シリング以上のものを盗むと絞首刑となった）、ここじゃ大勢から鞭で打たれて、死んだほうがマシという思いをするぞ。あと上官には従順に従うことだな。反抗したら反逆罪に当たる。反逆罪は最悪縛り首だ」

　マンディがビスケットをほおばったまま言った。

「それと罪じゃないが、用もないのに艦尾楼甲板には行くな。あそこは士官たちの領域だ。おれたち平民がうろついていると鞭で打たれて追い出されるぞ。艦は言わば小さな街みたいなもんだ。お偉いさんの住処は艦尾の小綺麗な部屋。おれらはこのだだっ広い大部屋で過ごさなきゃならない」

　その後もネビルは食卓仲間から艦上の生活の基礎を教えてもらった。みなだんだんと饒舌になっていき、士官の悪口まで飛び出すようになったが、十三時三十分を告げる三点鐘が鳴ったあと、メガホンで拡張された声が昇降ハッチの上から聞こえてきた。

「当直第一班の新米ども、しゅうーごーう！　艦首楼甲板にしゅうーごーう！」

「おやおや、お呼びがかかったぜ」ガイが愉快そうに言った。「おまえら、早く行きな。チンタラしてると鞭で打たれるぞ。艦首楼甲板はわかるか？　露天甲板の一部でフォアマストのほうにあるぞ」

　ネビルとジョージは駆け足で艦首楼甲板に向かった。フォアマストの前には二人の士官が立っていた。一人は膨らんだ頬と腹が出た中年の男性で、肩には紐で繋がれたサルが乗っていた。もう一人の士官は太い首と腕をした、いかにも荒くれ者という雰囲気の三十前後の男だった。サルを連れた士官は、服装からして海尉だろうとネビルは予想した。もう一人は、三角帽を被り、ボタンが二列あるジャケットを着込んでいる。

　荒くれ風の男は眉間に深い皺を刻んで腕を組んだまま新米が集まるのを待っていた。新米の人数を正確に把握しているらしく、最後の一人がやってくると険しい声で言った。

「おれはケネス・フッド。この艦の掌帆長をしている。まあそれよりも……」

フッドはいきなり吠えた。

「遅い！　召集がかかって何分経ったと思っているんだこのグズども！　てめえらはカメか、ええ？　戦闘時や嵐の最中は一分の遅れが艦の破滅に繋がることだってあるんだ。呼ばれたら最大限急いで来い、畜生が！　次遅れたらネコを食らわせるぞ！」

隣にいた海尉が余裕のある口調でなだめた。

「まあまあ、ミスター・フッド。そう脅しては新米たちが萎縮してしまうぞ。安易な鞭打ちは控えろと艦長も言われておったろ」

「はっ、失礼しました、ジャーヴィス海尉。艦長のご意向はもちろん尊重致します」フッドは帽子に軽く手を触れ簡易な敬礼をした。「しかし、赤いチェックのシャツを着ていない者は、本物の水兵ではないというのがわたしの考えです。水兵は鞭で磨かれて本物の海の男になっていくのです。わたし自身がそうであったように」

ロバート・ジャーヴィス四等海尉はにやりと笑った。

「それは過去の素行不良の自慢かね？」

フッドは咳払いをすると新米水兵たちに向き直った。

「今回集まってもらったのは他でもない。おまえたちを鍛えるためだ。任務が任務なだけに、この先フランス艦と交戦する可能性は大いにある。そのため艦長は一人でも優秀な水兵を欲しておられる。甲板の上を這い回るフナムシはいらんのだ。そこで貴様らに訓練を課す」

フッドは上を見上げた。

「マストの途中に組まれた足場、檣楼が見えるだろ」

マストの半分ほどの高さの場所に四角い木製の足場があった。

「貴様らにはシュラウドを使ってあそこに上ってもらう」

シュラウドというのはマストを両脇から引っ張っている網状の索だ。マストの真横の舷側から十一本の索が伸びていて、すべての索は段索という水平に張られた索で結ばれている。

突然の難題に水兵たちは動揺し、不安そうに檣楼を見上げた。確かに副長がこうした訓練があると話していたが、まさか連行されたその日のうちにやってくるとは。

「まずは手本を見せてやる。おい、スミス」

フッドの近くに控えていた、豚鼻で愚鈍そうな目つきの掌帆手がシュラウドに向かった。彼はシュラウドの縦索を摑み、舷縁に足を掛けると身を翻してシュラウドに飛びついた。それから段索を手足で捉えて、梯子を上るように檣楼に進んでいった。檣楼の手前でシュラウドは、マストに繫がるルートと檣楼の端に繫がるルートの二手に分かれていた。スミスは迷わず檣楼の端に繫がるルートを選んだ。こちらのルートはシュラウドが九十度以上傾いており、上る者に対してせり出ている。これを上るとなると背中を海のほうに向けて、それまでの道筋以上に手足に力を入れる必要があった。それでもスミスは苦にする様子はなく、最後までスムーズに檣楼まで上りきった。

「ご苦労、降りてきていいぞ」フッドはスミスに命じると新米たちを見た。「さきほどスミスは檣楼の端に続くシュラウドを上っていったが、あれは経験を積んだ水兵でないと難しい。貴様らは大人しくマストに続くシュラウドを上るんだな。わかったな」

檣楼の内側にはラバーズホールという昇降口があり、そこから檣楼に出ることができる。

掌帆長は新米たちの返事も待たずに指名を始めた。

「それではさっそく上ってもらう。そこのアホ面とマヌケ面、おまえらから上がれ」

アホ面というのはネビルのことで、マヌケ面というのは乗艦早々に船酔いでゲエゲエ吐いていたポジャックであった。

ネビルは手足が震え出した。あんな高いところに上れるはずがないという思いが吐き気と共にやってきた。しかしもっとひどいのはポジャックだった。彼の顔は真っ青になり今にも泣き出しそうであった。彼は全身を小刻みに震わせて懇願した。

「む、む、無理です。か、勘弁してください」

フッドはポジャックとの距離を詰めると思い切り胸ぐらを摑んだ。

「頭の腐った貴様にもわかるように言ってやろう。おれは上官だ。軍では上官の命令は絶対だ。おれがやれと言ったらやるんだよ。拒めば命令不服従で鞭打ちだ。わかったか、ああ？」

ポジャックは叱責（しっせき）された幼子のように顔を歪め、震える声で言った。

「わ、わかりましたから、鞭打ちは許してください。痛いのは嫌なんです」

「ならさっさと上るんだな」フッドはドスの利いた声で言うと乱暴に手を離した。それからすぐにネビルを睨みつけて言った。「そこのアホ面もボサッとしてないでさっさとシュラウドにつけ」

ネビルはすでに恐怖で手足の感覚がなくなっていた。頭がぼーっとして、今の状況が全部他人事のように思えた。一歩足を踏み出したところでジョージがネビルの肩を摑んで耳打ちをした。

「シュラウドを上るときは絶対に下を見るな。いいな」

なぜジョージがそんなアドバイスをしたのかわからないが、その言葉は恐怖で白紙になったネビルの頭にしっかりと書き込まれた。

二人は右舷のシュラウドから上るように命じられた。左舷のシュラウドは訓練に使用されなかった。右舷のみに限定されたのは、今は右舷側が風上だからだ。右舷から上れば風は背中に吹き付けることになり、多少は姿勢が安定する。それに、落下する際は甲板に落ちやすい。海に落ちるより甲板に落ちるほうがまだ安全であった。もっとも、それなりの高さから落ちれば最低でも骨折することにはなるが。

こうした新米に対する配慮があってもネビルはスタート地点に立つことすらためらった。シュラウドの端は艦の側面に固定されている。つまりシュラウドにしがみつくためには海上にその身をさらすことになるのだ。しかも先ほどから滄浪（そうろう）が艦を大きく揺らしている。人が振り落とされそうになるほどの揺れではないが、こうした環境はネビルにプレッシャーをかけていた。ネビルは両手でシュラウドを力一杯握った。

「さあ、のぼれー！」

フッドが怒鳴ると同時にネビルは意を決して行動を始めた。と言っても大胆不敵さは微塵（みじん）もなく、恐る恐る舷縁に足を掛けるというのが最初の動作であった。次にシュラウドの段索に足を乗せた。段索は幾分沈み込んで、ネビルの肝を冷やさせた。シュラウドを上るのは縄ばしごを上る感覚に近い。だが、ネビルは縄ばしごなんて上ったことはなかったし、波と風で賑わう船の上というのは今日が初めてなので、勝手がまったくわからなかった。

ネビルはシュラウドにしがみつきながら一段、二段と段索を上がっていった。それと同時にネビルの中に冷静な考えが頭をもたげてきた。こんなこと、よくよく考えれば自ら進んで死の穴の縁を歩くようなものではないか。航海のために乗組員の命を要求する帆船はどうかしている。人間は人間らしく陸にいればいいのだ。

ネビルの気持ちは完全にくじけた。鞭で打たれるのを覚悟で戻ろう。

足を下ろそうとしたとき、上から囃し立てる声が聞こえてきた。ネビルが顔を上げると、檣楼員たちが檣楼から顔を突き出して、ネビルたちを馬鹿にしていた。

ちょうど風が弱まったときにだれかが吐いた侮蔑の言葉が、下まではっきりと届いた。

「カタツムリどもがのろのろシュラウドを這ってやがるぞ」

檣楼に馬鹿笑いが広がった。ジャーヴィス海尉が私語は慎めと怒鳴ったことで高笑いはすぐにやんだ。からかいがなくなると同時に、ネビルの手足には再び上に向かう力が宿った。恐怖で萎えた心は先ほどの嘲笑に対する怒りに塗りつぶされていた。

檣楼員たちはネビルをカタツムリと嘲笑した。これはネビルにとって最も屈辱を感じる侮辱の言葉だった。彼は子供の頃から足が遅く、他の子供たちとかけっこをするといつもビリになっていた。そして負ける度にカタツムリだのノロマだのと馬鹿にされた。それが悔しくて悔しくて堪らず、鬱憤はパンチとキックという形でたびたび爆発した。だが足の遅さは改善されず、ネビルは速さに屈折した感情を抱くようになった。それ以降ネビルは「早くしろ」とか「遅い」という言葉に敏感に反応し、その嘲りを放った人間たちを見返してやるという意志が骨肉の一部となっていた。

今もカタツムリと罵り言葉を吐いた水兵たちの期待を裏切ってやろうという気持ちがネビルを突き動かし、彼を檣楼へ向かわせた。ネビルはゆっくりとだがシュラウドを着実に上っていった。

彼は途中、どのくらい上ったのか確かめるため、視線を落とそうとしたが、ジョージの忠告を思い出してとどまった。靴職人に成り立ての頃も、ジョージはいつも的確なアドバイスをしてネビルを助けてくれていた。ネビルはやがてシュラウドがマストと檣楼の端に分かれて伸びる地点まで到達した。彼は身をよじって檣楼の端に続くシュラウドをかわし、マストに迫った。マストに近づくにつれてシュラウドは先細りしていたが、ネビルは臆することなく、徐々に小さくなっていく索の目に慎重に手足を入れ、ついにラバーズホールの縁に手を掛けたのであった。

ラバーズホールをよじ登って檣楼に立つと、胸を反らし顔をほころばせて檣楼員たちを見た。先ほどまで馬鹿にしていた男が目の前に現れ、檣楼の連中はさぞかし面白くなさそうな顔をするだろうとネビルは考えていた。だが実際は違った。檣楼員たちは手を叩いて、満面の笑みでネビルを歓迎してくれた。艦の上では勇気を示した者は、その地位に関係なく常に称えられるのだ。

ネビルは照れ笑いを浮かべて、気恥ずかしさを隠すように下を見た。檣楼の途切れ目から甲板の様子が目に入った瞬間、ネビルの笑みは泡沫(ほうまつ)のように消え、反射的にしゃがみ込んだ。甲板は肝が萎縮するほどの眼下にあり、人はネビルの足の裏に隠れてしまうほど小さく見えていた。よくこんな高いところに来られたものだとネビルは今さらながら思った。シュラウドを上っている途中で下を見たら、恐怖の余りその場に凍りついてにっちもさっちもいかなくなっていただろう。だがさらに恐ろしい事に、マストにはまだ上がある。ここからはもっと急勾配のシュラウドが檣頭(しょうとう)に向かって伸びているのだ。この上には檣楼のような安定した足場はない。存在するのはトゲルンスルの下にある、クロスツリーと呼ばれる梁を交差させて造ったような小さな出っ張りにしか見えない代物だけだ。ベテランの檣楼員たちはそんな儚(はかな)げなものに体重を預け、風が吹き付けるなか命綱なしで動き回っている。まさに命知らずの連中だ。

「おいおい、見てみろよ」檣楼員の一人が下を覗きながら言った。「あいつさっきから全然動いてないぜ」

檣楼員が言ったのはポジャックのことだった。彼はまだ舷縁付近にいたのだ。シュラウドの段索二つ分くらいしか上っていないように見えた。

「ありゃもうダメだな」ネビルの隣にいた檣楼員が言った。「あの調子じゃ、この先ずっと床磨きか汚水の汲み取り要員だぜ」

とうとうしびれを切らしたフッドが、拳を振り上げながら怒鳴り散らした。

「おい貴様！　いつまでさなぎごっこをしているつもりだ！」

「上れません」瓜実顔の憐れな男は泣きながら訴えた。「高いところはダメなんです。もうこれ以上は無理です」

「ここではなあ……無理なんて言葉、存在しないんだよ！」

フッドはシュラウドを摑んで舷縁に跳び乗ると、ポケットから鞭を取り出してポジャックの尻に叩きつけた。

ポジャックは悲鳴を上げて脚をばたつかせた。暴れる脚のつま先が偶然フッドの額を直撃した。掌帆長は甲板に背中から落ちた。しばらくぽかんと口を開けていたが、すぐに顔を朱に染めながら立ち上がり、部下の掌帆手たちに命じた。

「スミス、ダイアン、そいつを引きずり下ろせ！」

スミスともう一人大柄な掌帆手がポジャックの服を摑むと、甲板側に引っ張った。ポジャックは肩から甲板に落下した。

「いたたた……」

肩を押さえて立ち上がろうとするポジャックの前にフッドが仁王立ちした。

「貴様は何をやったのかわかっているのか？」

「え？　え？」

フッドは鞭の穂先を指で弄（もてあそ）びながら言った。

「クソに群がるクソバエにも劣るクソカスの分際で、貴様はおれに暴力を振るった。これは到底看過できない軍規違反だ。貴様は裁判にかけられ、しかるべき処罰を受けることになる」

ポジャックは震え出した。

「ぼ、暴力って、あれはわざとじゃないです。偶然足が当たっただけじゃないですか」

フッドは無視して続けた。

「そして問題のある水兵をしつけるのも士官の仕事だ。スミス、ダイアン、そいつの上着を脱がせて押さえつけろ！　この場で鞭打ちにしてくれる」

喚く新米を押さえつけ、掌帆手たちが服を脱がしにかかった。

「やだ、やだやだ！　助けて！　助けてー！」

新米水兵たちは目の前で行われようとしている恐ろしい処罰に凍りついたが、軍艦暮らしが長い者たちにとってはお馴染みの日常の一場面であった。ある者はにやにやと笑い、ある者はまったく気にせず、またある者は鞭を打たれる者に同情心を抱いた。

ポジャックは両腕を押さえられて、フッドに背中を向けて立たされた。必死にもがいているが逃げられる希望は皆無であった。フッドは鞭の穂先を弄び、残忍な笑みを浮かべながら犠牲者に近づいていった。

だがここで、フッドを引き留める者が出てきた。

「待ってください」

「あん？」フッドはふり返り、声をかけた人物を見た。

フッドを止めたのはジョージであった。彼は顔を強ばらせていたが、それでもフッドをまっすぐ見つめていた。

「なんだ、貴様？」

「彼を許してやってください。彼は意図してあなたを蹴ろうとしたわけじゃありません。痛みで足をばたつかせて、それがたまたまあなたに当たったように見えました。なにせ、あなたに鞭で打たれる前も、足が当たったときも、彼は恐怖のあまり目を閉じていたのですから」

「貴様、上官に意見する気か？」

「わたしは見たことをそのまま言っているだけです。あれは不運な事故です。鞭を入れるほどのことではありません」

フッドはこの介入者をさっさと追い払いたかった。加虐心溢れる彼は早く鞭打ちがしたくて堪らなかったのだ。鞭で脅そうかと思ったが、ジャーヴィス海尉がいる手前、それはしたくなかった。海尉は規則には厳格だが、理不尽な鞭打ちを容認する人ではない。だから代わりにこう言った。

「そんなに鞭打ちをやめてほしいならクロスツリーまで上って見せろ」

フッドはニヤッと笑ってマストの遥か先を見上げた。

「クロスツリーは檣楼よりもさらに上にある足場だ。そこまで行って降りてきたら鞭打ちはやめてやろう。それと十分という時間制限を設ける。ずっとチンタラやられちゃ、こちらも堪ったもんじゃないんでな」

フッドは鞭を軽く手のひらに打ちつけながら返答を待った。これでお節介焼きは引き下がるだろうと思った。今日水兵になったばかりの者がクロスツリーまで上れるはずがない。しかも十分で戻ってこいという条件までつけたのだ。こんな提案に乗る新米はいない。

だが、ジョージは軽く唇を噛んでから言った。

「やります」

フッドの手が止まった。

「なんだと？」

「もう始めていいですよね？」

ジョージは相手の返事も待たずにシュラウドに飛びつくとテンポよく上り始めた。その動きはスミスほどスムーズではなかったが、ネビルよりはずっと洗練されていた。

檣楼ではものすごい速さで上ってくる新米にどよめきが起きた。ネビルも高所の恐怖など忘れ、シュラウドに摑まってジョージを見下ろした。

ジョージはシュラウドの分岐点まで到達した。彼はスミスと同じく、檣楼の端に続くルートを選んで身体を引き上げ始めた。すぐに檣楼までやってきたが、彼のゴールはそこではない。檣楼には足を踏み入れず、さらにシュラウドを上っていった。艦の揺れや吹きつける風をものともせず、ジョージは難なく百二十フィート（約三十六・五メートル）の高さにあるクロスツリーにたどり着いた。

この頃になると、話を聞いた非番の水兵たちも甲板に出てきて下は大騒ぎになっていた。甲板に戻ったときジョージは大勢の水兵から背中を叩かれるなど手荒い祝福を受けたが、彼は栄光に酔うことなくすぐにフッドの元に向かった。

「十分はかかっていませんよね？」

フッドは鞭をちぎらんばかりに引っ張っていた。

「貴様、船乗りの経験があるな。まったくの素人にあの動きはできやしない」歯がみをしながら言った。「水兵に登録される前に職に関する質問もあったはずだ。今日登録された新米の中に船乗りはいないという話だった。貴様、嘘をついたな！」

「わたしが訊かれたのはここに来る前にやっていた職業でした。だから靴職人と答えただけです。それ以前の職については訊かれていません」

「詭弁だ！」

「まあまあ」サルを肩に乗せたジャーヴィス海尉が割って入った。「確かに船乗りの経験があることを黙っていたのは褒（ほ）められたことではないが、こうやって優秀な水兵であるとわかったのだし、よしとしようではないか」

　ジャーヴィス海尉の連れたサルがキッキッと鳴いた。

「ほら、モンタナだってそう言ってるぞ」ジャーヴィスはサルの頭を指で撫でた。

「ぐっ、海尉がそうおっしゃられるのでしたら……」フッドは引き下がった。

「さて、勇敢な水兵くん。きみの名前は？　そうか、ジョージというのか。きみのことは艦長に伝えておこう。間違いなくきみは下級水兵から上級水兵（エーブル・シーマン）に昇格するだろう。今後は檣楼員としての活躍を期待する」

「アイ・アイ・サー」ジョージは海尉に敬礼をした。それからすぐにフッドに向き直って言った。

「ところで掌帆長、約束のことですが……」

「わかっている！　おまえら、離してやれ！」フッドは解放されたポジャックに吠えた。「おいクソカス！　貴様は使い物にならんということがよくわかった。今後はずっと甲板当直だ！」

　それからフッドはマストの周りに固まっている新米たちに向かって怒鳴った。

「貴様らもぼさっとするな！　訓練はまだ終わっていないんだ。次だ、次！」

　マスト上りの訓練が終わったのは十五時三十分を知らせる七点鐘が鳴ったときだった。舷側通路で見物していた食卓班のメンバーがネビルとジョージに駆け寄った。

「見てたぞおまえ！」マンディがジョージの肩に腕を回した。「船乗りの経験があるなら最初から言っておけよ。そうすればすぐに上級水兵として登録されたのに。下級水兵と上級水兵は賃金が違うんだぜ」

ジョージは昔取った杵柄（きねづか）を自慢するふうでもなく言った。

「船乗りだったのはずっと昔のことですよ。さっきだってやってみるまでできるという確信はありませんでした。身体がシュラウドを上る感覚を覚えていてくれてよかったですよ」

「でもジョージが船乗りだったなんて知らなかったよ。靴職人になる前に船に乗っていたのかい？」

「ああ、そうだ」ジョージは言葉少なに答えた。

「しかしやめたなんてもったいねえな」ガイが言った。「腕が錆びついているのにあの動きができたんだ。水夫時代はマストの上のプリンスって言われてもてはやされていたんじゃないのか？」

「まあそう言ってやるな」マンディが言った。「船上の過酷さはおまえもよくわかっているだろ？　いやになってやめるのも頷けるってもんだ」

「それにしてもかっこよかったよ、ジョージ」ネビルは目を輝かせて言った。「あんな怖そうな人に立ち向かっていったんだから」

「おれはただ……理不尽な暴力を見過ごせなかっただけだ。それだけだよ」

その後の第一折半直は何事もなく過ぎ去った。第二折半直の開始を告げる四点鐘（十八時）が鳴ると、ネビルたちは中甲板に降りていった。食卓に着くとネビルは言った。

「これから夕食ですよね？」

「いや」マンディが首を振って、ネビルににんまりと笑いかけた。「夕食前には大事な儀式があるんだ」

「儀式？」

「仰々しい言葉使ってんじゃないよ」チョウがあきれて言った。「儀式なんてもんじゃない。ただ酒の配給があるってだけだ」

ラムジーが錫のバケツを持ってやってきた。

「ほれ、命の水だぜ」

ラムジーは食卓の上にバケツを置いた。ガイが黙って食器棚の留め金を外し、中の木のカップをみなに配り始めた。バケツには八分の一パイントの計量カップが括り付けられており、マンディがバケツの中に入っている液体をカップいっぱいにすくい上げた。計量カップから覗くその液体は、ランタンの明かりに照らされて琥珀色に見えた。

計量カップが回されるなか、ネビルも見よう見まねで酒を注いだ。泡立ちはまったくない。ビールではなさそうだ。

「こいつはグロッグだ」酒に視線を注ぐネビルに気づいたマンディが言った。「ラム酒を水で三倍に薄めたもんだよ。一日の終わりにご褒美として配られる。飲んでみな」

ネビルは言われるがままグロッグに口をつけた。ほのかに甘い香りが鼻の穴を突き抜ける。

「飲みやすいですね。ビールよりもすっきりとした飲み口です」

「水で薄めてあるからな」ガイが言った。「本来のラム酒は、飲めば喉がカッと燃えるほど強い酒だぜ。士官はラム酒をそのまま飲めるんだ。まったく、いい身分だぜ」

マンディは一口でグロッグを飲み干すと、カップを置きながら言った。

「そんじゃ、次はビールといきますか」マンディはぽかんとしているネビルを見た。「つまり、夕食ってわけさ」


ネビルの初めての夜間当直は散々だった。

まず彼は夜の露天甲板の暗さに驚いた。艦内ではケチくさい数のランタンの光が薄ぼんやりと周囲を照らしていたが、夜の露天甲板は麻袋を被せられたかのように真っ暗であった。露天甲板にある照明といえば、艦尾楼甲板に置かれた艦同士の衝突を防ぐための大ぶりのランタンが二つだけだった。そのため艦尾楼甲板にはまだ周囲が見えるほどの光があったが、そこから下ったところの後甲板と、艦首楼甲板は闇に支配されていた。漆黒（しっこく）の淵に転がり落ちた二つの甲板の唯一の光源は月明かりだが、今は雲が月を覆い隠している。

隣の人間の顔すらまともにわからないなかで仕事をするのかとネビルは不安に取り憑（つ）かれたが、それは杞憂（きゆう）に終わった。夜間の航行は先に進むよりも針路を外れないことに重点が置かれていた。そのためマストに張られた帆は縮帆され、風から受ける影響を軽減していた。操帆の命令もなく、水兵たちは舷側板に背中を預けてのんびりした時間を過ごした。当直中は基本的に私語は厳禁であったが、ネビルの周りで囁き声で話が始まった。話の内容はフッド掌帆長の鼻を明かしたジョージのことだった。変化に乏（とぼ）しい艦上生活では、水夫たちはどんなことでもいいので常に目新しいニュースに飢えていた。

「それにしてもあの新米すごかったな。いきなりクロスツリーまで行っちまうんだぜ」

「ああ、フッドとの賭けにあっさり勝ったんだろ」

「おれはあのときのフッドの顔を見たが、いやあ、あれは痛快だったな」

「でもあいつ何者だ？　ジョージって名前らしいけど、どこの船で働いてたんだ？」

「ジョージはここに来る前は靴職人でしたよ」ネビルは言った。

「なに？　おまえ、あいつのこと知ってるのか？」

「ぼくはジョージと同じ職場で働いていましたよ」

ネビルの周りに人が集まって質問攻めが始まった。だがネビルが話せるのは靴職人としてのジョージ・ブラックであって、船乗りのジョージ・ブラックのことはまったく語れないと知ると、水兵たちはあっという間にネビルから離れていった。

三点鐘が鳴った。ネビルは頭の中で時間を計算した。夜の当直は二十時から始まったから、今は二十一時三十分というわけだ。あと鐘五回分、つまり二時間半もこうしてじっとしていることを考えると、ネビルは憂鬱になった。昼間は景色を見る（景色と言っても海と空ばかりだが）ことで多少暇をつぶせたが、インク壺に閉じ込められたようなこの暗闇の中ではそれも叶わない。すると意識は自身の内側に向かっていくのだが、頭に浮かぶのはマリアのことばかりであった。彼女もまた絶望の檻に囚われているだろう。残された妻の意中を思うと胸が締めつけられ、気持ちが瞬く間に病んでいく。壊血病に罹(かか)って古傷から血が溢れ出すように、ネビルの心から己の運命を呪う気持ちが漏れ出てきた。義父を送っていくという親切心を起こさなければ、酒場に寄ろうという誘惑に負けなければ、最初の一杯でさっさと店をあとにしておけば、これらのどれか一つでも選んでいれば自分はこんなところに連行されずに済んだのだ。マリアは今頃どうしているだろうか？　あまりの悲しみに泣き暮れているのでは？　涙する妻の姿を想像して、ネビルの心は痛んだ。

だが突然、悲嘆にどっぷり浸かったネビルを現実に引き戻す出来事が起きた。

「おえ、おえええええええ」

酒場の前や裏手でよく耳にする声であった。零れ落ちた液体が甲板を打つ音が聞こえ、すぐあとに水兵たちの喚き声が続いた。ネビルも含め、座っていた水兵たちはみな立ち上がった。どこかの愚か者が暗闇の中で盛大に胃の中身をぶちまけたのである。

「だれだクソったれ！　かかっちまったじゃねえか！」

すぐ近くで憤怒の声が上がった。次の瞬間、ネビルの顔に拳がめり込んだ。

「やめろバカ！　見えもしねえのに暴れるんじゃねえ」別のしわがれた声が怒鳴った。

姿の見えない男たちが闇中で暴れ回ることになった。騒ぎの中心にいるのは反吐をかけられて怒り狂った男で、彼は闇雲に拳を繰り出して復讐をしようとしていた。彼の周りでは、その拳から逃げ惑う者、逆に彼を止めようと摑みかかる者、拳が当たってうずくまる者、吐瀉物で滑って転ぶ者が入り乱れて収拾がつかなくなった。

艦尾楼甲板から闇を切り裂いて鋭いホイッスルの音が飛んできた。

「何を騒いでおる！」ざらついているが渋みのある声が上がった。「だれか明かりを持ってこい！」

一時の騒ぎが収まり水兵たちは干物のように大人しくなった。しばらくするとランタンを手にしたロビン・ロイデン二等海尉が後甲板に降りてきた。ロイデン海尉はこの艦で最も年配の士官だ。通常、副長はその艦で最も経歴が長い海尉が務めるが、ロイデンはその役目をマーレイに奪われていた。それは彼が副長を務めるにはあまりに平凡すぎることを意味していた。だが凡庸な海尉でも、闇夜の一波乱を収めることくらいわけはなかった。ロイデンはランタンを掲げて水兵たちを見回した。嘆かわしい光景だった。怒りで顔を染めている者、殴られて顔に痣ができている者、鼻血を流している者、ズボンに嘔吐物を付けている者、そして酒瓶を片手に甲板に寝転がっている者。

ロイデンはまずこの惨状を作り出したであろう寝転がっている水兵に近づいた。つま先で腹をぐっと押してやる。

「おい、おい起きろ！」

水兵の反応は鈍かった。うめき声を上げるものの、目を開けてロイデンを見ようともしない。明らかにグロッキーだ。

「そこのおまえ」ロイデンが声をかけたのはマンディだった。「海水を汲んでこいつにぶっかけてやれ」

「アイ・アイ・サー」マンディは敬礼するとすぐに下の甲板に消えていった。

「さて、この大馬鹿者のことはあとだ」ロイデンは、怒りで疲弊して肩で息をしている水兵に向き直った。海尉はその水兵の拳に血が付着しているのを見て取った。「状況を見るに、怪我人を出したのはおまえだな、ホーランド」

「ええ、そうですよ」ホーランドは気の強そうなごつい顎をぐいと上げて答えた。

「なぜ暴力を振るった？」

「ズボンに思い切りゲロを吐きかけられたからですよ」

「ああ、だがおまえに嘔吐物をかけたのはそこで寝ている大馬鹿者だ。他の者は関係ない。なのになぜ怪我人が出ている？」

ホーランドはだんだんと平静を取り戻していった。

「それは、その……ゲロをかけられてカッとなって。それでこんなことをしたやつを殴ってやらねえと気が済まねえって思って……」

「それで？　おまえが振るった拳はそこの大馬鹿に当たったのか？　見たところ顔に痣一つないようだが？　碌に前も見えないなかで拳を振るったせいで、他の者たちが被害を被ったのだぞ。わかっているのか？」

「すみません」今やホーランドは風にも負けそうな弱々しい声で話していた。「頭に血が上っていたんでさあ」

「頭に血が上ったからといって暴力を振るっていい理由にはならん」ロイデンはぴしゃりと言った。「おまえのことは、そこの大馬鹿者の件と一緒に艦長に報告する」

　ホーランドはがっくりと肩を落とした。彼の暴力沙汰についてはこれで切り上げとばかりにロイデンは乱暴者から視線を外した。次に海尉の目はネビルに移った。ネビルは手で鼻を押さえていたが、指の隙間からは血が垂れ続けていた。

「きみ、大丈夫かね？」

「ただの鼻血です」

「しかし結構な量じゃないか。ひょっとしたら鼻が折れているかもしれん。念のため軍医に診てもらえ。きみは今日来たばかりの新米だな。医務室の場所はわかるかね？」

「わかりません」

「それでは調理場はわかるかね？」

「はい、それなら」

「調理場を抜けた先が医務室だ。そこに軍医がいるから診てもらいなさい」

ネビルは感謝の言葉を述べて中甲板へと降りていったが、踏み込むや否やネビルは心臓が縮み上がるほど驚いた。暗闇の中でいくつものぼんやりとした白い影が宙に浮かんでいたのだ。得体の知れない白い影にネビルは声を上げそうになったが、すぐにその正体に気づいた。それはハンモックで、非番の第二班の人間が寝ているだけであった。ネビルは苦笑いを浮かべつつ、ハンモックで眠っている人々の間を抜けながら火の気のない調理場へと入り、そこからさらに艦首に向かうドアを開けた。

ドアを開けた瞬間ネビルは面食らって固まった。医務室の中央には艦尾側の床から艦首方向の天井に向かって、人の胴体の倍の太さはあろうかという円材が横切っていたのだ。この円材は、船首からユニコーンの角のように突き出したバウスプリットの根元の部分であった。このバウスプリットの一部によって部屋は右舷左舷に緩く分断されていた。ネビルが入ってきた右舷側には八つのハンモックが吊るされており、そのうちの一つには具合の悪そうな男が収まっていた。

「だれかね？」左舷側から誰何があった。

ネビルは何と答えていいかわからず、ハンモックの間を縫って左舷側に向かった。バウスプリットをくぐると左舷の様子がはっきりわかった。左舷側にはハンモックはなく、代わりに壁際に並べられた抽斗がついた棚と、丸テーブルがあった。テーブルの周りには椅子が置かれていた。

椅子の一つには本を開いている男性が座っていた。年の頃は四十過ぎで眉間に深い皺が刻まれている。彼は薄い灰色の目でネビルを見ながら言った。

「天国への待合室に用事でも？」

「い、医者を探しているんです。殴られて鼻から血が止まらなくなったんです」

「わたしがこの艦の軍医だ」

相手から言われるまでまったく気づかなかった。目の前の男は掌帆長のフッドと同じ服装をしていたから、ネビルは相手が士官だろうと思っていたのだ。

「あなたが?」

「わたしのことを知らないとは、大方今日連れてこられたばかりの陸者だろう。わたしはアーサー・レストック、軍医であり准尉でもある。つまりきみの上官だ。親切な町医者ではないので言葉遣いには気をつけるのだな。治療が気に食わなくても暴言は吐けんぞ」

ネビルはレストックの険しい表情と言葉に身が引き締まったが、軍医はすぐに表情を緩ませた。

「ははっ、冗談だ。患者がだれであろうと、わたしは平等に扱うさ」

ネビルの緊張はほぐれ、レストックにつられて頬を緩ませた。

レストックは丸テーブルの椅子を引くとネビルに座るように促した。それから清潔な布を渡しながら言った。

「これを鼻に当てていろ。折れていないか診てやろう」

レストックはネビルの鼻を摑んで感触を確かめた。

「ふむ、どうやら折れてはいないようだな。血が止まらないのは鼻の中が切れているせいかもしれんな。まあしばらくはそうやって鼻を押さえておくといい。……ところで先ほど殴られたと言っていたが、喧嘩か?」

ネビルは事の一部始終を話した。すると軍医は顔をしかめ、ぽつりと呟いた。

「明日の昼は一仕事ありそうだな」

「どういうことです?」

「明日になればわかる。それより鼻は痛むか？」

「ええ、けっこう」

するとレストックは隔壁に立てられた棚のところに行き、抽斗から琥珀色の液体が入ったボトルを手に取った。その中身をグラスに四分の一ほど注いでネビルに渡した。

「ブランデーだ。少しは痛みが紛れるだろう」

ネビルは礼を言ってグラスを受け取ると、中身をゆっくりと飲み下した。喉に熱を帯びた痺れが走ったあと、胸の内側に暖かさが広がっていった。

「どうだね？」

「鼻がこんな調子なので味はよくわからないです」

「酒のことを訊いたのではない。艦での生活はどうだと訊いたんだ」

「つらいですよ、もちろん。いきなり海の上に連れてこられて、水兵にされるだなんて。ぼくには妻がいて、彼女は妊娠しているんですよ。それに仮にぼくが独り身だったとしても軍艦での生活なんて御免ですね。まるで地下牢の囚人になったような気分ですよ。もちろん上に行けば太陽を拝めますけど、風が強いし波しぶきも浴びるし、長居していると寒くなって堪りません。それに食事だってひどいものです。今日食べた牛肉なんて、硬くてしょっぱいだけの代物でしたよ」

ネビルはグラスの中で揺れるブランデーをじっと見ながら、自分の気持ちをまとめる言葉を探した。

「正直に言えばこんなところにいたくはありません。でもどうしようもないのでここにいるしかない。家族ともう一度会うという願いが心の支えになっているから、ぼくはこの不条理に耐えていられるのです」

「家族と無理矢理引き離されてここに連れてこられたのはきみだけじゃない。むしろこの艦の大半の水兵がそんな人間だろう。だが彼らは毎日仲間と一緒に笑っているぞ」

「長い航海の中で家族への想いが薄れているだけでは?」

レストックは首を振った。

「さっききみが言ったではないか。どうしようもないからここにいるしかない、と。自身の力が及ばない事態に直面したとき、運命を呪って泣き暮らすか、困難の中に楽しみを見出(みいだ)して笑うか、きみならどちらを選ぶかね?」

ネビルはグラスに残っているブランデーをゆっくりと回した。

「きみは陽気な水兵の話を聞いたことはないか? 陸の人間にとっては、水兵は歌いながら仕事をして、仲間と酒を飲んではしゃぐ、そんなイメージがあるだろう。だが、彼らは楽しいから歌ったり騒いだりするんじゃない。厳しい艦上の生活を忘れるために、歌や酒で楽しみを作り出そうとしているんだ。背筋を伸ばして生活したいならきみもそうするべきだな」

「ずいぶん親切にしてくださるんですね」

「わたしは士官であるが軍医だからな。苦しむ人間は放っておけんのさ。さて、血はもう止まったかな?」

鼻血は止まっていたが息苦しさは残った。ネビルは残ったブランデーを飲み干すと、礼を言って立ち上がった。

レストックは最後にネビルに忠告をした。

「絶望の中に小さな希望を見出せ。それができなかった者はみな、自ら進んで海の藻屑(もくず)と消えていったよ」

その後、ネビルは後甲板に戻ったが、騒ぎはすっかり片付いていた。残りの当直時間は何事もなく過ぎ去っていき、八点鐘が交替の時間を告げた。ネビルは大あくびをしながら背伸びをした。時刻は零時、こんなに遅くまで起きているのはネビルにとって初めてのことだった。夜更かしは蠟燭を潤沢に使える金持ちの贅沢で、陸にいたときはあこがれていたが、暗闇の中で延々と待機するのはただの拷問だ。

「お疲れだな」マンディが声をかけてきた。「一日を通じてここでの生活をどう感じた？」

「生きるのに精一杯で何かを感じる余裕なんてありませんよ」

暗闇に包まれたデッキにメガホンを通した声が響いた。

「今日徴兵されたばかりの陸者は、最下甲板までハンモックを取りに行けー！」

「最下甲板はわかるな」マンディが言った。「ハンモックは中央ハッチを降りたらすぐのところで配られているはずだから、たぶん迷わんと思う。だがまあ、そのあとのこともあるし案内してやるよ」

マンディは舷側に連なる網のハンモック入れから自分のハンモックを取り出すと、ネビルを連れて中央ハッチを降りていった。最下甲板に降りるとすぐ右手にハンモックを配る主計手の姿があった。彼に用件を告げると、ハンモックと毛布を二枚ずつもらうことができた。一枚は予備で、洗濯に出しているときに使えとのことだった。

寝具をもらったネビルはハッチを上っていったが、下甲板でマンディに止められた。

「おいおいどこ行くんだ？　おれらの寝床はこっちだ」

マンディは艦尾のほうを指さしていた。

「え？　でもここって、下甲板ですよね？」

「寝るところと食事をするところは別々なんだよ。中甲板のあの席で飯を食ったからって、あそこが寝床になるわけじゃねえ。寝るときは食卓班じゃなく当直班のメンバーで集まって寝るんだよ。バラバラで寝ちまったら夜中の当直をサボるやつが出てくるだろ？」

「確かに。あの暗闇の中でだれがいるいないを把握できませんね」

下甲板では当直を終えたばかりの水兵たちが就寝の準備をするために動き回っていた。気をつけないとぶつかりそうになるほどの人の密度だが、マンディ曰くこれでも余裕があるらしい。

「艦が停泊するとこの倍の人間が一緒に寝ることになるぜ。停泊中は夜の当直がないから、今上に出ているやつらもここにいることになるからな。そんときは朝起きたらもう、オーツ麦が詰まった麻袋に頭を突っ込んでるのかってくらい息苦しくなってるぜ」

ネビルたち後甲板右舷班は、寝る場所も下甲板の右舷で、隣には船底に溜まった水を排水する鎖ポンプがあった。

ハンモックは梁に付けられたフックに掛けるようになっていた。マンディは自分のハンモックを先に準備すると、ネビルの分を貸せと声をかけた。

「ほら、ハンモックを低くしてやるよ」

マンディはハンモックの上下に付いているより紐を巧みに操って、フックに掛ける輪を作った。紐を十分残して輪が作られたので、フックに掛けるとハンモックは膝の上辺りの高さになった。対して隣のマンディのハンモックはへその上くらいの高さにあった。

「こうやって高低差を付けて寝転べばな、人が多くても少しは広く感じられるだろ」

ネビルはハンモックに横になろうとしたが、この馴染みのない寝具はぐずる幼児のようにその身をよじり、乗り込もうとするネビルを尻から甲板に振り落とした。

「そうやって慎重に横になろうとしたらダメだぜ。ハンモックは勢いが大切だ。手本を見せてやる。よく見とけよ」

マンディはハンモックの奥のほうを右手で摑み、右足を先に乗せた。左手はバランスを取るように伸ばした状態で、思い切り甲板を蹴って身体を浮かせた。そしてそのまま身体をひねって仰向けにハンモックの中に転がってみせた。

「跳んだ瞬間に右手を引いて、左足を右足の隣に下ろそうと意識するのがコツだ」

ネビルは言われたとおりにしてみた。マンディのハンモックよりも低いので勢いはいらなかった。彼は身体をひねってハンモックに収まった。寝ているときに落っこちないだろうかとネビルは心配したが、やがて睡魔が速やかに彼を包み込んだ。慣れない環境ですぐに寝られるほどネビルは疲れ果てていた。

初めての海上での一日はこうして終わった。


「そういーん、きしょーう！」水兵たちを起こす声がハッチを駆け下り、下甲板に届いた。

ネビルはまだ眠く、ハンモックに包まれていたかったが、周りの水兵たちは新しい一日の労働に従事するために起き始めていた。

「おい、早く起きないと掌帆手にハンモックの紐を切られるぞ」マンディがネビルを揺すりながら言った。

「まだ眠いですよ。今何時なんです？」

「おいおい、寝ぼけてくれるな。当直は四時間ごとの交替だったろ。だから四時だ」

「冷静に考えて、四時間以上寝られないなんてどうかしてますよ」

「寝足りない分は次の非番のときに寝ればいいだろ。とにかく起きろ」

ネビルは仕方なく左足を甲板に下ろそうとしたが、足が着く前にハンモックが半回転してネビルを振り落とした。

「痛い！」ネビルは半身を甲板に打ちつけて悶絶した。

「言い忘れていたがハンモックは降りるときのほうが注意が必要だ。目が覚めたか？」

眠気は薄れたが気だるさはネビルの全身に宿ったままだった。身体は濡れ毛布を被せられたかのように重く、関節は錆び付いたように動かしにくかった。

「ほら、ハンモックは丸めておけ。露天甲板のハンモック網に入れておくんだからな」

ネビルはマンディの手を借りてハンモックをソーセージのように細長く丸めた。露天甲板に上がってハンモックをしまうと、水兵たちに待っていたのは甲板の清掃だった。

彼らは聖書のような四角い石を渡され、士官候補生が砂を撒いた場所を磨くように命じられた。水兵たちはズボンを汚さないように膝の上までたくし上げてから、四つん這いになって床磨きをするのだが、冷たく硬い甲板は容赦なく水兵たちの膝をいじめた。一通り磨き終えると士官候補生が海水で砂を流して、水兵たちは新しい掃除場所を指示された。朝の当直はこの繰り返しであった。

床磨きという雑用を命じられて、ネビルの靴職人としての誇りは傷ついた。鬱憤と膝の痛みを抱えながら中甲板の磨き掃除をしていたとき、頭の上から声をかけられた。

「おーい、ちょっとそこをどいてくれい」

ネビルは顔を上げた。そこにはだれもが認めるであろう醜男（ぶおとこ）が立っていた。左右の目はアーモンドとクルミのように不釣り合いで鼻は絵に描いたような団子鼻だ。唇はぼってりとぶ厚く、その隙間からは乱杭歯が覗いていた。服装もだらしなく、無帽でジャケットも身につけていない。シャツのボタンは上から二つ目まで空いていて、ズボンの膝はすり切れて膝小僧が覗いている。

「聞こえんかったか？　どいたどいた」醜男は犬を追い払うように手でシッシッとやった。

　ネビルが後ろに下がると、醜男がネビルがいた場所に膝を突いた。

「あったあった、これだ」醜男は甲板にできたひび割れを指でなぞった。「おい、まいはだ（ロープをほぐして繊維状にしたもの）をくれ」彼は背後に道具箱を持って控えていた助手に声をかけた。すぐさま要望したものが手渡され、醜男はノミのような道具を使ってひび割れにまいはだを押し込み始めた。ひび割れが埋まると今度は木槌でまいはだを叩き固めていった。

「すいません。何をしているんです？」ネビルは興味本位で訊ねた。

　醜男は作業を続けながら答えた。

「あー？　なんだ、おれが何してるのかもわからねえってか？」

「親方、たぶんこいつは昨日連れてこられた新米かと」まいはだを渡した助手が言った。

「あー？　じゃあ知らんのも無理はないか。これはな、甲板のひび割れを塞いでんだよ。ひび割れを放っておくと木に水が染みこんで腐っちまうからな」

「へえ、そうなんですね」

「ところでよお、おれは頓着しねえが、他の士官にはそんな口の利き方はやめたほうがいいぜ」

「えっ、士官？」

「おうよ」男は立ち上がった。「おれはヘンリー・ファルコナー。この艦の船大工長をしている。船大工長の階級は准尉だぞ」

「失礼しました、サー」ネビルは鞭を恐れ、慌てて敬礼した。

「かまわん。おれは頓着しねえって言っただろ」ファルコナーは助手に向き直って命じた。「おい、タールだ」

打ち固められたまいはだにタールが塗られ、ひび割れは完全に隠された。

「さて、次だ次。今日は修理する場所があと二十二箇所もあるんだ。チンタラしてねえでさっさと行くぞ」

ファルコナーは助手を伴い次の破損箇所に向かった。

午前の二点鐘（九時）が鳴ったとき、非番の新入りたちに召集がかかった。後甲板に集められた彼らの頭には、昨日のマスト上りのことがあった。そのため今度は何をやらされるのかと、恐れに身を揉まれながら次の展開を待った。

新米水兵たちの不安に拍車をかけたのが後甲板にいるジョン・コフラン三等海尉の存在だった。彼は左目を眼帯で覆った士官で、剛毛の眉と口髭を威嚇（いかく）するように傾けて新入りたちを値踏みしていた。

やがて中央ハッチから大きな木箱を持った水兵たちが次々と現れた。すべての箱が置かれると、水兵たちを先導していた先任衛兵伍長のアルフレッド・マイヤーがコフランに敬礼しながら報告した。

「ピストルとカットラスの準備、整いました」

海尉は黙って頷いて理解の意を示すと、溶けかけの氷のようにだらしなく立っている新入りたちの前に歩み出た。

「おまえたちは戦いを経験したことはあるか？」コフランは、隻眼で新人たちを睨みつけながらいきなり言った。「もちろんないだろう。おまえたちが経験した戦いというのはせいぜい酒場での取っ組み合いくらいではないか？　そんな喧嘩が児戯にも価しないのが海上での戦いだ。ハルバート号の任務は哨戒だが、敵艦を発見すれば当然戦闘に突入する。そのときに、戦えない者がこの艦にいるのはまかりならんというのが艦長のお考えだ」

コフランは帯刀していた細身の剣を鞘ごと腰から外し、カッと甲板に打ちつけた。

「そこでおまえらに訓練を課す。戦場で最低限のことができるようにな。海戦で戦場を支配するのは大砲だ。大砲の多さが勝敗を決するとまで言われている。だが、敵艦への最後のとどめが白兵戦になることもままある。ヤードとヤードがぶつかるほど接近し、敵艦に切り込んで敵兵を打ち倒し、軍艦旗を引きずり下ろして勝ち鬨を上げる。それが海の白兵戦だ」

コフランはまるで白兵戦こそが戦場の華とでもいうように一瞬口元を緩めた。

「さて、水兵の武器はいろいろあるが、まずは基本からだ。……マイヤー先任衛兵伍長」

名前を呼ばれただけだが、先任衛兵伍長は自分がすべきことを心得ていた。彼は木箱からピストルとカットラスを取り出すと、それを手にしてコフラン海尉の隣に立った。

「ピストルとカットラス、この二つが白兵戦における水兵の基本装備だ。まずはピストルからだ。この中にはピストルを扱ったことがない者がほとんどであろうから、一からピストルの仕組みを説明しよう」

ピストルの構造はネビルが思っていたよりも単純であった。ピストルを使うには打ち金を上げておく必要がある。引き金を引くと打ち金は勢いよく下り、火皿の上の当て金にぶつかって火花が散る。これがピストル単体での動きだ。これに点火薬、弾薬、弾丸を装塡することで武器として機能する。火花が火皿に詰めた点火薬を燃やし、その火が弾薬に伝わることで爆発が起き、銃口から殺人的な力で弾を押し出すのだ。

ピストルについての説明が終わると新入りたちにピストルが配られ、実際に打ち金を上げるよう命じられた。マイヤー先任衛兵伍長が一人一人のピストルを見て回り、打ち金の状態をチェックした。その後コフラン海尉は、腕を伸ばしてピストルを構えるように命じた。「撃て」という命令と共に引き金が引かれ、カチリという小気味のよい音が一斉に響いた。次は実際に弾薬等が装塡されたピストルを発射することになった。新入りたちは三人ずつ順番に舷側板の前に立ち、マイヤーから点火薬、弾薬、弾丸の装塡指導を受けた。ネビルは最初の三人に選ばれたが、これらの危険物を詰めるのは案外簡単であった。点火薬は当て金を開けてその下の火皿に注ぎ、弾薬と弾丸は銃口から入れて木の棒で押し固めるだけでよかった。充塡の最中に引き金に触らないように念押しされたくらいで他に注意はなかった。ピストルを構えるようにコフランが命じると、ネビルたちは水平線に向かってピストルを突き出した。

マイヤーが射手の姿勢をチェックして、誤った構え方を修正していった。三人とも正しくピストルを構えられたところでコフランが命じた。

「撃て！」

ネビルは思い切って引き金を引いた。パンという突き抜けるような音が四方に走り、射手たちの顔の前に白煙が舞う。生まれて初めて銃を撃ったが、緊張がすっと抜けていっただけで手応えも感動もなかった。結局彼は的も何もない海原に鉛玉を飛ばしただけなのだから。

この調子で次々新米たちはピストルを発射していった。最後の組が終わるとコフランが小銃を片付けるように命令した。

「さて、おまえたちにはピストルの使い方を教えた。だがそれくらいで強くなった気になってもらっては困る。ピストルは確かに優れた武器だ。引き金を引くという最小の力で敵を甲板に沈めることができるし、手の届かない相手にも攻撃することができる。しかしわたしから言わせればピストルは利点よりも欠点のほうが多い」

新米たちが困惑の表情を浮かべるなか、コフラン海尉は続けた。

「そもそもピストルは不確実な武器だ。遠くの敵を倒そうとしても、揺れ動く艦上では弾が外れることがほとんどだ。それに続けて使うことができない。一度弾を発射すればそれっきり。もちろん白兵戦の最中、悠長に弾を込め直す時間はない。右も左も敵だらけなのだからな。いいか、ピストルはおまえたちの命を守るものではない。弾丸に先陣を切らせるものだと思っておけ。敵艦に乗り込む前に、敵兵が固まっているところめがけて発射しろ。そうすれば狙いをつけなくてもだれかしらに当たる可能性が高い。発射したピストルはすぐに手放せ。弾のないピストルなど用なしだ。そして代わりにこいつを手にして戦うのだ」

コフランは木箱からカットラスを取り出した。太陽の光を受けて、錆止め油が塗られた刀身がギラリと光った。

「これこそが水兵にとって最も大事な武器だ。こいつを手足のように扱えるようになれば、白兵戦で生き延びられる確率がぐんと上がる。これで敵を倒すことが命を守ることになるのだ。今日からカットラスの扱いが熟達するまで毎日訓練してもらう。習熟が遅れている者は折半直に追加の訓練を課すのでそのつもりでいろ。まず基本となる型をミスター・マイヤーが見せる。あとで実際にやってもらうからよく見ておけ」

先任衛兵伍長はカットラスを持って気をつけの姿勢を取った。

「構え！」

コフランの号令に合わせてカットラスを握る右手を腰に当て、左手を背中に付けた。

右足を前に出しつつカットラスを突き出す。少ない動きだが体重の乗った刃先が恐ろしげな音を立てて空を切った。

「突け！」

「カットラスの基本は突きだ。間違っても両手で握って振り上げるような真似はするな。がら空きの胴体に敵の刃を呼び込むことになるぞ。人間など刃先をめり込ませるだけで十分なのだ。首を突き刺せばそれで終わり、腹を突き刺せば大抵の人間は痛みと血と恐怖でその場にうずくまって戦意をなくす。突くということを徹底しろ」

それから新入りたちにカットラスが配られて実践という流れになった。片刃のカットラスはずっしりと重く、ネビルは荒縄で固められた柄を力を込めて握った。十分な距離を取って新入り全員で突きの練習をしたが、十回繰り返しただけでネビルは手が震えてくるのを感じた。

「バカ者！　そんな軟弱の突きでは敵兵どころか帆布一枚にも穴を空けられんぞ」コフランの怒声が飛んだ。

その後も別の攻撃の型や守りの型の訓練をした。ネビルたちが解放されたのは六点鐘（十一時）が鳴ったときだ。ネビルは一日の仕事を終えた港湾労働者のような足取りで食卓に戻った。昨日はヤードの上のプリンスともてはやされたジョージもコフランのしごきに疲れた顔を見せていた。

食卓ではすでに昼食の用意ができていた。今日のおかずは塩ゆでの豚とエンドウ豆のスープだった。

「二人ともずいぶんげんなりしてるじゃないか」コグが心配そうに声をかけた。

チョウが豆スープを口に運びながら言った。

「まあ疲れるのは無理もない。非番が休憩になってないからな」

「艦長も容赦ないぜ」ラムジーが豚肉を切り分けながら言った。「昨日今日水兵になったやつらを徹底的にしごくとは」

マンディが鼻で笑った。

「へっ、当たり前だ。艦に使えない人間を乗っけていたから沈没しましたじゃ、無能の烙印（らくいん）を押されちまうからな」

「みなさんは訓練をしないんですか？」ネビルが訊ねた。

「もちろん定期的にやっているさ」マンディが答えた。「上級水兵はカットラスやピストルの他にマスケット銃の訓練もするんだ。檣楼に上って敵を狙い撃つこともあるからな。あと毎週月曜日と木曜日に大砲の訓練があるぜ」

月曜日は明日だ。

「それではまだまだ休む暇はなさそうですね」ネビルは肩を落として言った。

「まあそう暗くなるな。これから午後の当直が待っているんだし、一杯やって英気を養えや」ガイがネビルとジョージのジョッキにビールを注ぐと歌い始めた。

つらいしごきにゃビールが効くぜ
艦の上の一番の薬さ
本当はグロッグも浴びたいけれど
ケチな士官は渋るんだ

だからみんなでビールを傾けよ
叱責鞭打ち忘れるために
ビール　ビール　もっと　もっと

歌と酒で食卓は徐々に陽気な空気に包まれた。だれかが歌えば他の者は乾いたジョッキや手で食卓を叩いてリズムを刻んだ。ネビルも仲間と一緒に喧噪の一部となった。軍医の言葉どおり、少ない休息に不平不満を述べるよりも、みんなと一緒に騒いだほうが気持ちが高揚した。

だが昼食のあと、ネビルは戦艦生活での新たな過酷な一面を垣間見ることになった。正午を知らせる八点鐘が鳴らされた直後、ホイッスルの音が響き渡った。

「そういーん、後甲板に集合ー！　懲罰立ち会いーー！」

メガホンで拡大されたフッド掌帆長の声がネビルたちのところまで届いた。

「きっと昨夜のゴタゴタのことだろうぜ」マンディが立ち上がりながら言った。「さっさと行こうぜ。遅れて行っておれたちが鞭をもらっちゃ世話ないぜ」

後甲板は大勢の水兵で溢れかえっていたが、舵輪の周りには士官たちが厳めしい顔をして並んでいた。水兵たちは士官たちの領域に侵入しないように一定の距離を取っていた。また艦尾楼甲板の上には後甲板を見下ろすように緋色の制服を着た海兵隊員たちがずらりと並び、物々しい空気を作り出していた。

ネビルは、艦尾楼甲板に上る左側の階段の隣に見慣れない物体を目にした。それは昇降ハッチを塞ぐ格子蓋を二枚組み合わせたもので、一枚はせり上がった艦尾楼甲板の壁に立てかけて、もう一枚はその立てかけた格子蓋の下に敷かれている。二つの格子蓋はロープで一つに繋がれていた。格子蓋の隣にはマイヤー先任衛兵伍長が背筋をピンと伸ばして立っていた。彼の隣には顔を強ばらせた二人の水兵がいた。ネビルはその二人がだれかすぐにわかった。愚鈍なカエルじみた顔つきの男は、昨晩甲板で盛大に嘔吐し、一時の混乱をもたらした水兵だった。もう一人は、その嘔吐に激昂して闇雲に暴れた結果、ネビルを含めた数人の仲間に怪我をさせた男だ。名前は確かホーランドだったか。

ミズンマストの後ろにある艦長室からグレアム艦長が書類を手にして出てきた。その眼差しにはどの士官よりも厳しい光が宿っていた。グレアムが日の当たる場所に出てくると、マイヤーが艦長に向かって敬礼した。

「準備、整っております」

グレアムは無言で頷いてから、手にした書類に記された名前を読み上げた。

「イーデン・ガーナー、縫帆手(ほうはんしゅ)助手」

名前を呼ばれた男はマイヤーの部下の伍長にせっつかれて艦長の前に立たされた。彼は脱いだ帽子を両手で弄びながら、肩を丸めて恐る恐る艦長の表情を探っていた。

マイヤー先任衛兵伍長が罪人について報告した。

「この男は昨日の夜の当直時に酒に酔った状態で後甲板に出て、嘔吐で甲板を汚しました。手荷物を調べた結果、海軍では絶対に支給されないであろう酒が出てきました」

「この男はその酒をどこで手に入れた?」

マイヤーは唇を舐め、やや歯切れ悪く言った。

「それが……サウサンプトンに停泊していたときに、商売女から買ったようでして……」

グレアム艦長は書類から目を上げた。サウサンプトンでは乗員に上陸許可は出しておらず、商売女を乗せたボートがやってきた。

「商売女を揚げたときに手荷物検査をしたのはだれだ?」

「ケプラー士官候補生です」

艦長はすぐさま当人を呼びつけた。

「ケプラー士官候補生!」

士官の列の中から馬面の男が飛び出してきた。士官候補生は三角帽を外し、何か言おうとしたが艦長の裁定のほうが早かった。

「職務怠慢である。この裁判が終わったあとで次の四点鐘(十四時)までシュラウドで反省しろ! もう下がってよい」

艦長が下したのは、シュラウドに手足を括り付けられて吹き晒しに遭わされる罰であった。ケプラー士官候補生はがっくりとうなだれて列に戻っていった。シュラウドに括り付けられるのは水と風に晒されるだけでなく、みなの見世物にもなる屈辱的な罰だ。

グレアムはガーナーに向き直った。

「さて本筋に戻ろう。ガーナーよ、何か申し開きをすることはないか?」

ガーナーは口を開いたが言葉が出てこなかった。何度か口をパクパクさせたあとでようやく震える言葉をひねり出した。

「あ、あの……あっしは直外員でして、よ、夜の仕事はありませんでした」

「だから酩酊してもよいと? 仕事はなくても敵艦が出現しないとどうしてわかる? 夜霧に紛れて突然敵艦が現れたとき、貴様はへべれけの足で戦闘部署に就く気か?」

ガーナーはもう言葉を発しなかった。真っ青になって突っ立っている。

「休暇中でもないというのに、配給されてもいない酒を飲んで正体をなくすとは言語道断だ。その放恣は度しがたい。貴様には鞭打ち八回を言い渡す」

水兵たちの間に海潮音のような静かなざわめきが広がった。酩酊で鞭打ち八回は、反吐で甲板を汚したことを加味しても厳しい罰だった。

二人の伍長が震えるガーナーの両脇を摑んで、立てかけられた格子蓋まで引きずっていった。ガーナーは上半身を裸にされて、両手両足を広げた状態で格子蓋に括り付けられた。ネコの穂先を手で梳きながら二人の掌帆手がガーナーの左右に立った。海兵隊鼓手が太鼓を叩いておどろおどろしいリズムを刻み、その瞬間が近いことを示した。

ネビルは思った。場を盛り上げるように太鼓を叩いてまるで見世物だ。そう、これは実際に見世物であった。艦で罪を犯した者がどうなるかをみなの脳裏に刻みつける世にも恐ろしい見世物だ。

「始め！」グレアムが大声で命じた。

右側に立っている掌帆手が大きく振りかぶり、ガーナーの白い背に鞭を叩きつけた。ガーナーは絶叫し、その背中には赤く残酷な爪痕が残った。

「いーち！」先任衛兵伍長が声を上げた。

次は左側の掌帆手が鞭を振るった。獣じみた叫びが上がり、赤い爪痕が交差した。

「にー！」

その後は二人の掌帆手が交互に鞭を打ちつけていった。ネビルにとって胸が悪くなる光景だった。鞭が打たれるごとにガーナーの背中の皮が削げ、赤い傷が顔を覗かせていった。彼の叫びはネビルの首に巻き付いて息苦しくさせた。すべてが終わったとき、青白かったガーナーの背中は赤紫の固まりと化していた。

「あれが海軍で有名な赤いチェックのシャツだ」マンディが傷を指差しながらネビルに言った。「水兵は赤いチェックのシャツを着て一人前とか茶化して言うやつもいるが、あんな目に遭うのはごめんだね。おまえもせいぜい気をつけるんだな。重大な違反を犯せばもっと多くのネコをもらうことになるぜ」

格子蓋から解放されたガーナーはその場に頽れた。自分で歩くこともできず、軍医のレストックと彼の助手に医務室まで連れていかれた。

愚か者に対する罰が完了し、グレアム艦長は次の書類に目を通した。

「エリック・ホーランド、上級水兵」

ホーランドが艦長の前に進み出た。その顔は先ほどの鞭打ちを目の当たりにして恐怖で固まっていた。

先任衛兵伍長がホーランドの罪を報告した。

「この男は昨日の夜の当直時に暴力沙汰を起こしました。複数の水兵が殴られました。中には怪我をした者もおります。暴力を振るったのは、先ほどのガーナーの反吐が足にかかったことで激昂したのが原因とのことです」

艦長が罪人を見ながら言った。

「ホーランドよ。なぜガーナーでなく他の者に暴力を振るった？」

ホーランドはごくりと生唾を飲み下すと、勇気を出して話し始めた。

「まっ、真っ暗で周りが見えませんでした。おれを汚した野郎めがけて拳を振るったつもりだったんですが、関係のない者に拳が当たることになりました」

グレアムは首を振った。

「貴様の思慮の浅さには驚かされる。さて、貴様に対する罰は、本来なら足かせを付けて甲板に拘束しておくというのが妥当である。しかし、記録によると貴様は二週間前も喧嘩騒ぎを起こして先任衛兵伍長の要注意人物のリストに名前が載っている。リストに名前が載っている者が再び違反を起こした場合、それは従来よりも重い罰を科されることになるのは貴様も知っているな？」

「は、はい」ホーランドはつっかえながら答えた。

「貴様には一日の営倉行きを命じる。そこで十分反省しろ」

焼きごてを押し付けられたかのようにホーランドの目がカッと見開かれた。硬直した彼の顔は、まるで死刑宣告を受けたかのように恐怖と拒絶の念に覆われていた。水兵たちのざわめきも、ガーナーに下された鞭打ち宣告よりも遥かに大きく、場を静めるために副長が「静粛に！」と声を上げる必要があった。

ホーランドが先任衛兵伍長に連れていかれると、フッド掌帆長が怒鳴った。

「懲罰立ち会いはこれで終わりだ！　各員午後の当直に就け！」

後甲板から水兵たちが散らばっていったが、そのときも熱の籠ったざわめきが四方八方で起きていた。

ネビルはマンディに訊ねた。

「なんでみんなあんなに興奮してるんです？　営倉送りは鞭打ちよりもひどいんですか？」

マンディは意味ありげな笑みを浮かべた。

「この艦には一つ迷信があってな。営倉送りにされた者は悲運の死を遂げるんだ」

「なんですか、それ？」

「まあこれから当直だ。いくら温厚なヴァーノン海尉でも四六時中くっちゃべっていたらさすがに手がネコに伸びるだろう。それだけこの話は語ることが多いんだ。詳しく知りたきゃ夕食のときにガイにでも訊け。あいつはこの話が大好きだから喜んでしゃべるだろうぜ」

その日の夕食の席、配膳が終わった直後にマンディが言った。

「おいみんな、ネビルが営倉の呪いについて知りたいらしいんだ」

ガイが口笛を吹いた。

「憐れなホーランドがぶち込まれたから気になるってか？」

「営倉に入れられた者はみんな悲運の死を遂げると聞いたんですが。本当なんですか？」

コグがにやりと笑った。

「あの営倉は曰く付きなんだよ。死んだフランス人艦長の霊が住み着いているのさ」

「なんです？　その死んだフランス人艦長って？」

マンディがエンドウ豆のスープを引き寄せながら言った。

「ガイ、おまえその話をいつも新入りに聞かせて脅かしてたろ。話してやれよ」

ガイが嬉々として話し始めた。

「この艦に長年伝えられている話だよ。ハルバート号はセイント諸島の戦い（アメリカ独立戦争中の一七八二年に起きたイギリス海軍とフランス海軍の戦い）に参加していたんだ。それでハルバート号は戦闘の最中、パラミューズ号っていう敵艦を拿捕したんだ。そんでパラミューズ号に乗っていた連中を全員捕虜（ほりょ）としてハルバート号に移したわけよ。捕虜の中には敵の艦長もいてな。さすがに地位の高い艦長を他の捕虜と一緒に扱うわけにはいかない。だから艦長だけ下甲板の艦尾区画にある営倉に入れて、他の捕虜は船倉を空けてそこに押し込んだのさ。そうしたらどうだ？　翌朝食事を持っていった海兵隊員が、梁に自分のズボンを括り付けて首を吊っているフランス人艦長を発見したんだ。自分の艦を失ったことに耐えられなかったんだろうよ。死者は礼節をもって水葬されたが、話の本番はここからだ」

　ガイはビールを一口飲んでから続けた。

「ハルバート号は他の艦と一緒にイギリスへの帰路についていたんだが、勝利に浮かれたせいか禁じられた博打(ばくち)をやった二人の水兵がいたらしくてな。そいつらは博打がバレて営倉送りになったんだよ。その日の夜、営倉から悲鳴が上がってな。駆けつけた海兵隊員が中に入ると、違反者二人が足かせを付けたまま震え上がっていたんだ。そいつらが言うには、宙に浮かぶ青白い光を見たんだってよ。その話はすぐに艦内に伝わって、フランス人艦長の霊が出たってみんなの話の種になったらしい。ここまでならまだ怪談で済むが、次に起こったことがハルバート号を恐怖に陥れたんだ」

「何が起きたんです？」

「罰せられた水兵のうちの一人が、営倉から出された翌日にマストから転落して死んだんだよ。そいつは熟練水兵で、おまけにその日は特に風も強くなかった。だからそいつがマストから落ちるなんてまず考えられなかったんだ。そしてそれから数日後、もう一人の違反者が悲劇に襲われたのさ。その日、ハルバート号は嵐に見舞われてな、それはもう艦がひっくり返るんじゃないかってくらいのひどい嵐だったらしい。そんな大時化(おおしけ)のなか、甲板まで上がってきた大波が営倉に入れられたやつをさらっていったんだよ。そいつはもうそれっきりだったんだが、嵐が収まってから驚くべきことがわかったのさ。その嵐で犠牲になったのは、そいつ一人だけだったんだ。もっと犠牲者が出ていてもおかしくなかったのに、嵐はまるで狙いすましたかのように賭博をした水兵だけを連れ去ったんだ。一週間で営倉送りの人間が二人も死んだんで、営倉にはフランス人艦長の亡霊がいて、営倉行きになった人間は呪われるって言われるようになったんだぜ」

　ネビルは食事も忘れてガイの話に聞き入っていた。

「それで、他にも営倉に入れられて亡くなった人はいるんですか？」

「ああ、もちろん。たくさんいるぜ」

「よく言う。一人も名前を挙げられないのに」チョウが冷めた口調で言った。「みんなこの艦の営倉を怖がっているが、おれがここに来てから、実際営倉に入ったやつが死んだことはない」

「じゃあその話はでたらめなんですか？」

「まったくのでたらめってわけじゃない」マンディが言った。「フランス人艦長が営倉で自殺した話は本当だ。そのあと営倉に入れられた二人組が死んだという話も事実らしい。だが、実際には一週間以内に立て続けに死んだってわけじゃないようだ。半年か一年か、とにかく死んだのは営倉に入れられてからずっと月日が経ってからって話だ。本当の死にザマも実際のところはっきりしねえ。マストから落ちたやつは、風の強い夜中に縮帆作業をさせられていたって話もあるし、もう一人のほうは他の水兵と一緒に波にさらわれて死んだって話が有力だ」

　マンディはビールを飲んで話をまとめた。

「まあ要するに、艦にいるやつはみんな閉じ込められて暇なんだ。ちょっとした事件にどんどん尾ひれを付けて話を大げさにして、みんなで面白がるってことは日常茶飯事さ。フランス人艦長の亡霊の話はこの艦に伝わる一番有名な話だから、営倉送りになるやつが出るたびにみんなが話題にするんだよ」

「まっ、どのみち営倉送りなんて御免被る罰だけどな」ラムジーが言った。「ただ暗い部屋に閉じ込められるだけじゃない。足かせをはめられて床に取り付けられた鉄の棒と繋がれるのさ。つまりずっと座りっぱなしで自由に動けなくなるんだよ。それが一日続くんだぜ。本当に聞いただけでもきつい罰だ……」

話は実際の営倉送りの説明に移り、フランス人艦長の亡霊の話はそれっきりとなった。

翌朝の朝食はオートミールとビスケットだった。オートミールはぐずぐずになるまでしっかりと煮詰められ、仕上げに糖蜜がかけられていた。甘く味付けされたオートミールをジャムのようにビスケットにつけ、みんな黙々と食事をした。

食事が終わったあとマンディが新しい木桶をテーブルの上に置いた。

「ネビル、今日の分の食料を司厨長（しちゅうちょう）の部屋からもらってきてくれ」

料理をするのはもちろんコックとその部下だが、戦列艦の乗組員全員の食材を調理場に運ぶのは彼らだけでは到底無理であった。そのため食卓班の一人が司厨長の部屋で班員分の食料をもらい、それを厨房まで持っていくことが海軍の通例だった。

「司厨長の部屋は最下甲板の艦首のほうにある。前部ハッチから行くといい。今の時間は他の班も食料を取りに行ってるからわかると思うぜ」

ネビルは両手に木桶を持って最下甲板に降りていった。ジメジメした最下甲板に到着すると、右舷にある部屋に向かって人の列ができていた。だれもかれも木桶を持っている。きっとあそこが司厨長の部屋だろうと思い、ネビルは列の最後尾に並んだ。

班の配給をもらった食事係が次々に部屋から出てきてネビルの番となった。司厨長の部屋は、義父の肉屋のバックヤードに近い雰囲気があった。ドアのすぐ右手には木製の食肉解体台があり、そこで司厨長が肉切り包丁を振るって塩漬け肉を一班分にカットしている。解体台の反対側の壁際には人の腰ほどの高さはある大きな桶が並べられていて、中にはカットされた肉や乾燥エンドウ豆、オーツ麦、ビスケットが入っていた。桶の隣にはチーズが納められた棚がある。大きな桶の前には司厨長の部下がいて、食事係は彼に食卓番号を告げて食料をもらっていた。ネビルもそれに倣って食料をもらった。

　ビスケットが桶に入れられているとき、天井に吊るされたランタンが、その表面を照らした。それを見たネビルはビスケットに白い斑点があることに気づいた。不思議に思ったネビルは、ビスケットをもっとよく見るために受け取った桶の中を覗き込んだ。

　ビスケットの白い斑点は蠢いていた。その正体に気づいたときネビルは叫び声を上げた。

「うわあ！　なんですかこのビスケットは！」

　ネビルは突き返すようにビスケットの入った桶を前に出した。白い斑点の正体は、吐き気を催すほど元気に動き回っているウジ虫であった。ネビルは心底おぞましさに震えたが、他の者たちの反応は淡泊で冷めていた。司厨長、その部下、ネビルの後ろに並んでいる食事係、全員が迷惑な酔っ払いを見るように疎ましげな視線を送った。

　ネビルの叫びのあとに生まれた沈黙にするりと割り込んできた人物がいた。

「何の騒ぎだ？」

　ネビルが声のしたほうを向くと、戸口に士官の服を着た男が立っていた。四十に届くか届かないかという外見で、薄いまぶたをした鷲鼻の男だ。肩から垂れた弁髪を神経質に指で弄び、くちゃくちゃと嚙み煙草をやっていた。弁髪を触っている右手の甲には髑髏のタトゥーが彫られていた。

「パーカー主計長」司厨長がにやにやしながら言った。「この男、ビスケットにはしけの船頭（ビスケットをはしけに見立てたユーモア混じりのウジ虫の呼称）がいることが気に入らんようなんです」

ウィリアム・パーカー主計長は、梁からぶら下がっていた木桶の痰壺に嚙み煙草を吐き捨てた。

「ウジ虫程度でごちゃごちゃ抜かすとは、貴様、サウサンプトンで乗せられた新米だな？」

「は、はい……」

「ウジ虫ごときでうろたえるな。昨日も一昨日もビスケットは食べただろ？」

「ですが、ぼくが食べたビスケットにはウジ虫はついてませんでした」

「はっ！」パーカーは鼻で笑った。「無知とはおめでたいものだ。ウジ虫は厨房で取り除かれているだけだ。貴様が食べたビスケットももともとウジにまみれていたんだよ」

その事実を聞かされたネビルは喉がきゅっと締まる感覚を味わった。

「いつまでも陸者の気分でいられては困るな。ビスケットはウジ虫がたかっているものだ。肉は石のように硬くなるまで塩漬けされている。バターは乾燥し、チーズは鼻を突く臭いを発していて当たり前だ。これが海上での常識だ。文句があるなら貴様の分の食事をなくしてもいいのだぞ。わたしはこの艦のあらゆる物資を管理している身なのでな。やろうと思えばできるんだぞ」

相手の高慢な物言いにネビルはカッとなったが、怒りを奥歯で嚙みつぶして言った。

「食料がいらないわけではありません。ただ突然のウジ虫に驚いただけです」

「ふん。ならさっさと調理場に行くんだな。貴様のせいで配給の列が止まっているんだ」

ネビルは逃げるように司厨長の部屋から出ていった。

厨房に食料を届けると肉は水を張ったタライの中に入れて、ビスケットは麻袋の中に入れるようにコックに言われた。すでにビスケットの入った麻袋は床の上にいくつも置かれていて、ネビルはコックがどうやってウジ虫を取り除いているのかわかった。袋の口は大きく開けられ、ビスケットが見えるようになっていた。そのビスケットの上に死んだ魚を載せた皿が置かれていた。ウジ虫たちは乾燥したビスケットよりも水気を含んだ魚のほうがお好みらしく、袋から這い出て皿の上で蠢いていた。コックはウジ虫だらけの皿を手に取ると、砲門を開けてウジ虫を魚ごと海に捨て、新しい魚を皿に載せると再びビスケットの上にそれを置いた。この繰り返しで可能な限りウジ虫を取り除いていたのだ。

桶を食卓に戻しに行くと、そこにいたのはマンディだけだった。

「行ってきました」

「ご苦労さん……おや、どうした？」マンディはネビルのげんなりした顔に気づいた。

「いや、ビスケットにウジが湧いているのを見て……」

「はっはっは」マンディは愉快そうに笑った。「はしけの船頭とご対面したわけか」

「みなさんよく平気ですね。主計長からもビスケットはウジにまみれて当然と言われましたよ」

マンディの笑いはしぼみ、それこそウジ虫が口の中に入ったかのように顔をしかめた。

「おまえ主計長と話をしたのか。嫌なやつだったろ」迷いのない口調だった。

「はい。ぼくの分の食事をなくしてやろうかと脅されましたよ」

「覚えておけ。パーカー主計長はみんなの嫌われ者だ」

「そんなに性格が悪いんですか？」

「確かに性格は悪いが、それよりも役職が問題だ。主計長は艦に積み込まれるあらゆる補給品と、乗組員の給与や補給品に対する支払いを管理している。これがどういうことだかわかるか？」

「楽な仕事ってことですか？」わからなかったのでネビルは適当に答えた。

「違う」マンディは首を振った。「誤魔化しができるってことさ。食料はネズミに食われたり水に浸かったりでダメになることがある。その分の食料は廃棄されるが、それを記録するのも主計長だ。だから実際に駄目になった食料よりも大きい数値を記入すれば、おれたちの胃にも入らず船倉の中にも存在しないって食料が出てくる。主計長はその食料を自由にできるんだ。例えば、陸に上がったときに売り払って金にするってことができる」

　ネビルは驚きのあまりつい声が大きくなった。

「そんなことをしているのに罰せられていないのですか？」

「まあ勘違いするな。主計長がそんなことをしているという証拠はない。あくまで噂話だ。だがな、主計長って地位はいつでもそういう誤魔化しができるんだよ。それにパーカー主計長は元水兵だからな。水兵時代に味わった不条理の埋め合わせをしようと、艦のものに手をつけていてもおかしくはないぜ。水兵たちはみんなそう言ってる」

「主計長はもともと水兵だったのですか」あんな嫌味な男が、命がけでマストの上で働いていたことがにわかには信じられなかった。

「ああ、手の甲のタトゥーを見なかったか？　タトゥーは水兵の文化だ。士官候補生から士官になったやつの身体にはタトゥーはない。士官のタトゥーは水兵時代の名残(なごり)ってわけさ。水兵から士官に成り上がったんだから、優秀なんだろうけどよ、どうも尊敬できねえ」

　マンディは、話は終わったという調子で両手を上げて背筋を伸ばした。

「まっ、主計長の活動場所は暗い艦内だからな。当直中に顔を合わせなくてもいいのが唯一の救いだ。当直中に目にする嫌な上官は、フッド掌帆長だけで十分だぜ」

午後の四点鐘（十四時）が鳴ったとき、食卓や食器、手荷物をすべて船倉にしまえという命令が下った。

「なにごとですか？」食卓で仲間とおしゃべりをしていたネビルが訊ねた。

マンディが食卓の留め金を外しながら言った。

「昨日言ったろ。砲撃訓練が始まるんだよ」

船倉に向かって大勢の男たちが列を成した。そこに紛れたネビルの心臓は強く脈打っていた。大砲などまったく無縁の存在だ。昨日ピストルを撃ったときも緊張したというのに、今度はそれよりもずっと大きな鉄の塊を操らなければならない。しかも大砲は一人で撃つのではなく、複数人で隊を組んで扱うものだ。ネビルは、自分の不手際で隊員に迷惑がかかるのではという不安にさいなまれていた。

食卓や生活品がなくなった甲板はがらんどうの広い空間と化していた。ネビルは下甲板にある自分の担当の大砲に就いた。ネビルにとって幸いなことに、彼のところの砲撃隊には知った顔が二人もいた。一人は黒人水兵のコグ、もう一人は少年水兵のジャックだった。

ベテラン水兵たちが滑車装置を使って砲門を次々と吊り上げた。開かれた砲門から入ってきた光が甲板を照らした。自然の光が入ってきた下甲板は穴蔵ではなくなり、半地下に造られた倉庫のような雰囲気になった。

砲撃訓練の指導はヴァーノン海尉ともう一人、シャツがぴったりと身体に張り付くほどの筋骨（きんこつ）隆々（りゅうりゅう）の士官だった。その士官は顔の下半分が黒く短い髭に覆われていて、厳めしい目つきも合わさり、軍人というよりは賊の頭目に見えた。

「諸君！」ヴァーノン海尉が声を張り上げた。「これより本日の砲撃訓練を始める。しかし、今回は初めて訓練に参加する者もいるので、ハーデン掌砲長から砲撃の基礎を説明してもらう。もう何度も訓練に参加した者も真面目に聞いておくように」

ハーデン掌砲長と呼ばれた逞しい体つきの士官が前に出てきた。

「新入りども、おれが掌砲長のマンゴ・ハーデンだ！　普段は大砲の管理をしているが、このように砲撃の指導も行っている。まず訓練に入る前に一つ言っておく。大砲は一マイル先の艦に穴を空けられるほどの強力な兵装だが、逆に大変危険な爆弾にもなり得る。大砲の弾を飛ばすにはライフルとは桁違いの火薬が必要だ。その火薬に誤って火をつけでもしたらその時点で命はないと思え。砲撃訓練では第一に火薬の正しい扱い方を学べ！　素早く発射してやろうという考えは二の次だ！」

ハーデン掌砲長は言葉を句切り、水兵たちを見回して脅すように言った。

「大砲は海戦の明暗を分ける。真剣に訓練するように！　それとさっきも言ったが決められた手順通りに扱わないと大変な危険物となる。だからぬるい態度で臨んでいるやつがいたら張り倒す。おれは口だけじゃないぞ！」

ネビルはゴクリと唾を飲み込んだ。

「それじゃあまずは大砲発射までの流れを見せる。おい、ボンズ！」

「へい！」立派なもみあげの水兵が声を上げた。

「おまえのとこの隊が一番大砲の扱いがうまい。手本を見せてやれ。さあ、他の連中はボンズのとこの大砲の周りに集まれ。もちろん新米どもは最前列で見学しろ」

ボンズ隊の大砲の周りに人だかりができた。掌砲長は仁王立ちして指示を出した。

「新米どもの理解が追いつくようにゆっくりとやれよ。まずは大砲を自由にしろ」

木製の砲台に載せられた大砲は両脇をガンテークル、後ろをブリーチングという綱で固定されていた。ガンテークルは緩められ、ブリーチングは後ろに伸ばされてデッキ中央付近の床に取り付けられたリングに括られた。砲門の前にぴたりと固定されていた大砲は後ろに引かれ、砲門と大砲の間には装塡作業ができるだけの十分な空間ができた。

「さあ、これで大砲は退屈なオブジェから暴れ牛になったと思え。それではこれから実演に入るが、その前に大砲隊の役割分担について説明しておく。大砲隊は六人一組で構成されていて、隊員には一番から六番までの番号が割り当てられている」

ハーデンは大砲を操る六人の役割を説明していった。

「一番は隊長で、弾薬を詰め狙いを定めて発砲する役目だ。二番は砲身を調整し、三番は弾込めをし、四番は濡れスポンジで大砲の中の火の粉を消す。五番は隊長に弾薬を渡し、六番はパウダーモンキーとも言って、充塡室から大砲まで弾薬を運ぶのが仕事だ。ただし砲台を砲門の前に動かすのは二番から五番までの隊員で行う。この大砲は一トンを優に超えるからな、砲台に載っていても一人の力じゃどうにもならん」

ハーデンは新米どもの顔を見回してから続けた。

「新入りどもには五番を担当してもらう。パウダーモンキーから弾薬を受け取ってそれを隊長に渡すだけ。バケツリレーに参加するくらいの簡単な仕事だ。無理だとは言わせんぞ。さて、それではボンズ隊が今から実際に発砲する。危険だから少し離れろ」

ハーデンは足元に置いた蓋付きの筒形容器を手に取り、ひょろ長の少年水兵に渡した。

「それでは始めろ！」

弾込め役の三番の水兵と、パウダーモンキーの少年が同時に動いた。白髪の交じった三番の水兵は昇降ハッチのほうに駆け出した。砲弾はハッチの周りの床に設けられた砲弾架に収められていた。砲弾架はハッチを囲うように設置された横木で、半球のくぼみが作られている。そのくぼみに艶が見えるほど磨かれ、油が塗られた直径約六インチ（約十五センチ）の砲弾が置かれていた。

少年水兵は容器の蓋を外し、火薬がずっしりと詰まった袋を取り出した。鼻の横に大きなほくろがある五番の隊員がそれを受け取ると、それを慎重にボンズに渡す。ボンズは砲口から弾薬筒を入れ、手を突っ込んで砲身の奥まで押し込んだ。ボンズが砲口から離れると、難しげな顔つきの二番の男が突き棒を使ってさらに強く押した。砲弾を持って戻ってきた三番の男が二番の手を借りながら砲口に弾を入れた。さらに突き棒が入れられ、砲弾と弾薬が密着するように強く押し込められた。砲弾が十分押し込まれると、砲の中身をしっかりと固定するためのスポンジ状の詰め物が挿入され、これも突き棒でしっかりと突き固められた。砲撃に必要な物がすべて入れられると、ボンズが犬釘のような太い針を導火線の挿入口に突き刺し、弾薬筒を破って火薬が露出するようにした。大砲の近くに用意された木箱から火薬にまみれた海鳥の羽を取り出し、導火線挿入口に差し込んだ。この鳥の羽が導火線になるのだ。

「よし、押し出せ！」

ハーデンが命じると二人の男が砲台の後ろにてこ棒を押し当て、もう二人の男がガンテークルを引っ張って大砲を砲門の前に動かしていった。

「打ち方用意！」

大砲が定位置に着くとハーデンが言った。この号令で大きな打ち金がカチリと音を立てて起こされた。ボンズが引き綱を限界まで長く伸ばして大砲の後ろに立った。いつでも砲撃ができる状態となり、息が詰まるような時間が到来した。ボンズ隊はじっと動かず、ハーデンの命令を待った。

波に揺られ、砲門側の舷側が上向いたときにハーデンが命じた。

「撃てー!」

ボンズが引き綱を引くと打ち金が振り下ろされ、同時に大砲隊のメンバーは全員耳を塞いで大砲から飛び退いた。火薬まみれの鳥の羽はシュボ!という音を立てて燃えた。一瞬の間のあとに、雷鼓(らいこ)の如き轟音が走り、ネビルは衝撃に膝が震えた。砲台がブリーチングを振り乱しながら恐ろしい勢いで下がり、ガンテークルが限界まで伸びたところでようやく止まった。視界を遮る硝煙と鼻を突く火薬の臭いが広がり、大砲の周りを占拠した。

砲弾は大海原に飛び出したがこれで終わりではなかった。隊員番号四番を割り振られた出っ歯の水兵が、水桶に突っ込んでいたスポンジ棒をひっつかむと、大砲の前に行って砲口に羊毛でできたスポンジを突っ込んだ。大砲の内側から水が蒸気になる音が景気よく発せられた。四番の男はスポンジを丁寧に回して、大砲の中の熱と汚れを拭き取った。

四番の水兵が大砲から離れるとハーデンが言った。

「今のが砲撃の手順だ。装弾、大砲の移動、発射、掃除、この四つの段階を踏むことになる。一つ一つの工程を確実にこなせ。装弾が不完全なら砲弾は遠くに飛ばん。大砲は力を合わせないと動かん。打ち金が下りたあとはすぐに飛び退け。さもないと砲台に轢(ひ)かれて大怪我をするぞ。どんなに緊迫した状況でも掃除は疎かにするな。大砲の中に火の粉が残っていると次の装弾のときに暴発するぞ。わかったな?」

ハーデンはパンッ！と手を叩いた。

「よーし、それじゃあ各隊、一連の動作を行え！」

弾薬と砲弾は配られなかったので、各隊はそれを手にしているていで訓練を行った。ネビルはジャックから想像上の弾薬筒を受け取り、それを隊長に渡す真似をした。だが大砲を移動させるのは真似では済まなかった。ネビルは砲台の右側のガンテークルを担当したが、これが骨の折れる仕事であった。砲台には車輪が付いているため簡単に動かせそうに見えるが、筋肉が悲鳴を上げるほどの力を入れてもびくともしなかった。艦が揺れて甲板が下り坂のように下がったときにようやく大砲は一歩前に進んだ。最初の一押しができればあとは楽だとネビルは思ったが、そのあとすぐに揺り戻しがあり、甲板は上り坂のように傾いて、大砲は大儀そうに止まった。結局大砲を定位置に着かせたときには、ネビルの腕は生まれたての仔牛のように震えていた。

すべての隊が大砲を砲門まで押し出し、引き綱を引き終わるとヴァーノン海尉がメガホンを口に当てて命じた。

「それでは次は実際に弾薬を使っての訓練を行う。充塡室に弾薬筒の用意があるのでパウダーモンキーは取りに行け！」

実弾を使った訓練と聞いてネビルは不安に襲われた。先ほどの圧倒的な破壊力を身をもって体験することに恐れを抱いた。弾薬と砲弾が装塡できるように大砲は引き戻され、ジャックが弾薬筒を持ち帰ってくると、ネビルはそれを受け取り震える手で隊長に回した。隊長が弾薬を入れてコグが砲弾を転がし入れるところを、ネビルはまるで自分の生死に関わることのように見つめた。押し出しの号令がかかると、ネビルは力の限りガンテークルを引っ張った。緊張と疲労で頭がくらくらした。

「奇数番の大砲！　打ち方用意！」

　ネビルの大砲は三番、奇数番だ。隊長が慎重に打ち金を上げた。すべての大砲の打ち金が上がるとヴァーノン海尉の命令をみなが待った。下甲板の右舷に配置されている大砲は全部で十四門、その半分の七門が一斉に火を噴くのだ。衝撃は先ほどの比ではないとネビルは思った。心臓が締め付けられるほどの沈黙が続いた。

　ヴァーノン海尉が怒鳴った。

「撃てー！」

　ネビルはすかさず大砲から離れた。次に起こった爆音はこの艦が吹き飛んでしまうのではないかと思えるほどすさまじかった。ネビルは迫り来る爆風に圧倒され、全身が痺れた。柱のように噴き出た砲火、殺意を纏ったように後退する砲台、瞬時に膨（ふく）れあがった硝煙。そのすべてをネビルは目にしたが、それが記憶に留まることはなく、彼はただ硝煙の煙に目を痛め、涙を溜めて立ち尽くしているだけだった。

　やがて硝煙が晴れ、砲門から蒼茫（そうぼう）たる海の水平線が見えた。砲弾はどこに落ちたかを示すものはまったく見受けられなかった。ネビルが感じた艦がひっくり返るような衝撃を、大海は悠然と飲み込んだのだ。


　ネビルはその日の第一折半直をぼうっとした頭で過ごした。先ほどの砲撃訓練の衝撃が尾を引いてネビルの頭を痺れさせていたのだ。振り回されるように第一折半直を終えて夕食の時間となった。そこで奇妙なことが起きた。

　ジャックが手荷物袋と並んでいる食事桶を降ろしたとき素（す）っ頓狂（とんきょう）な声を上げた。

「あれえ、なんだこれ？」
「どうした？」チョウが声をかける。
「桶の中にこんなもんが入っていたものを掲げて見せた。それは古びたナイフだった。柄は木製で
全体に魚鱗の模様が彫られているが、中央に緑色の石がはめ込まれている特徴的なデザインであ
った。刃と柄の繋ぎ目が錆び付いていて、それが年季の入った品だということがわかる。
「こんなの見たことないな」ラムジーが言うと他の者たちも口々に賛同した。
そこにジョージが遅れてやってきた。
「どうかしましたか？」
「おう、ジョージ。このナイフはおまえのか？」
マンディがナイフを見せると、ジョージは劇的な反応を見せた。幽霊を見たかのように目を見
開き、恐怖に顔を引きつらせた。そしてそのまま石のように固まった。
「おいおい、どうしたんだよ？」
マンディが心配そうに訊いた。食卓長の言葉でジョージは動きを取り戻した。彼は目の前の仲
間たちにはまったく注意を払うことなく、しきりに首を巡らせて辺りを確認した。彼の視線が中
央ハッチに向いたとき、ジョージは息をのみ再び動きを止めた。
ネビルはジョージの視線の先を追ったが、階段を上っていく何者かの足が見えただけであった。
「本当にどうしたんだよ。おまえおかしいぞ？」マンディがジョージの肩を摑んだ。
食卓班のメンバーはジョージの憔悴ぶりを心配したが、彼は大丈夫と繰り返すだけで取り付く
島もなかったので、ぎこちない空気が漂うままの食事となった。謎のナイフは食卓の隅に置かれ

た。ジョージの食はあまり進まず、何度もナイフに目をやった。彼がそのナイフについて何かを知っているのは明らかであったが、彼から発せられる重苦しい雰囲気がみなの口から質問が出てくるのを封じた。

八点鐘（二十時）が鳴り、当直が交替となると食卓班のメンバーは中央ハッチに向かった。ジョージは最後に席を立った。だがすぐには持ち場に向かわず、ナイフを摑むと砲門を力一杯押して隙間を作った。彼はそこからインクのように黒々とした海にナイフを投げ捨てた。

第二章　起こる惨劇

その後もハルバート号は東へ向かって航行を続けた。あの日以降、ジョージは暗く考え込むような顔をすることが多くなった。ネビルがどうしたのかと訊ねても「心配ない」という素っ気ない返事を返してくるだけだった。

新兵に対する訓練は続いた。横静索を上るときは段索に体重をかけ過ぎず、腕の力を使えばスムーズに上れることを学んだが、靴職人のネビルには檣楼まで己の身体を持ち上げるだけの腕力はなかった。

下級水兵の中で一番マスト上りの能力が向上したのは、意外なことに、ここに連れてこられるときに反抗心をたぎらせたガブリエルだった。ネビルは彼のシュラウドを上る速さを見て、自分よりずっとうまいことを認めざるを得なかった。ガブリエルの性格は悪辣の一言に尽きるが、癪なことに昔から大抵のことは要領よく飲み込んで自分のものにしていったのだ。

こうした厳しいが変化のない日々を送っていたとき、事件が起きた。それはハルバート号がデンマークの沿岸付近を航行しているときの出来事だった。

その日は、西の空が茜色を帯びてきた時刻に、沖から岸に吹く風が急激に強さを増してきた。艦尾楼甲板で指揮を執るグレアム艦長は、流れるように過ぎ去っていく断雲を睨みながら懸念のうなり声を上げた。艦長が危惧するのには理由があった。今ハルバート号がいるのは海難事故が多発する海域だからだ。艦上から見た限り、遠くに切り立った崖が続く陸以外目を惹く物は存在しないように思える。だが海中には、崖際から筋状の隆起が雷の軌道のようにいくつも伸びており、哀れな船がやってくるのを待っているのであった。その隆起は崖際から一マイルほど沿岸まで伸びている。能力の低い艦長だと、沖から吹く風に船が流されても、陸はまだまだ遠いと見て油断をする。この楽観の末に、陸より伸びる見えない牙に船底を食い破られて難破するのであった。

「帆をコースとトップスルだけにしろ。広げている帆も二段絞らせろ」

グレアムが命じて、強風の影響力を弱めるべく、ハルバート号の帆が減らされた。だが艦長はこれで満足することなくすぐに次の命令を与えた。

「風上を上る。艦首を十時の方角に向けて左舷一杯開きだ」

ハルバート号の艦首は風上に向かって三十度ほど傾いた。さらに三つのコースヤードが可動範囲の限界まで左舷に開かれた。こうすることで帆船は緩やかであるが風に逆らって進むことができるのであった。グレアムは大事を取って、悪魔の牙を伸ばす岸から少しでも離れようとした。

しかし風はその努力を嘲笑うかのようにハルバート号を翻弄した。強風の吹きつける方向が変わり、ハルバート号は再び岸に押され始めた。グレアム艦長は再び帆の開きを変える命令を出したが、今度は作業の途中で風向きが変わった。

「風が安定しませんな」マーレイが忌々しげに言った。

グレアムは舌打ちをした。悪戦苦闘しているうちに太陽は水平線に隠れ、空は墨色に潰れていた。今宵は新月で周囲の状況を把握するのは不可能であった。悪魔の牙が潜む海域はまだこの先も続いている。無理に航行したことで、知らず知らずのうちに岸に近づきすぎて座礁することだけは避けたい。艦長は決断した。

「フォアマストは左舷開き、メインマストはスクウェア（ヤードを傾けずまっすぐにすること）、ミズンマストは右舷開きにしろ」

グレアム艦長は、三本のマストの帆桁の傾きがすべてバラバラになるよう命じたが、これはカウンターブレースと呼ばれた。帆の向きがすべて別の向きになるようにすることで、どの方向から風が吹いても推進力が最小になるようにする操帆術だ。グレアムはカウンターブレースで激しく捉え所のない風をしのぎ、岸へと押し出されるのを防ごうと考えたのだ。

「今宵は耐える時間だ。明日の朝には風が弱まっていることを願うしかないな」

グレアム艦長は艦長室に帰っていった。

ハルバート号はその場からほとんど動くことなく深夜の当直時間を迎えた。ネビルは夜の当直を終えた水兵たちとすれ違いながら階段を上っていった。風は依然強く、後甲板に出た瞬間に髪の毛が逆立った。潮の香りすらもかき消すような強風で艦も縦揺れしていた。雨が降っていないのが唯一の救いであった。

「今日は風が強いな」背後からネビルに声をかける者がいた。

ネビルはふり返った。暗闇の中に薄ぼんやりと浮かぶ白い毛糸の帽子が見えた。ジョージだった。

「檣楼から落ちないように気をつけて」

「ああ、ありがとう」

ジョージは上級水兵に登録され、配属の部署も艦首楼甲板からメインマストの檣楼員に変更された。昼間の当直では他の檣楼員と一緒に帆の展帆（てんぱん）と縮帆（しゅくはん）をしているが、夜間の当直では見張員として、一人で檣楼に上って異変がないか目を光らせていた。

ジョージはシュラウドに取り付いて檣楼に上っていき、ネビルは舷側（げんそく）板にもたれて座り込んだ。何度も夜間の当直を経験して、夜の間はよほどの悪天候でない限りほとんど仕事がないことはもうわかっていた。ネビルと同じ部署の人間の中にはこの時間に眠りこけている者もいるくらいだ。もちろん、眠っていることが士官に露見すればその場で鞭（むち）打ちという危険があった。

ネビルが座り込んで一分も経たないうちに、彼の隣を通り過ぎる者がいた。それからすぐにシュラウドが軋（きし）む音がした。その人物がシュラウドを上り始めたのだ。

いったいだれだ？　ネビルは訝（いぶか）った。夜間の見張員はジョージだけだ。そのジョージはもう檣楼に上っている。だれがシュラウドを上っているんだ？

ネビルの他にも謎の人物に気づいた者がいた。

「おい、何しているんだ？　おまえは当直じゃないだろ」マンディの声だった。

数秒の沈黙のあと返答が返ってきた。

「ちょっと夜風に当たりたいだけだ」

「寝る時間だぞ」

「わかっているよ。夜風を満喫したらすぐに降りる」

素っ気なく言うと、その人物は再びシュラウドを上り始めた。

「真夜中に、しかもこんな強風が吹いているのに夜風に当たるって？」マンディが小馬鹿にするように言った。「どこのだれか知らないが、正気とは思えんな。梁（はり）に頭をぶつけ過ぎておかしくなったか」

ネビルは先ほどシュラウドを上っていった人物がわかった。あれは間違いなくガブリエルの声だった。聞き間違うはずがない。だが、なぜガブリエルは檣楼に上っていったのだ？　夜風に当たりたいのなら甲板に立っているだけで十分だ。上には見張員としてジョージがいる。ひょっとしたらガブリエルはジョージに用があるのでは？と一瞬考えたが、すぐに頭から追い出した。ガブリエルとジョージはソールズベリーでは面識がなかった。ハルバート号に乗せられてからは当直の時間が違うので親しくなりようがない。だからガブリエルが赤の他人のジョージを訪ねるために、わざわざシュラウドを上ることはないはずだ。

ネビルは暗闇を見上げたが、当然の如く檣楼の輪郭すら見ることはできなかった。当たり前であるが二人が話をしているのかどうかもわからなかった。天候が良い日であっても怒鳴り声を上げないと檣楼から甲板に声は届かないのだ。この荒れた環境の中でどうして話し声が聞こえるだろうか。

ネビルはガブリエルの不可解な行動についてあれこれと考えていると、シュラウドがぎちぎちと軋む音が聞こえた。だれかがシュラウドを降りてきている証拠だ。ジョージが黙って持ち場を離れるわけがないし、おそらくガブリエルだろう。檣楼にいた時間は十分くらいだろうか。

ガブリエルが甲板に降りてきたところで、ネビルは思い切って訊ねてみた。

「何をしてたんだ？」

「夜風に当たってたんだ」

ガブリエルは碌に立ち止まりもせずに答えると、そのまま足早に去っていった。新月という完全な闇夜で周りが見えず、艦が強風で大きく揺れるなかで、わざわざ檣楼まで上って十分そこらでまた戻ってくる。考えれば考えるほど異常な行動に思える。

ネビルはガブリエルを不審に思い、あれこれ考えを巡らせ始めた。だが、思考の海に沈みかけていたネビルの意識が引き戻される異変が起きた。

すぐ近くで何かがぶつかるような鈍い音が聞こえたかと思うと「うっ」という絞り出すような声が上がった。そして畳みかけるように、座っていたネビルの身体に何かがのしかかってきた。

「うわっ、なに？」ネビルは驚きのあまり反射的に声を出した。

ネビルは自分にぶつかってきたものに手を触れた。それは人であった。

「どうした？」闇の中でだれかが声を上げた。

「よくわかりません」ネビルは立ち上がりながら言った。「でも、だれかが倒れたみたいです」

周りの水兵たちが風に吹かれた麦畑のようにざわめき出した。みな倒れた男を確かめようとしたが、新月の夜にランタンもなしに個人を特定することは不可能だ。

「おい、だれか明かりを持ってきてくれ。何にもわからねえぜ」だれかが言った。

「何事だ？」艦尾楼甲板からロイデン二等海尉の声が飛んできた。

「だれかが倒れたみたいなんです」

「だれか明かりを持ってこい！」ついこの前も似たようなことがあったなと思いながら海尉は命じた。

だが事態は以前の嘔吐騒ぎよりも比べものにならないほど深刻だった。ロイデン海尉がランタンを手にして後甲板に降りるとようやく何が起きたのかわかった。

ネビルに倒れかかってきたのはエリック・ホーランドだった。先日はネビルに鼻血を出させたホーランドだったが、今は彼が鼻血を出している。さらによく見ると右耳からも血の筋が流れ出ているのが見えた。これは普通ではない。

「だれか軍医を呼んでこい！」ロイデン海尉が命じた。

「どうしたんです？」上から声が降ってきた。ジョージだ。「何かあったんですか？」

「水兵の一人が倒れたんだ！」マンディが風に負けない大声で答えた。

ジョージの声は返ってこなかったし、檣楼から降りてくることもなかった。甲板でトラブルが起きたとしても、見張員としての役割を放棄する理由にはならない。

数分後、レストックがその場に駆けつけた。

「おい、通してくれ」

レストックが水兵たちをかき分けながら言った。今や後甲板の左舷担当の水兵たちもホーランドの周りに集まり、大きな人だかりとなっていた。

「これはひどい」ホーランドを一目見るなり軍医は言った。「ヤードから落下したのかね？」

「いえ、急に倒れたんです」

それを聞かされたレストックは顔をしかめた。

「助かりそうか？」ロイデン海尉が訊ねた。

軍医は患者を診てから言った。

「もう死んでおるよ」

周りにいた者たちはみな、ショックを受けて騒ぎ出した。

「鼻と耳から同時に出血するのは頭に強い衝撃を受けた証拠だ。勝手にこうなることはない。何かが起きたはずだ。だれか彼が倒れる前に何か見聞きしていないか？」

ネビルはホーランドが倒れかかってくる前に鈍い音を聞いたことを思い出した。レストックにそのことを伝えると、軍医はもっと明かりを持ってくるように言った。四つのランタンに囲まれたレストックはホーランドの頭を慎重に探った。

「これだな」軍医はホーランドの頭をじっと見ながら言った。「頭のてっぺんが砕けている」

「なぜそのようなことに？」ロイデンが言った。

「傷の具合からして、重くて硬いもので思い切り殴られたように見えます」

ロイデンは息を飲んだ。

「軍医、きみは何を言っているのかわかっているのかね？」

「わかっていますとも。彼は何者かに殺害されたとみて間違いありません」

水兵たちはそれぞれに驚きの声を上げた。病気や当直中の事故で水兵が死ぬことは珍しくはなかったが、艦内で殺人が起きるのは異例の出来事であった。甲板に混乱が広がっていったのでロイデン海尉が「静まれ！」と鋭い声を上げた。

混乱がぼそぼそ声に変わったときにロイデン海尉が訊ねた。

「だれか殺人の瞬間を目撃した者はいないのか？」

明確な返事はなかった。そもそも隣にいる人間の顔すらもはっきりと見えない新月の夜に、その忌まわしい瞬間を目撃することなど不可能であった。

水兵たちから答えを得られなかったロイデンはもどかしさに耐えられずネビルに目を向けた。

「きみ、名前は？」

「ネ、ネビル・ボートです」急に話しかけられたことでネビルはしどろもどろになって答えた。

ロイデンは一瞬だけ眉をしかめた。きっと海軍の艇（ネビル・ボート）なんて名前を聞かされて面食らったのだろう。

「ボート、被害者はきみに倒れかかってきたのだったな。つまり、被害者はきみのすぐ近くにいたわけだ。だれかが近づいてくるのに気づかなかったか？　あるいはだれかが逃げていかなかったか？」

「気づいたことは何もありません。この暗闇ですし、風も強いですし、それに考え事をしていたので……。鈍い音とうめき声が聞こえたあと、突然ホーランドが倒れてきて驚いたとしか言えません」

ロイデン二等海尉は溜息を吐いて首を振った。

「だれでもいいから、答えろ。被害者に忍び寄っている者がいたはずだ。そんな気配を感じなかったか？」

風に揺れる索具の音や艦体を打つ波の音を割る声は出てこなかった。

「まったく、だれもいないのか！　いくら暗かろうが風で耳を塞がれようが、これだけいるのに一人たりとも役に立つ情報を提供できんのか？　おまえたちは目も見えん耳も聞こえんカカシか？」

「呪いだ！」突然だれかが言った。「死んだフランス人艦長の呪いに違いない！」

「そ、そうだ！」別の水兵が呼応した。「ホーランドのやつは営倉に入れられた。フランス人艦長の亡霊が住み着いている営倉にな！」

ハルバート号に長く勤務する者にとって、フランス人艦長の亡霊は砂浜に埋まった骸骨のようなものだった。普段は隠れて見えないが、あるとき大波が押し寄せれば砂がさらわれて骨が露わになる。そして周囲におぞましさをまき散らすのだ。

「静かに！　静かにしろ！」ロイデン海尉は怒鳴った。「フランス人艦長の亡霊など、過去の水兵たちが暇つぶしに生み出した戯言だ。呪いなどあろうはずがない」

士官として混乱を抑えるために否定の言葉を発したが、ロイデンは声の震えを抑えていた。彼自身迷信深く、目に見えないものの存在を強く意識していたのだ。

「わしはこの件を艦長に知らせる。軍医は遺体を運ぶように指示を出してくれ。バーク士官候補生、わしがいない間の監督を任せる！　他の者は当直に戻れ！」

ロイデン海尉は艦長室に入り、ホーランドの遺体は防水布（ターポリン）に乗せられて下の階に消えていった。ホーランドの周りに集まっていた水兵たちも重い足取りで自分たちの持ち場に戻っていった。

暗闇の中でネビルは思い返した。確かにホーランドが倒れたとき、自分はガブリエルの怪しい行動について考え込んでいた。辺りは漆黒（しっこく）に包まれ、風と波があらゆる小さな音をかき消していた。だがそれでもまったく人の接近に気づかないということがあるだろうか？　今までの夜間の当直も、人が動いている気配というのは感じ取れていた。人が近づいてきたり、遠ざかっていったりというのは、月が厚い雲に覆い隠されているときでも、今のように波風が激しいときでもわかるのだ。現に、ガブリエルがやってきたときはすぐにその接近がわかった。それをまったく感じなかったというのは異常なことだった。ネビルの頭に顔も知らないフランス人艦長の姿が浮かび、彼はぶるりと身を震わせた。


朝の四点鐘（六時）が鳴ったとき、グレアムは軍医を伴って、上砲列甲板の艦尾にある艦長の食堂（艦長が客や士官をもてなすときだけ使用される）に向かっていた。彼はさきほど、昨晩殺された水兵の遺体を確認したばかりだった。レストックの説明を受けた艦長は、ホーランドが事故ではなく殺害されたことに納得した。ホーランドは今日の午後にも水葬で神の御許に送られることになる。彼は艦上生活という過酷を極める環境から抜け出して安息を手に入れたが、残された者たちは殺人という大問題を解決しなければならない。グレアムは肩を怒らせて歩いた。殺人者を艦内にのさばらせておくなど、艦長として許しがたいことである。

　グレアムは艦長の食堂を押し開けた。右舷から左舷に伸びるテーブルに着いていた者たちの目が艦長に注がれた。副長、海尉、海尉心得、航海長、掌帆長、掌砲長、船大工長、主計長、先任衛兵伍長、従軍牧師、コック、教師、軍医助手、武器管理人、縫帆長。下士官よりも階級が上の人間が一堂に会している。グレアムとレストックが着席すると話が始まった。

「話はもう聞いているな」グレアム艦長がしかめっ面で言った。「昨夜の深夜当直のときに、後甲板で水兵の一人が殺された。犠牲になったのはエリック・ホーランド上級水兵。何者かに鈍器で頭を殴られたのだ。そして裁かれるべき殺人者はまだ捕縛されていない」

　士官たちは真剣な面持ちで耳を傾けた。経験豊富な士官でも、搭乗艦で殺人が起こるという経験をした者はほとんどいなかった。そもそも艦とは世界から切り離された場所で逃げ場などない。そして当然殺人者は絞首刑に処される。この閉じられた円の中での殺しなど、文字通り自らの首を絞める行為であった。

「殺しが起きたときの当直責任者はロイデン二等海尉だった。これから海尉にそのときの様子を説明してもらおう。それでは海尉、頼む」

「アイ・サー」

　ロイデンは昨晩自分が見聞きしたことを簡単な言葉で説明した。

　二等海尉の話が終わった直後に掌帆長のフッドが言った。

「犯人は後甲板右舷直の連中のだれかに違いありませんぜ」自信満々という声だった。「その場にいた水兵たちは全員、殺人者が近づいていることに気づかなかったと言ってるんですよね？

なら答えは一つ。殺人者はすでにホーランドの近くにいたんです。ホーランドにぴたりとくっついて、隙を見てガツンってやったんですよ。それで凶器はすぐに海に放り捨てて、他の水兵たちと一緒に何が起きたか皆目見当がつかないというふうに驚いてみせたんでしょうよ。他に説明のしようがありますか？」

肯定の沈黙が流れた。ロイデン海尉の説明を聞いてフッドと同じ結論に至った士官は大勢いた。

追い風を感じ取ったフッドは調子づいていった。

「おれが思うにネビル・ボートって最近来たばかりの男が怪しいですよ。確かそいつは、ちょっと前にホーランドに殴られたんじゃないんでしたっけ？」

「それくらいで殺しをするかね？」ヴァーノン五等海尉が懐疑的な声を上げた。

「新兵にはたまにトンデモねえやつが混じってますからね」

艦長が重々しく言った。

「ミスター・フッド、後甲板右舷直のだれかが殺人犯ということには同意しよう。しかしそこから推論だけで罪人と断定するのは賛同できんな。確かにここでは陸の法が届かずに独自の規律で秩序を保っているが、公平な裁きを下すという点は一致しているぞ」

艦長にたしなめられて掌帆長は口をつぐんだ。

「人殺しと共に生活をしていることほど気分が悪いことはない」グレアム艦長は厳(おごそ)かに言った。

「速やかに罪人を見つけ出しヤードの端から吊るしてくれよう。それに当たって、此度(このたび)の殺人の調査はヴァーノン五等海尉に指揮してもらおうと思う」

ヴァーノンは驚きのあまり勢いよく艦長を見た。

「わたしが、ですか？」

「水兵たちは仲間を売る行為を嫌う。何か重要なことを見聞きしても、士官に知らせずに黙っているという可能性も十分ある。その点、きみは水兵たちからの信頼が厚い。きみが事件の調査を任されていると知れば、水兵たちも協力的な態度を取るだろう」

水兵から海尉にまで成り上がったヴァーノンには、艦長の言っている意味がよくわかった。士官は水兵よりも遙かによい生活をしている。戦艦では食料として豚や牛、ニワトリやガチョウといった動物を飼っている。その新鮮な肉や卵は士官に供給され、水兵の口に入ることは決してない。酒も水で薄めたラム酒でなく、絹のようなのどごしのワインにありつける。寝床もちゃんとした個室や帆布(はんぷ)で仕切られた空間を使っているのでプライバシーが保たれている。平時の仕事も指示を出す立場なので、水兵たちのように事故に見舞われることはまずなかった。そこに威圧と鞭打ちが加わればもう士官と水兵の間に絆(きずな)が存在する可能性は皆無だ。水兵たちの中には、士官は支配階級、水兵は奴隷階級という認識を持つ者も少なくない。ゆえに水兵と士官の間には冷たい壁ができる。今回の事件でも面従腹背で、犯人をかばっている者がいるかもしれないのだ。

ヴァーノンも水兵時代に士官に対して赤黒い感情を抱いたものだ。そんなヴァーノンも持ち前の勇気と、海の男としての才覚、それに幸運が合わさることで今では海尉へと大出世していた。水兵時代の苦汁(くじゅう)の日々は海尉ヴァーノンの土台となっており、己が受けた仕打ちを他人には味わわせまいと心に決めていた。そのため彼は水兵を頭ごなしに怒鳴りつけたり、いきなり鞭を取り出すようなことは決してせず、常に公正な態度で接していた。そんなヴァーノンの態度をぬるいと言う士官もいたが、彼が水兵たちからの人望が厚いのは揺るぎない事実であった。

「ヴァーノン五等海尉」グレアムが言った。「此度の殺人の調査、やってくれるな?」

これは頼みではなく命令だ。

「アイ・アイ・サー」ヴァーノンは即座に応えて敬礼した。

グレアムは満足げに頷くと先任衛兵伍長のマイヤーに言った。

「ミスター・マイヤー、きみはヴァーノン海尉の指揮下に入って、海尉のサポートをしてもらいたい」

「アイ・アイ・サー！」先任衛兵伍長も真剣な表情で敬礼をした。

話はまとまった。グレアムは士官たちを解散させる前に言った。

「ヴァーノン五等海尉は殺人犯が明らかになるまで、毎日第二折半直にわしにその日の調査内容を報告せよ。それと他の者も艦内で怪しい行動を取っている者がいないか目を光らせ、水兵たちが殺人に関する話をしていないか耳を澄ましておくように。以上！」

士官たちはぞろぞろと艦長の食堂から出ていった。

船大工長のファルコナーは食堂から出るとすぐに大あくびをした。先ほどの集まりはファルコナーにとって退屈な時間であった。確かに殺人は忌むべき事態である。だが彼の頭の中を占めているのは艦の修理であった。帆船では毎日どこかしら新しいガタが見つかる。抜いても抜いても生えてくる雑草のように、直しても直しても傷んでくる。船体のダメージはときには航海に深刻な影響を与えることもある。艦、そしてここで生活するすべての乗組員に対する重責に比べれば、殺人などちっぽけな問題に思えた。ファルコナーは最下甲板の寝床から大工道具が入った箱を回収すると、艦首にある船大工の倉庫に向かった。倉庫では二人の助手が待っていた。ファルコナーは板材と釘を集めながら助手に訊ねた。

「今日はどこからだ？」

目尻が下がって悲しそうな顔をした助手が手元の修繕リストを見ながら答えた。

「下甲板の第八砲門のところの排水溝です。漏水しているようです」

「じゃあ台座がいるな。持っていってくれ」

仕事場所に行くとファルコナーは台座に上って、梁の上をランタンで照らした。排水溝は梁の上に作られており、確かに水が染み出ている箇所があった。ファルコナーは一旦台座から降りて、大工道具の箱を開いた。

そこで動きが止まった。

「おい」ファルコナーは助手に言った。「おれのでっけえ金槌知らねえか？」

道具箱の中にあるはずの大ぶりの金槌がなくなっていた。昨日までは確かに中に入っていたのに。

ファルコナーは仕事以外のことには興味を持たないが、ホーランドの死因が鈍器で殴られたということはまだ頭の中にあった。そして今、道具箱の中から金槌が消えている。

ファルコナーは二と二を足して四を導き出した。


ネビルは下甲板の中央ハッチの近くで、他の新入りたちと一緒に索の繋ぎ方を学んでいた。帆船は帆やヤードを支えるための索が数多く張り巡らされている。それらの索は激しい風雨や滑車との摩擦によって常にダメージを受けていた。索は切れるときは本当に唐突に弾け切れるので、表面にほつれが見える索は修繕する必要があった。索の修繕は水兵の仕事で、これができなければいつまで経っても半人前扱いされるのだ。

この基本中の基本の技術を指導しているのはニッパー・ホイスルという上級水兵で、ネビルは彼のことが苦手であった。ホイスルは髪を短く刈った整った顔立ちをした水兵だ。美形と言っていい。口元にはいつも薄い笑みを浮かべて人当たりが良さそうな雰囲気が漂っているのだが、彼はとにかく先輩風を吹かす男だった。

ネビルは初めて索の繋ぎ方の指導を受けたときのことを今でも苦々しく思い出す。索はスプライス法という繋ぎ方で修繕するのだが、ホイスルは自分の手際の良さを見せつけたかったのか、初心者がまず理解できないくらいの速さで次々索をより合わせていったのだ。参加者からはもっとゆっくりやってくれと不満の声が続出したが、ホイスルは悪びれる様子もなく「しょうがないなあ。もう一度やるからよく見ておくんだよ」と恩着せがましい言葉を吐くのだった。当然多くの者は散々な出来栄えとなったが、ネビルは靴職人ということもあって手先は器用なほうだった。そのため実際に通用するようなスプライスができたのだが、それを見たホイスルは次のように言ったのだ。

「ああ、上手だね。ぼくほどじゃないけど」

素直に褒めればいいのに、ネビルを下げるような言い方である。しかも悪意なくごく自然に出てきた言葉なのだからタチが悪い。このときからネビルはホイスルにはなるべく話しかけないようにしようと心に決めたのであった。

この日もホイスルは相変わらずだった。今日は今までのおさらいということで、スプライス法を自力でやってみるようにという課題が出された。ネビルは二本の索の端のよりをほどいてストランド（何十本もの繊維をより合わせたもの。そのストランドをより合わせたものが索となる）にばらした。次にストランドと索の変わり目同士を噛み合わせた。それからまだより合わさっている索のストランドの間に隙間を作り、ほどいたストランドを順番に差し込んでいった。両方のストランド同士が組み合うことで二本の索は一体化した。最後に接合部をタールで押し固めて、ネビルは作業を終わらせた。

完成した索を見たホイスルはいつもの調子で言った。

「手本なしでこの出来栄えは上出来だよ。もっと練習すればぼくのようにうまくなるから頑張りたまえ」

「ハイガンバリマス」ネビルは平坦な声で言った。

他の生徒も次々に二本の索を繋いでいったが、どれもネビルには及ばなかった。

「うーん」ホイスルはすべての完成品に目を通しながら言った。「どれも実用に堪えられそうにないものばかりだねえ。みんなちゃんとぼくが教えたことを覚えてる?」

自分の教え方が悪いという考えはホイスルの頭の中にはないようだ。彼は次にジョージが繋いだ索を手に取った。

「これはギリギリ及第点かな? ブラック、きみはフッド掌帆長の前で大立ち回りして上級水兵になってたよね? 上級水兵がこんなスプライスをしちゃ笑われるよ」

「すみません」ジョージは元気なく言った。

ネビルはジョージが心配だった。食事桶から出てきたあの謎のナイフを見てからジョージの様子は明らかにおかしくなっていた。相変わらず食卓班の会話にも加わらず、内向的で思いつめたような顔をすることが多くなった。どうかしたのか?と訊ねてもはぐらかされるので、ネビルには打つ手がなかった。

「おや、おやおやおやおや」ホイスルがわざとらしくおどけた声を出した。「ポジャックくん、きみい、スプライスを毛糸遊びか何かと勘違いしてないかい?」

ホイスルは顔を真っ赤にしているポジャックの手から、彼の索を摑み取って高々と掲げた。スプライスで繋ぎ合わせた箇所は幾分太くなるが、ポジャックのスプライスは、ストランド同士がごちゃごちゃに繋ぎ合わされてパンのように丸く膨らんでいた。

「きみは全然進歩がないねえ。こんな不恰好なスプライスを作ってどうすんの？　そういえば、きみ、マスト上りのほうもさっぱり駄目なんだってね？　初日の訓練のときには、シュラウドにしがみついて〝ママー！　助けてー！〟って叫んだらしいじゃないか」

もちろんそんなことはなく、周りの水兵もわかってはいたが、何人かの心ない者がホイスルの侮辱に笑って追従した。

ポジャックは顔を甲板に向けたまま肩を震わせた。

「マストに上れない、スプライスもからっきし、それじゃここでやっていけないよ」

ホイスルは、ポジャックの作品を雑に捨てると手を叩いた。

「さあ、みんな、もう一度最初からだ。いつまでも満足に索を繋げることすらできないお荷物のままでいたくはないだろう？」

だが授業は一時中断されることになった。

「ちょっといいかね？」

その場にいた者は全員、声のしたほうを見た。視線の先にはヴァーノン海尉と先任衛兵伍長が立っていた。

「これはこれは海尉」ホイスルが帽子を取って挨拶をした。「何かご用件ですか？」

「昨晩水兵が一人殺されたのは知っているだろう？」

「ええ、ええ、もちろんです」ホイスルはわざとらしく身を震わせた。「ぼくはそのとき左舷後甲板の当直だったんですけど、騒ぎを聞いて本当に驚きましたよ」

「わたしは艦長から命令されて、その事件を調査しているところなんだ。それで今、事件当時に後甲板右舷直を担当していた者に話を聞いて回っているところなのだ」

　ヴァーノンはネビルを見て言った。

「ボートくん、ちょっといいかね？」

「は、はい」ネビルは立ち上がった。

「きみの話を聞きたい。落ち着いて話せる場所に行こう。ついてきてくれ」

　ヴァーノンは先任衛兵伍長と共に艦首に向かったのでネビルは急いであとを追った。海尉たちが足を止めたのはメインジャーの前であった。メインジャーは艦首の水よけ板に囲まれた場所だ。その中には藁(わら)が敷き詰められて、三十頭を超える豚がぶうぶう鳴きながら動き回っていた。獣臭さも相まってとても心落ち着く場所ではないのだが、ヴァーノンが言った落ち着いた場所とは周りに人がいないという意味らしい。

「さて、ここだと他の者に話を聞かれる心配はない」ヴァーノンは豚を見ながら言った。「調査の話はなるべく漏らしたくない。艦(ここ)ではみんな娯楽に飢えているからね。噂話は最も手軽な娯楽だ。だが噂話は真実を歪ませる危険もある。話を面白くするためにあることないことがどんどん加わり、やがていびつなキメラのような虚構に変貌し、多くの水兵たちを不安にさせたり混乱させたりする。そうなると聞き取りのときも、みんな事実ではなく妄言に触発されたことばかり話すようになって調査の妨げになるからね。きみもここでのやりとりは安易に他人に話さないでくれ」

「はい、わかりました」

「それでは訊こう。話によると、きみはホーランドのすぐ隣にいたらしいね。事件のときに彼が倒れかかってきたということだが、それは間違いないね」

「はい。ぼくは舷側板に背を預けて座っていました。ホーランドは真横に立っていて、鈍い音がしたあとにぼくのほうに倒れてきたんです」

「ならば、ホーランドが殴打されたときには、犯人はきみのすぐ近くにいたということだね？」

「ええ、そういうことになりますね」ネビルは自信なげに言った。「でも、昨日は月も出てなくて本当に真っ暗だったんです。人の姿なんて見えませんでした」

「見えなくても感じたことはなかったかい？　ホーランドが殴られる前に、だれかが近寄ってくる気配を感じたとか？」

「本当に何も。あのときは風と波も強くて周りがうるさかったですし、それにちょっと考え事をしていてぼんやりしてましたし……」

「しかし、ホーランドが殴られる音は聞いていたわけだ？」

「は、はい」事実を確認されているだけだが、ネビルは責められているような心地悪さを感じてたじろぐように答えた。

「そう身構えなくてもいい」ヴァーノンは穏やかに言った。「既に何人か他の当直員の話も聞いたが、みんなきみと同じように殺人者の接近には気づかなかったと言っているよ」

ヴァーノンの気遣いにネビルの緊張がほぐれた。

「しかしここまでまったく収穫なしだと困るな。ロイデン海尉が見聞きしたこと以上の情報がないと、艦長に報告することがないからね。ボートくん、きみは殺人者の接近には気づかなかったかもしれないが、他に何か気づいたことはないかい？　それまでの夜間当直では今までなかったような出来事とか」

その質問でネビルは、シュラウドを上っていったガブリエルのことを思い出した。ガブリエルが去ったあとに殺人が起きたため、彼の謎の行動はすっかり興味の的から洗い流されてしまったが、あれこそ今までの当直ではなかった変わった出来事ではないか。

ネビルは、非番のはずのガブリエルがやってきて、夜風に当たると言ってシュラウドを上っていったことを話した。

予想通りヴァーノンは興味深そうに眉を上げた。

「ほう、非番のはずの水兵がシュラウドを上っていったと、それは確かに普通じゃないな。ところでそのときは真っ暗闇だったはずだが、それでもその水兵がきみの同郷の男というのは間違いないのかね？」

「ええ、声でわかりました。彼の声を聞き間違えることはありません」

ヴァーノンは納得して頷いた。

「夜風に当たるという話は実に嘘くさい。就寝時間というのは水兵たちにとっては黄金に等しい。それを削るなど普通ならありえない。どうやらガブリエルとやらにとっては、その晩マストの上に行くことがよほど大事だったのだろう。しかし、彼は殺人が起きる前にマストから降りて後甲板からも離れていったのだね？」

「はい。間違いありません」

「海尉、その水兵の行動は確かに不可解ですが、殺人の前にいなくなったのなら無関係では？」

マイヤー先任衛兵伍長が口を挟んだ。

「まあそう言うな。せっかくの目新しい情報だ。ここは好奇心を最大にして追ってみるというのはどうだ？　案外重要な発見があるかもしれないぞ。それに、きみだってガブリエルという水兵の行動を不思議に思うだろ？」

「まあ、それは否定しません」

「ボートくん、他に何か気づいたことはないかね？」

「もうありません」

「そうか、ありがとう。もうスプライスの練習に戻っていい」

ネビルは敬礼をしてからみなの元に戻っていった。

「さてどう思う、先任衛兵伍長？」

マイヤーは切れる男なのでわざわざ質問の意図を確認しなかった。

「やはり犯人は後甲板右舷直の人間としか考えられません」

「そう思う理由は？」

「昨晩は新月だったからです。新月の夜の暗さは自分もよくわかっています。衝突防止用のランタンがある艦尾楼甲板以外は、戸棚の中に閉じ込められたかのように真っ暗です。殺人者が、そんな暗闇に支配された後甲板にやってきたとしましょう。辺り一面の暗黒で、だれがどこにいるのかすらわかりません。そんな状態でどうやってホーランドに近づいて撲殺できましょうか？

しかし、右舷直の人間の中に殺人者がいるなら話は別です。艦内にはランタンがありますからね。ハンモックから起きて夜空の下に出るまでの間に、殺人者はホーランドの後ろにぴたりと付くことができます。外に出てもそのまま標的に張り付き続ければ、どこに鈍器を振り下ろせばいいかはわかりますよ。はっきり申し上げると、殺人者は被害者のすぐ近くにいた人間です。あのボートってやつは相当怪しいですよ」

「確かにボートはホーランドの隣にいた。だが隣には右と左があるぞ。相当怪しいやつはもう一人いるのでは？」

「ええ、ええ、おっしゃることはわかります。しかし、今となってはボートの反対側にだれがいたのかはわかりません。そもそもだれもいなかった可能性もあります」

ヴァーノンは頷いた。

「どうやら艦長には、ネビル・ボートが怪しいと報告するしかないな」

「おー、こんなところにおられましたか」

ヴァーノンとマイヤーは声がしたほうを見た。そこにはファルコナーがいた。

「ミスター・ファルコナー、どうした？」

「じつは海尉にお伝えしたほうがいいことがありましてね……」

ファルコナーは自分の大工道具から金槌が消えていたことを伝えた。それを聞いたヴァーノンは頷いた。

「なるほど。鈍器を使った殺人があった翌日に、きみの金槌がなくなっていたということか。これはただの偶然ではなさそうだな。しかし……」

ヴァーノンは唇を嚙んで額を掻いた。

「どうされました、海尉？」マイヤーが訊ねた。

「我々は犯人が右舷直の人間の中にいるという前提で話を進めている。そして夜間の後甲板の当直には士官・下士官はいない」

「ええ、夜間の当直は艦尾楼甲板にしか士官と下士官は配置されませんからね。それがどうかしましたか？」

「ならば犯人は水兵ということになる。だが、水兵がわざわざ船大工長の寝床に忍び込んで金槌を盗み出すだろうか？」

ファルコナーの寝床は最下甲板の艦尾のほうにある。そこは士官候補生や、主計長、軍医も寝室にする部屋で、明確に士官と下士官の領域であった。艦内にはこうした士官・下士官の聖域が存在し、水兵たちはおいそれとそこに入ることはできない。もし水兵がその場所にいるところを見つかれば、即座に問いただされ、用もないのにうろついていたことがわかればその場で鞭で打たれても文句は言えないほどだ。

ヴァーノンは念のためファルコナーに訊ねた。

「船大工長、金槌はきみの道具箱の中にしかないのかね？」

「まさか、船大工の倉庫に行けばまだありますよ」

船大工の倉庫は艦首のほうにあり、水兵でも自由に入ることができる場所だ。人の出入りもほとんどないので、水兵が犯人ならそこから金槌を持ち去るほうが遥かに安全だ。わざわざファルコナーの寝床に行って、上官と鉢合わせする危険を冒す必要はない。

「金槌は本当に凶器に使われたんでしょうか？」マイヤーが疑問を口にした。「だれかが、何らかの理由で拝借しているだけでは？」

ファルコナーは首を振った。

「部下に訊いたが何も知らないと言っていた。それに拝借するならおれに一言ことわりがあってしかるべきだ。勝手に取っていくのは盗みと変わらない。そして艦では盗みには厳罰が下る」

「話を整理しよう」ヴァーノンが言った。「まだ道具箱から消えた金槌が殺人に使われたかどうかは断言できない。だが、仮にそれが凶器だとしたら、話はまるっきり変わってくる。水兵が犯人ならばわざわざ船大工長の道具箱から凶器を選んだりはしないだろう。この艦には艦尾以外にもナイフや金槌を保管しているところがあるのだから、そこから凶器を調達すればいい。水兵の立ち入りが禁じられている場所から凶器が調達されたとすれば、犯人は士官の中にいる可能性が極めて高いということだ」

この事実は嵐のように彼らを揺さぶった。水兵同士の絆が深いように、士官たちの間にも長い時間をかけて育まれた絆があるのだ。

ヴァーノンが重い口を開いた。

「こうして突っ立っていても仕方ない。士官たちにミスター・ファルコナーの金槌を持ち出さなかったか訊ねて回ろう。ひょっとしたらだれかが特別な事情で黙って持ち出しただけかもしれない」

その可能性は薄いですぜ、と船大工長は心の中で呟いた。

「マイヤー、きみは下士官に確認をしてくれ。わたしは士官の人間を当たる。それと……」ヴァーノンはやや言葉に詰まりながら言った。「一応、聞いておいてくれ。昨晩の事件があったとき、何をしていたのかということも」

「アイ・アイ・サー」マイヤーは暗い声で了解した。


変化の乏しい生活を送っている水兵たちは常にニュースに飢えていた。そのため昨夜の殺人は水兵たちにとっては垂涎のご馳走のようなもので、食事時間になるとビスケットや塩漬け肉を後回しにして事件の話を貪るのであった。

「おい！　マンディ、ネビル！」ガイが目を輝かせながら言った。「おまえら昨日殺人が起きたとき被害者のすぐ傍にいたんだろ？　何が起きたか詳しく聞かせてくれよ」

「詳しくと言われても……」ネビルは話すのに困ったし、人の死に嬉々としているガイの態度がいやだった。「特に話すことはありませんよ。本当に何が起きたかわからないんです。真っ暗で何も見えなかったんですから」

「でもおまえ、ホーランドに触れられるくらい近いところにいたんだろ？　それでも何も気づかなかったって言うのか？」

「よせ、ガイ」マンディがたしなめた。「おまえも昨晩当直だったからわかるだろ。月の出てない夜空に肌を打つような強風、昨日の晩は目も耳も碌に役に立たなかったよ」

「でもすぐ近くにいたんだろ？」ガイは食い下がった。

「おいおいガイ」コグは茶化すような笑みを浮かべながら言った。「ネビルが気づかなかったのも無理はないぞ。何せ犯人はフランス人艦長の亡霊だからな。普通の人間は気づかないんだよ」

「でも亡霊が人を殴り殺すかなあ？」ジャックが疑問を口にした。「亡霊は普通相手を呪って殺すものでしょ？」

「ああ、ボウズの言うことにも一理あるわな」ラムジーがジョッキから口を離して言った。「亡霊って言ったら相手を呪い殺すんだ。相手に不運をなすりつけて事故に遭わせたり、取り憑いて病気にしたりしてな。殴り殺すなんて直接的すぎるぜ」

「じゃあだれの仕業だっていうんだ？」コグが訊ねた。

「そういやあ……」マンディがぼんやりと言った。「昨晩非番のやつが夜風に当たるとか言ってシュラウドを上っていったな。すぐに降りてきて甲板の下に戻っていったが、ホーランドがやられたのはそのすぐあとだ」

「そいつは怪しいのか？」チョウは手に付いたビスケットの粉を払いながら言った。「殺人はそいつが去っていったあとに起きたんだろ？　行動自体は怪しいが、ただの気の触れたやつじゃないのか?」

「あいつはガブリエルってやつですよ」ネビルは何気なく言った。

マンディは目を丸くした。

「なんだネビル、おまえその気狂いのこと知ってるのかよ」

「ぼくと同郷の男ですよ。それとガブリエルは狂ってなんていませんよ」

「じゃあ何のためにわざわざ夜中にマストに上っていったっていうんだ?」

ネビルはジョージのほうを見て訊ねた。

「ジョージ、きみはメインマストの見張員だよね。昨日ガブリエルがマストを上がったときに何か言われなかったかい?」

ジョージはスプーンを口元に運んでいるところだったが、ぴたりと動きを止めた。スプーンに載っていた牛肉が転げ落ちて皿の中に戻った。他の者はジョージに視線を注いだが、彼は皿に戻った肉をじっと見つめるばかりであった。

「なあ? 聞こえなかったのか?」ガイがしびれを切らして言った。

ジョージは左手で被っている毛糸の帽子をくしゃりと摑んだ。

「ガブリエルは確かに檣楼まで上ってきた。いきなり〝今日は風が強いなあ〟って声をかけられたから驚いたよ。おれが〝何しに来た?〟って訊ねると〝ただ風に当たりに来ただけだ〟って答えが返ってきた。それからあいつはただ黙って檣楼で過ごして、何分かしたらまた下に降りていったよ。それだけだ」

あちこちから不満げなつぶやきが漏れた。予想も付かない奇想天外な展開を期待したのに、ジョージがはっきりとガブリエルの言葉を裏付けたのでみんながっかりしたのだ。だが、ネビルだけはジョージの言葉を疑った。ジョージはしゃべる前に頭に手をやって毛糸の帽子を摑んだ。帽子や髪を強く摑むのはジョージの癖で、その癖が出るのは彼が悩んでいるか不安を感じているときなのだ。靴を作っているときでも、自分の思い通りの形にならないときによく頭に手をやっていた。つまり、ジョージはガブリエルと一緒にいたときの話を求められて強い不安に襲われたのだ。出てきた回答はみんながっかりするほど平凡なものだったが、それが事実ならジョージの癖は出なかっただろう。ジョージはガブリエルと一緒にいたときのことを答えたくなかった。だから誤魔化すために嘘をひねり出したのではないだろうか？

「そうそう、聞いたか？」チョウがビスケットを砕きながら言った。「順調にいけば明日にはスカーゲン泊地に到着するらしいぞ」

「おお、そいつはありがたい」マンディが言った。「運がよければ束の間の休息が得られそうだな」

「どうしてです？」ネビルは訊ねた。

「まだ到着してない艦があれば、その艦を待つからだよ。待っている間は艦は航行しなくていいから投錨して帆をしまってそれっきりだ。操帆の必要もないから休めるってわけさ」

「まっ、その分士官から、溜まっている雑用を押しつけられるがな」コグが言った。

話は殺人から休日をどう過ごすかという内容に移っていった。それでもネビルは、その後もジョージが何度も毛糸の帽子を強く握るのを目撃した。

ホーランドの水葬は昼の四点鐘（十四時）が鳴らされたあとに行われた。遺体は帆布を縫い合わせて作った縦長の袋の中に、棺に納められるように入れられた。袋の中には海に沈むように砲弾が入っている。遺体の入った袋が艦首楼甲板に運ばれて葬儀が始まった。葬儀の参加者は希望者だけで、ホーランドと親しかった食卓班のメンバーや同じ当直部署の水兵で占められていた。ネビルも短いながらも同じ当直部署で働いた者として葬儀に参加した。

葬式は手短に終わった。従軍牧師が聖書から引用した死者を悼む言葉を述べ終えると、四人の水兵が遺体を乗せた板をハンモック置きの胸壁まで持ち上げ、そのまま遺体を海に滑り落とした。

「ホーランドの魂が神の御許に導かれんことを……アーメン」

従軍牧師が祈禱して葬儀は終了となったが、水兵たちは解散しなかった。ネビルだけは戻ろうとしたのだが、マンディに引き留められた。

「おいおい、どこに行くんだ？　まだ大切な行事が残っているぜ」

「え？」

「競売だよ」

ネビルはわけも分からずフォアマストの前に連れていかれた。そこではホーランドのところの食卓長が、手荷物を入れておくキャンバス地の袋を足元に置いていた。

「あの手回り品の袋はホーランドのものだ。今からあいつの遺品をセリにかけてみんなで買っていくんだよ」

「いなくなった人のものを買い取って再利用するんですか？」

「んなもんは二の次だ。大切なのは金を出すことだよ。ここで払った金はな、遺族のところに届けられるのさ。遺族のせめてもの生活の足しになるようにって金を出すんだ」

カランカランとハンドベルが鳴らされると、水兵たちが集まってきて競売が始まった。まず出てきたのは使い古された煙草入れだった。明らかに一ペニーの価値もないような品だが一シリングで他の者の手に渡った。それからも皺だらけのシャツ、刃が欠けた水兵ナイフ、手垢まみれのトランプ、親指のところに穴の空いた手袋、こうした到底売り物にならないような品々に高値が付いていった。

マンディは手袋を一シリング六ペンスで購入した。彼は購入した手袋をネビルに差し出した。

「ほれ、取っておけ」

「え？　でも……」

「いいから。もうそろそろ寒さが堪える時期になるし、おまえ防寒着は何にも持ってないんだろ？　金のことは気にするな。おれはこいつが欲しかったわけじゃないからな。その手袋をもらうのに気が引けるんなら、いつかおれの助けになるようなことをしてくれ。おれたちは互いに助け合っていかないとやっていけんからな」

「ありがとう」ネビルは手袋を受け取った。

「いいってことよ」


第二折半直の始まりを告げる四点鐘（十八時）が鳴ったとき、ヴァーノンとマイヤーは艦長室にいた。グレアム艦長は執務机に着いて、艦に近づいてくる暗雲を目の当たりにしたかのような険しい顔をしていた。艦長はたった今、ヴァーノンから殺人事件の調査報告を受けたところであった。

「つまり……」グレアムは右手の親指でこめかみをこすりながら言った。「犯人は水兵でなく、士官の中にいる可能性が高いということか」

ヴァーノンとマイヤーは士官たちにファルコナーの金槌を持っていかなかったか？と訊いて回

ったが、全員がそんなことはしていないと答えた。金槌が勝手に消えるわけがない。だれかが嘘をついているのだ。この状況で嘘をつかざるを得ない理由は一つしかない。

さらにヴァーノンとマイヤーが確認したところ、士官たちは昨晩事件が起きたとき、当直員以外は寝ていたという話だ。アリバイがないならばだれが犯人であってもおかしくない。

「まったく信じがたいことだ」

グレアムは乱暴に椅子を引くと、机の後ろを行ったり来たりと歩き出した。

「まあ、消えた金槌が本当に凶器として使われたなら、という話ですが」マイヤーがおずおずと言った。

「ほう？」艦長は先任衛兵伍長に鋭い視線を投げかけた。「他に金槌が消えた理由があるとでも？」

「船大工長に対する嫌がらせという可能性はどうでしょう？」

「ないな」艦長は即座に断言した。「ファルコナーは仕事熱心で素朴な男だ。敵を作るようなやつではない」

グレアムは艦長として士官の性格や人間関係を把握していた。それゆえに殺人に走るような者が麾下(きか)の人間にいるとは思わず、ヴァーノンたちの報告に衝撃を受けたのであった。

「それで艦長……」ヴァーノンは一歩一歩足元を確かめるような調子で口を開いた。「いかがいたしましょうか？　わたしは水兵と距離が近いために調査役に任命されました。相手が士官になるのであれば、わたしが調査を続ける意味はありませんが……」

グレアムは立ち止まって机に拳をコツコツと打ちつけた。グレアムもどうすればいいかわからなかった。父親からの推薦を受けて海軍に入り、今まで厳しい自然の中に身を置いてきたが、その歳月の間に経験した殺人は二回しかなかった。二回とも水兵同士の喧嘩が危険なレベルまで達した末に起きたことだった。多くの目撃者がいたため犯人はすぐに取り押さえられて死刑となった。目撃者がいない殺人など初めて、ましてや犯人が士官であるなど問題が深刻すぎる。

グレアムは深々と息を吐いてから言った。

「調査の指揮は引き続ききみに任せる。思考の硬直かもしれんが、他に妙案が浮かばないのだ。貧乏くじを引かせてすまないな」

「いえ、任命された以上全力を尽くします」

グレアム艦長は咳払いをして二人に向き直った。

「ところでミスター・ヴァーノン、ミスター・マイヤー……」

グレアムは言葉を切り、ヴァーノン、次にマイヤーの目を射貫くように見た。

「きみたちは違うだろうな?」

三人の間に張り詰めた空気が漂った。はっきりと言葉にしていないが意図は明白であった。艦長は二人が殺人者でないことを確認しているのだ。

「もちろん違います」マイヤーが言った。

「ええ、やっていません」ヴァーノンも続けて言う。

艦長はマスケット銃で狙いを定めるときのように目を細めた。

「身の潔白を証明できるかね?」

夜間は士官たちにとって休息の時間であった。転覆の危険がない限り夜間は操帆の指示を出すことはほとんどないため、当直主任として海尉を一名配置し、それを補佐する四名の士官候補生と、操舵長、操舵手が一名ずつ当直に就く。深夜にもなると、当直外の士官はまず就寝しているはずだ。つまり犯行があったときにどこにいたかを証明できなければ、その士官は犯人であるかもしれないのだ。

ヴァーノンは唇を嚙んでから言った。

「わたしは自室で寝ておりました。そのことを証言してくれる人物はおりません」

「自分も同じであります」マイヤーも続けて言った。

艦長は額に手を当てて、上から下へと顔を撫でていった。

「そうか……」予想したとおりの答えだった。そう都合のいい話はない。

「懸念を抱いておられるのでしたら、今後はロイデン海尉に担当していただくのはどうでしょうか?」

「当時当直だった士官にも全幅の信頼を置けん。当直員であれば暗闇に紛れて事を起こし、そのあと何食わぬ顔で持ち場に戻ることも可能であろう」

それと口に出して言わなかったが、艦長はロイデンを高く買ってはいなかった。自分の持ち場の秩序を維持するのがやっとというあの老人に、今回の一件は荷が重すぎる。

グレアムは揺るがぬ口調で言った。

「身の潔白を証明できなくとも、やはりきみたちに任せる」

うぬぼれかもしれないが、グレアムは自分には人を見る目があると思っていた。ヴァーノンは同僚からも水兵からも厚い信頼を寄せられる士官だ。規律には厳しいがその穏やかな物腰は敵を作るような人物ではない。マイヤーは艦内の秩序を守る先任衛兵伍長としてその職務に忠実であり続けた。二人とも人の道から外れるような行いはしないはずだ。

だが、自分の目に曇りがないことをもう一度だけ確かめることにした。

「ただし、誓ってもらおう」

艦長は右舷側にある本棚から聖書を取り出して執務机の上に置いた。

「聖書に手を置いて自分は殺人者ではないと誓うのだ。そう、神に誓うのだ」

神をも恐れぬ無法の殺人者が相手ならば、これは意味のないことかもしれない。だがグレアムはその目で二人の態度を確かめておきたかった。

二人は誓った。艦長の目には、ヴァーノンとマイヤーにためらいや迷いがあるようには見えなかった。

グレアム艦長は頷き、改めて二人に調査を任せると告げた。彼らが退出したとき、グレアムは自分の目に狂いがないことを願った。


中甲板の艦尾区画には、ラウンジと、帆布で仕切られた士官の部屋がある。ラウンジは士官たちが食事や娯楽を楽しむ空間で、艦内で最もにぎやかな場所である。その日に処理されたばかりの牛や豚を使ったステーキや、ガチョウの串焼きに舌鼓を打ち、生のラム酒が喉を焼く快楽を味わうのだ。食事を終えた者は艦尾の窓際にある舵頭材（甲板から突き出た舵の軸）隠しのテーブルでホイストなどのカードゲームに興じたり、趣味のバイオリンを奏でたりして楽しい時を過ごしていた。

その日も士官たちは食事と娯楽を堪能していたが、ヴァーノンとマイヤーは酒もほどほどに食事を終わらせると、人気のない艦長の食堂に移った。二人はランタンに火をつけて向かい合って座ると、早速今日判明した事実をまとめ始めた。

「さて、わたしたちは非常に厄介な問題を背負い込んだね」海尉が言った。

「ええ、まさか士官を疑わなければならないとは思いも寄りませんでした」

ヴァーノンは首を振った。

「それよりももっと厄介な問題があるよ」

「と、言いますと？」

「わたしたちは最初、ホーランドと同じ当直班にいる水兵の中に犯人がいると疑っていた。それはなぜだ？」

「それは……」マイヤーは口を開いたがそのあとの言葉が出てこなかった。彼もまた事件の面妖さに気づいたのだ。「そうか！　士官には犯行が無理です」

ヴァーノンは頷いた。

「犯人は他の水兵たちに気づかれることなくホーランドを殴り倒した。いくら新月の夜でも、そんな芸当ができる人間はいないから、犯人は彼のすぐ近くにいただれかという話だった」

ここで海尉は軽い溜息を漏らした。

「ところが凶器が船大工長の金槌らしく、彼の寝床に置かれていた道具箱から持ち出されたことがほぼ確実となった今、士官の中に犯人がいるのでは？という疑いに発展している。士官のだれかが犯人ならば、そいつはどうやってだれにも気づかれずにホーランドに近づいたんだ？　わたしにはさっぱりわからんよ」

マイヤーは机の上でしきりに左右の指を絡め合わせていたが、ふとある経験を思い出して大きく目を見開いた。

「海尉」先任衛兵伍長は勢いよく言った。「当直の水兵たちに気づかれずにホーランドを殺害する方法がありますよ」

ヴァーノンの心臓は大きく跳ねた。期待と好奇心に満ちた目で部下を見ながら言った。

「それはいったいどんな方法だと言うのだ？」

マイヤーは海尉の問いに直接答えず、まず自分の過去の体験を話した。

「海尉は水兵がマストから転落する事故を目撃したことはありますよね？」

「ああ、艦上生活が長い者はだれもが見たことあるだろう。しかしそれが今回の件とどう関係するのだね？」

マイヤーは慌てずに続けた。

「わたしは目撃するどころか、危うく上から落ちてきた水兵に押しつぶされそうになったことがありました。顔に風を感じるほど近くに水兵が落下してきたんです。冷汗がどっと流れ出ましたよ」

マイヤーは当時の冷汗を拭うように手で額をこすった。それから真剣な目で海尉を見ながら言った。

「それで思ったんですよ。ひょっとしたら、ホーランドにも同じようなことが起きたのではないかと。つまり、殺人犯はマストの上からホーランドめがけて金槌を投げたんですよ。凶器が命中して彼は死に、金槌は跳ね返って海に落ちていったというわけです」

マイヤーの声には熱が籠(こも)っていたが、ヴァーノンの心はマストを支えるステイのように動かなかった。

「きみ、少しばかり飲み過ぎたのではないか？」

海尉の静かな言葉に、マイヤーは身体の内側の興奮がしぼんでいくのを感じた。

「きみの理論は穴だらけだ」ヴァーノンは冷静に指摘した。「確かに、夜の当直が終わる前に甲板に潜んでおけば、深夜の当直員が来る前にシュラウドを上る時間は十分あるだろう。身を潜める場所には不自由しない。防水布で覆われたボートの中なんて、恰好の隠れ場所になるしな。マストに上るまではいい。

　だが、この先は問題しかない。きみは殺人犯がホーランドめがけて金槌を投げたと言ったが、新月の闇の中でだれがどこにいるのかわからない状況だったのだよ？　昼間ですらマストの上から金槌を投げつけて特定の人物の頭に当てるなんて芸当は困難だというのに、真っ暗な中でそのようなことができる人間など存在しないさ」

　マイヤーは恥ずかしさで目を伏せた。過去の思い出が謎を解く鍵になったという確信が際限なく膨張し、事件当時の状況が頭から零（こぼ）れ落ちていたのだ。

「それに降りるときはどうするのだね？　甲板に降りるためにはシュラウドを使わなければならない。だが、シュラウドの周りの甲板には多くの水兵たちが待機していた。下に行けば水兵たちに必ず気づかれることになる。かと言っていつまでもその場に留まっていたら夜が明けて、ヤードにいる姿をさらすことになるぞ。いや、よく考えると朝日を待つ必要はないな。四時になれば朝の当直だ。みなが起き出して、だれがいないのかすぐにわかる」

　ヴァーノン海尉は溜息を吐いた。

「とにかく、マストの上から金槌を投げて殺したなんて、荒唐無稽（こうとうむけい）もいいところさ。発言する前にもう少し冷静になって考えてみてくれ」

「すいません」マイヤーは恐縮しきって言った。

　しかし、背後から忍び寄る犯行も上からの奇襲も無理なら、いったい犯人はどうやってホーランドの命を奪ったのだろうか？　考えれば考えるほどこの犯罪は不可能に思えて仕方がなかった。

　それでも艦長から命令された以上、簡単に降参するわけにはいかない。

「艦長は明確な答えと犯人の名を望むはずだ。艦長は厳格なお方だから殺人者が自分の艦を自由に歩き回っていることなど到底容認されないさ」
ヴァーノンは憂鬱そうに首を振った。
「ゆっくりと眠れない日々が始まりそうだな」

翌日、午前の五点鐘（十時三十分）が鳴らされたあとのことだ。ジャーヴィス四等海尉は、望遠鏡を手にして艦首楼甲板の一番前に立っていた。その肩には彼のペットであるサルのモンタナが乗っている。

モンタナは、ジャーヴィスがまだ士官候補生だったときに、インドの動物商から購入したサルだ。士官候補生時代の彼は、今のように神経も腹回りも太くはなく、艦上で望郷の念に駆られることがたびたびあった。そんな折、親切な先輩士官から受けたアドバイスがペットを飼えば寂しさが紛れるというものだった。そこで、当時配属されていた艦がネガパダム（インド南東部の都市）に寄港したときに、露天市場で幼いアカゲザルを購入した。それがモンタナだった。

最初の頃は艦に乗せられたストレスからか、モンタナは糞(ふん)を投げるなどしてジャーヴィスの手を焼かせたが、今では歴戦の士官のように落ち着き、日中の大半をジャーヴィスに引っ付いて過ごしていた。

ジャーヴィスのほうも、いきなり糞を投げられたときは勘弁してくれと思ったが、軍務以外に取り組むことができたのがよかったのだろう。一生懸命にモンタナの世話と躾(しつけ)をしているうちに熱中していき、故郷や家族を懐かしむ想いは薄れていったのであった。今やジャーヴィスとモンタナは、マストを支えるシュラウドとステイのような切っても切れない関係となっていた。

ジャーヴィスは手にしている望遠鏡でもう片方の手のひらを一定のリズムで軽く叩きながら、まっすぐ前を見据えていた。一方、モンタナは飼い主の肩越しに、艦首楼甲板の下を覗き込んでいた。

艦首楼甲板の先頭から眼下に見えるのはヘッドと呼ばれる、仕切りすらない吹きさらしのトイレであった。五百人を超える水兵に対してトイレの数はたったの六つしかない。尻に潮風という開放感を味わえる便器の他に、丸太小屋と呼ばれる板で作られた円柱形の個室が二つあったが、これは下士官用のトイレで水兵が使うことはできなかった。よって、ヘッドには昼間は常に尻をさらけ出した水兵がいっぱいで、余裕がない水兵たちは専用のバケツに出すものを出して砲門から中身を海に捨てるという有様だった。

モンタナは眼下で起きていることに興味を惹かれていたが、ジャーヴィスは視線を水平線の彼方に向けていた。四等海尉は右目に望遠鏡をあてがった。望遠鏡を通すことで水平線の彼方にある光景がはっきりと確認できた。

ジャーヴィスの口元が自然と緩み、気分が高揚していった。水平線の上に帆影が見えた。それも一隻だけではない。戦列艦が一隻とフリゲート艦（軽武装の小型戦艦。船脚が速く、哨戒、偵察、護衛、戦闘など多岐にわたる任務で使用された）が三隻の計四隻だ。どの艦尾にもユニオンジャックがはためいている。

「前方に停泊中の戦艦、四隻あり！　バルト海艦隊です！」

ジャーヴィスは艦尾に向かって叫んだ。ハルバート号は合流地点のスカーゲン泊地に到着したのだ。

午後の三点鐘（十三時三十分）ののち、ハルバート号は停泊している艦隊に合流した。ハルバート号が近づくと、他の艦の露天甲板に溢れんばかりの水兵たちが出てきて、手を振りながら歓迎の声を上げた。ハルバート号の水兵たちも露天甲板から手を振って応えた。

ネビルは他の艦を見て圧倒された。ここまでの旅では、軍艦とは監獄のようなものだと思っていた。無理矢理さらわれて重労働に従事させられているのだからそう思うのも無理はない。だがこうやって僚艦を見て、自分たちは世界から切り離された存在ではなく、共に戦う仲間がいるのだと、海上での繋がりを意識させられた。そして、改めて自分が海軍の一員であることを思い知らされ、戦火の火先にいつ搦め捕られてもおかしくはないという危機感を抱いた。

グレアムが下手回しを命令して、ハルバート号は一列になって停泊している艦隊の一番後ろに滑り込んだ。広げていたトップスルとトゲルンスルの帆をヤードまで引き上げ、ハルバート号は羽休めの準備に入った。畳帆（じょうはん）と同時に人の胴体ほどの太さがある錨索（びょうさく）が恐ろしげな音を立てながら繰り出されていき、錨（いかり）が海底にめり込んだ。錨が刺さったハルバート号は艦尾を振って停止した。

艦が完全に止まるとグレアムが命じた。

「わしのボートを出してくれ」

メインマストのてっぺんに水色のペナントがはためいている戦列艦を見ながら言った。その軍艦こそが、この艦隊の旗艦サジタリウス号であった。

「エルム提督に到着の挨拶をせねばな。それに今後の方針を知っておく必要がある」

艦尾のクレーンから艦長用のボートが慎重に降ろされた。艦長が乗り込むと、艇長と十人のこぎ手がボートを操りサジタリウス号に向かっていった。

艦長が旗艦から戻ってきたのは第一折半直の三点鐘（十七時三十分）が鳴る直前であった。舷門から後甲板に着地すると、グレアムはすぐに海尉たちに召集を命じた。

艦長の執務室に海尉たちが勢揃いし、グレアムが机の上に海図を広げた。

「エルム提督から今後の方針の説明があった。それを今から伝える」

艦長はユトランド半島の先端を指示した。

「現在わしらがいるのはここだ。本艦隊は戦列艦三隻、フリゲート艦四隻で編成される。残りの艦が集まってから開始されることになる。それまではここに停泊とのことだ」

「それで、哨戒はどのような形で行われるので？」マーレイ副長が訊ねた。

「艦隊を分けるのだ。フリゲート艦は二隻一組として行動させ、戦列艦は単独での行動を行う」

「艦隊を分けるのですか？」コフラン三等海尉が隻眼を細めて言った。

「獅子は兎を狩るのにも全力を尽くすと言うが、我々の目的は狩りではない。監視である。目は多いほうがいいということだ。それに通商破壊を行うのは私掠船の類いであろう。そうした船はたいてい単独で行動している。こちらも艦を単独で行動させても問題はないということだ」

私掠船と戦列艦が戦えば戦列艦が勝つ。これは太陽が東から昇るのと同じくらい当然のことだ。だから実際に海上で遭遇すれば戦闘になることもなく、私掠船との追いかけっこが始まるだろう。

「では哨戒ルートはどうなるのです？」コフランが訊ねた。

グレアム艦長は海図を指でなぞりながら説明した。

「フリゲート艦はスカゲラク海峡（デンマーク北方の海）、ドッガー・バンク（北海中部の海域）、テキセル島（オランダの島）を結ぶ三角航路を航行する。一組が時計回りに航行して、もう一組が反時計回りに進む。そして戦列艦は、フリゲート艦が進む三角形の中のバルト貿易航路に張り付き、歩哨の如く敵の帆影がないか目を光らせるのだ」

どの艦がどの航路、どの海域を担当するかはすべての艦が集結してから決定するということだった。

「ところで艦長」ジャーヴィスが言った。「拿捕賞金の分配はどうなるのです？」

拿捕賞金とは、敵艦を拿捕したときに国から支払われる賞金だ。賞金額は敵艦のサイズによって支払われる金額が異なり、大きな艦であるほど高額になる。また捕虜に対しても賞金が出ることが多く、提督や艦長クラスの大物を捕まえれば大金が手に入った。賞金は艦の全員で山分けされる。賞金の取り分は地位の高い者ほど多くなっていた。

そして艦隊を組んで敵艦を捕らえたなら、提督は艦隊が受け取る全賞金のうちの八分の一を受け取ることができた。ジャーヴィスが気にしているのはこの点であった。確かに今回の任務は艦隊が編成されたが、エルム提督はその艦隊を解体して運用しようとしている。艦の指揮は提督でなく艦長に任され、もし敵艦を拿捕した場合はそれは完全にその艦の手柄である。それなのに提督の権利を振りかざして賞金の八分の一を持っていかれては業腹だ。海軍に入った者の中にはこの拿捕賞金を目当てとしている者も多い。提督が濡れ手で粟の利益を得て、自分たちの取り分が減っては堪ったものではない。

ジャーヴィスの懸念にグレアムが答えた。

「心配いらん。エルム提督は哨戒中に敵艦を拿捕した場合、その賞金は捕獲した艦のものというお考えを示された。提督に取り分が流れることはない」

ジャーヴィスは真顔で頷いた。だが、表情を崩さなかったのは艦長の前で海尉の品位を崩さないようにしたためであって、心では陽気なステップを踏んでいた。

現段階での決定事項の話が終わり、艦長は海尉たちを解散させたが、ヴァーノンだけは残るように言われた。

「して、例の調査はどうなっている？」艦長は他の海尉たちがいなくなるとすぐに訊ねた。

「芳しくありません」

ヴァーノンは気をつけの姿勢のまま言った。水兵が犯人ならば凶器の入手先が腑に落ちず、士官が犯人ならば犯行が困難であることを説明し、今日の調査内容を報告した。ヴァーノンとマイヤーは、士官と事件当時の当直の水兵に聞き取りを行った。士官にはここ最近用もないのに最下甲板をうろついていた水兵はいなかったかと訊いて回った。水兵への聞き取りでは後甲板右舷直以外の当直員からも話を聞き、あの晩不審な動きをする人物がいなかったかを確認した。結果はどちらも徒労に終わった。士官は不審な水兵を見ていないと述べ、当直員は怪しい動きなどなかったと証言した。

「しかし海尉」艦長が異議を唱えた。「メインマストに上っていった水兵がいたという話があったではないか？　その者のことはきちんと調べたのか？」

「彼についてはミスター・マイヤーが話を聞きに行きました。その水兵はガブリエル・スマイルズといいます。マイヤーの尋問に対しては、ただ夜風に当たりたかったとの一点張りだったそうです」

「マストを上ったなら檣楼の見張員と会ったはずだ。見張員からも話を聞いたか？」

「はい、そちらもミスター・マイヤーが当たってくれました。見張員もスマイルズの話を裏付ける供述をしています」

「ミスター・ヴァーノン、きみはこれをどう見る？」

「スマイルズと見張員が口裏を合わせている可能性があります。見張員のブラックは、スマイルズと同郷の人間ですからね。それとももう一つの可能性として、スマイルズは強風の夜にわざわざマストに上って夜風に当たるほど気が触れているということもありえます」

「彼の行動に裏はないと？」

「はい。あくまで可能性の話ですが。艦上の生活は人を狂わすこともあります。自分はこんな水兵を見たことがあります。彼はある日から非番のときも当直のときも、メインマストのコースヤードの右端をニヤニヤしながら眺めるようになりましてね。ヤードの端に世界の面白いことが詰まっているという調子でしたよ。そんな状態がひと月ほど続いたんですが、ある朝、その水兵が首を吊ったんですよ。いつも見ているヤードの端で。しかも発見されたときはズボンも下着も穿いていませんでした」

「それは確かに異常な話だな。突然叫び声を上げて海に飛び込む者がずいぶんまともに思えてくるよ」

「艦長も、長い艦上生活の中で頭がおかしくなった者を目の当たりにされたことはありませんか？」

「ああ、わざわざ詳細は述べんがあるな。だが、いくつもの事例を出してもスマイルズが狂っているという理由にはならん。スマイルズには可能な限り目を光らせておけ」

「はっ、了解しました。マイヤーの部下を使って見張らせておきます」

だが、ヴァーノンは何らかの成果を得られるとは思っていなかった。洞穴のような艦内で、五百人以上いる水兵のうちの一人を見張るなど容易なことではないのだ。

艦が停泊したことにより、夜間の当直はなくなった。つまり二十時から四時まで丸々就寝時間になるのだ。それを知ったとき、ネビルはハルバート号に乗せられて以降、初めて人間らしい睡眠が取れると心躍らせた。ところが現実は甘くなかった。水兵たちが一度に就寝すると、甲板は人海と化し、身動きするのも一苦労という様相になった。ハンモックに高低差を付けて少しでもスペースを確保するとかそういう次元の話ではないのだ。ネビルはハンモックを低くして寝ていたが、頭の上は二人分のハンモックが並んで視界を覆い、左右には吐息を感じるくらい近くに他の人間の顔がある。マンディが言っていた、朝起きたときにはオーツ麦の袋に顔を突っ込んだくらい息苦しくなっているというのは決して誇張ではなさそうだ。

ネビルは異様な圧迫感に不快感を覚えたが、やがて疲労が彼を眠りに誘った。ところが零時過ぎに目を覚ました。尿意を感じたのだ。就寝中に小用をしたくなるのはこれが初めてではなかった。食事のときに大量のビールが出てくるのでこれまでも何度もハンモックから抜け出したことはあった。だが、今はかつてないほど窮屈な状態なので、小用に立つには慎重を要した。隣の者を起こさないように注意を払って滑り出ると、ネビルは姿勢を低くしたままハンモックの列と列の間にある僅かな隙間に進み出た。今度はその細い通路を横歩きしながら中央ハッチのほうへ進んでいった。中央ハッチ近くの梁にはバケツが掛けられていた。少なすぎる水兵用のトイレを補うために置かれたバケツだ。トイレが使えないときはもちろん、夜間でもこのバケツは活躍した。暗くて歩きにくい夜中には、わざわざ遠くのヘッドを使う水兵はいなかった。

ネビルはさっそくハッチの階段に腰を掛けてバケツを使った。いつもは下甲板の砲門から中身を空けるのだが、尿の入ったバケツを片手にこの狭い空間を進んでいくのは気が引けた。だからネビルは寝床として使われていない上砲列甲板に行って、そこの砲門から尿を捨てようと考えた。

上砲列甲板はまったく人気がなかった。梁からぶら下がっているわずかなランタンの光を頼りに手近な砲門に近づき、肩を当てて全身を使って押した。漆黒の隙間ができるとそこにバケツの口を当てて、甲板に零れないように気をつけながら中身を流した。甲板を汚した者にはグロッグの配給停止という軽い罰則があるのだ。きれいに中身を空けられたことを確認すると、ネビルは下甲板に戻り始めた。

だが、彼がすんなり寝床に戻ることはなかった。ネビルは中甲板に降りる階段で足を止めた。ハッチの近くの梁から吊るされたランタンが、見知った顔を照らし出していたのだ。その顔はじっとネビルに視線を注いでいた。

「ガブリエル」ネビルは思わず相手の名前を口走った。

「ネビルか……ちょうどいい」

ガブリエルは階段を上ってきてネビルの耳に顔を近づけた。

「おまえにも声をかけようと思っていたんだよ」

ネビルはガブリエルの顔から逃れるように身を逸らした。

「なんの話さ？」

「しーっ！　静かに」

ガブリエルは周囲がほとんど見えないにもかかわらず、首を巡らせてから再びネビルに顔を近づけた。

「いいか」これまで以上に小さな声だった。「これは誇張でも何でもなく本当に大切な話なんだ。他人に聞かれたくないからおまえも声を出さないでくれ」

「なんだよ？」ネビルもガブリエルに合わせて声を落とした。

ガブリエルはもう一度意味をなさない周囲への警戒を行ってから言った。

「おまえ、この艦から逃げ出したくないか？」

ネビルはまず自分の耳を疑い、次にガブリエルの正気を疑った。あまりに突然でまったく荒唐無稽だ。驚愕が喉を塞いで、ネビルは言葉を発することができなかった。

「おれたちは日常から無理矢理引き離され、こんな暗くて臭くて危険な場所に放り込まれた。こんな非道が許されていいはずがない。だからおれは計画を練っているんだよ、ここから逃げ出すための」

「正気じゃない」ネビルの口から反射的に言葉が漏れた。

ガブリエルの言葉が熱を帯びた。

「確かに海の上から逃げ出すなんて無理だろう。だが、どこかでチャンスが巡ってくるはずだ。港に停まるとか、そんなチャンスが。機会がやってきたときのために、おれたちは仲間を集めているんだ」

ネビルは眉をひそめた。

「仲間だって?」

「ああ、一緒に連れてこられた連中や、四六時中士官の愚痴(ぐち)をぶちまけている水兵に声をかけているんだ。おまえも誘おうと思っていたんだよ」

ネビルの心臓が大きく脈打った。

「ぼくを厄介事に巻き込もうっていうのか?」

「おまえは家に帰りたくないのか? 女房がいるんだろ?」

マリアのことを言われて、ネビルの心は大きく揺らいだ。マンディは、フランスとの戦争が終われば兵役から解放される可能性が高いと言っていた。だが戦争はいつ終わる? それに戦争が終わるまで生き延びられる根拠はない。結末の見えない戦争に身を投じることは辺獄(リンボ)を延々と歩き回るようなものだ。終戦を待たずして家に帰れるという可能性は、マリアとの再会を渇望するネビルにとっては光に照らされた道に思えた。

ネビルの表情の変化を見て取ったのだろう。ガブリエルは口元をほころばせて優しげな声をかけた。

「今から仲間と集会をやるんだ。おまえも来いよ」

「えっ？」急な誘いにネビルはたじろいだ。

ガブリエルは落ち着かせるような笑みを浮かべた。

「大丈夫だ。仲間に加わることを強制はしない。ただ集会の様子を見てほしいだけだ。どんなことを話しているのか、だれがいるのか、そうしたことを知ってほしいんだ。知った上でおれたちの仲間になるか決めてくれ。もちろん断ってくれてもかまわない。ただ、そのときはおれたちのことを黙っておいてほしい。なあ、悪い申し出じゃないだろ？　試しに集会に来てくれよ」

ネビルは逡巡（しゅんじゅん）した。今ガブリエルについていっても害はない。彼の活動内容はわからないが、これから集会に参加すればそれもはっきりする。もしかしたらガブリエルと彼の仲間たちが活路を開くかもしれないのだ。

ネビルは心を決めた。

「参加しよう。ただ、まだ仲間になると決めたわけじゃない」

ガブリエルはにやりと笑った。

「ああ、それじゃあ案内しよう」

ネビルはバケツを戻してガブリエルのあとについていった。中央ハッチをどんどん降りていき、やがて船倉にたどり着いた。ネビルは砲撃訓練の前の家具の片付けで船倉に降りてきたことはあったが、長居したいと思う場所ではなかった。

ハルバート号の船倉は、弾薬庫を境に前部と後部に分かれていた。中央ハッチから降りられるのは後部の船倉で、その空間を照らすのは、中央ハッチの目の前にある二部屋のランプ室の窓から漏れるランタンの光と、後部ハッチの梁にかけられたランタンだけだ。ただでさえ照明が心許ないというのに、食料と飲料が詰められた樽が横倒しにされた状態で山積みに置かれており、闇に飲まれかけている光を遮っていた。そのため船倉を自由に動き回るにはランタンが必須であった。

また、船倉は艦内にまき散らされた水が最後にたどり着く場所でもある。船倉に溜まった水は鎖ポンプで排水されるが、それでも完全に取り除くことはできない。残った水はバラスト（船体を安定させるために船底に詰め込まれる重り用の砂利）の中に溜まっていく。やがてそれは腐ってビルジと呼ばれる悪臭を放つ汚水と化して、船倉にやってきた者の鼻に不快感を与えた。

船倉の左右の舷側板には人の頭ほどの高さの位置に張り出した通路があった。取り付けられた階段から通路に上がると、船倉の中ほどに明かりが見えた。ガブリエルは、通路から積み上げられた樽の上に降りると、足元に気をつけながら明かりの場所を目指した。おそらくあそこにガブリエルの仲間が集まっているのだろう、とネビルは思った。

ガブリエルに続いて明かりの場所まで行き、ネビルは彼の仲間たちの姿を見た。そこには四人の水兵たちがランタンを囲んで樽の上にあぐらをかいて座っていた。そのうちの二人はネビルも予想していた人物だった。ガブリエルの腰巾着（こしぎんちゃく）のヒュー・ブレイクとフレディ・チャックだ。二人とも陸にいたときの軽薄な表情は消え、暗く陰険な顔つきになっていた。もう一人は当直部署はわからないが何度も見たことがある男だ。曲がった鼻と額に斜めに走る傷跡が印象的なのでネビルの記憶に強く残っていた。

そして最後の一人を見て、ネビルは思わず言葉を発するほど驚いた。

「ジョージ！」

ガブリエルの仲間のなかにジョージ・ブラックがいたのだ。ジョージはすっかりお馴染(なじ)みとなったすさんだ視線をネビルに向けた。

「おいおい、あまり大きな声出すなよ」ガブリエルが苛立ち混じりの声で言った。

「ジョージ、きみも加わっていたのか」ネビルは声を落として言った。

ジョージは決まりが悪そうに視線を逸らした。

「ああ、そうだ」

「おれが声をかけたんだ」ガブリエルが言った。「あの殺人があった夜にな」

ガブリエルの言葉を聞いて、ネビルはすべて合点がいった。ガブリエルはあの夜、ジョージを自分たちの同盟に誘うために強風のなかマストを上っていったのだ。甲板直なら他の人間がいて秘密の勧誘どころではないが、夜間の見張員なら檣楼に一人だけなので障害がない。ガブリエルはジョージが見張員になったことを知って、夜間当直のときに接触をしたというわけだ。

だがネビルには、ジョージがガブリエルの仲間になったことが意外に思えた。あの堅実なジョージが、こんな危ない橋を渡るとは想像しがたいことだ。ジョージはそれほどまでに、艦上での生活で精神が追い詰められているのだろうか？

ネビルが考えを巡らせるなか、ガブリエルが言った。

「さて、それじゃあ今日の会合を始めるか」

ガブリエルとネビルは座って輪の中に加わった。

「そいつは新入りか？」ネビルが名前を知らない水兵が言った。

「ガリー、あんたは初めてだよな。こいつはネビル、おれたちと同じく無理矢理ここに連れてこられたやつだ。まだ仲間になると決まったわけじゃねえが、おれたちの活動に興味を持っているみたいでな、連れてくることにしたんだよ」

ガブリエルは、鼻の曲がった水兵をネビルに紹介した。

「ネビル、こいつはガリー・ウォルドン。おれと同じ食卓班で、この艦で三年も囚われの身になっている下級水兵さ」

「よろしくな」ガリーは軽く手を挙げた。

「ええ、よろしく」ネビルはガリーの顔から視線を外して応えた。

ガリーは、目を逸らす前のネビルの顔に好奇心が宿っていたことに気づいていた。だから彼は自分から進んで説明した。

「この鼻も、額の傷も、士官連中に付けられたもんだ」ガリーは忌々しげに言った。「あいつら、ちょっとでもおれがヘマするとすぐに鞭を使いやがる。あいつらは人を人とも思ってねえ悪魔だよ。こんなのは間違っている。間違いは正さねえとな」

「こういう具合だからガリーはおれたちに協力してくれてるってわけさ」ガブリエルはうれしそうに言った。

それから会合が始まった。ネビルは彼らの話にしっかりと耳を傾けた。片手の指で数えられるほどのメンバーしかいない反乱結社だが、話の内容は堅実だった。ここにいる者たちは海図も読めなければ緯度経度を割り出すこともできなかった。そのため脱出は、ハルバート号がイギリスの沿岸に近づいたときに行うという鉄則を設けていた。彼らは、チャンスが来たときにどのような脱出方法をとるかという計画を徹底的に議論していた。

どうやって艦を奪うかという、夢想の計画を練っているのであったらネビルもガブリエルの同盟に加わる気持ちは消え去っただろうが、地に足のついた話を聞いているうちにネビルの胸の内に心強さが宿っていった。

脱出手段はボートの奪取に決まっているようだったが、彼らはどうやってボートを奪うかという問題にぶつかっていた。港で停泊しているときは露天甲板には海兵隊が見張りに就いているし、ボートを降ろすためには舷側のクレーンを使う必要がある。見張りに気づかれずにクレーンを使うなど、海の水を一滴残らず飲み干すくらい不可能だ。

「ちっ、艦がひっくり返るような大事件でも起きない限り、ボートを奪うチャンスはなさそうだな」ガブリエルが総括するように言った。

「せめて艦が港に停泊して、水兵全員に上陸許可が下りればいいいんだがな」フレディがぶつぶつと言った。「そうすれば好きなように逃げられるのによ」

ヒューが続けて言った。

「上陸許可がなくても港に停泊するだけでもいい。地面が眼下にあればそれだけで何かやりようが出てくるさ」

「そいつは期待できねえな」ガリーが頭を掻きながら言った。「じゃなけりゃおれは三年もこんなところにいやしねえよ」

「ボートを奪う以外にも脱出の方法はある」

ジョージはぽつりと言ったのだが、みなその言葉をしっかりと聞き取って、食い入るように彼を見つめた。

「おい、今言ったことは本当か？」ガリーが前のめりになって訊ねた。

ジョージは得意げな様子を微塵も見せずに淡々と語った。

「艦を維持するには補給が必須だ。軍艦では、物資の補充は民間の補給船がやってきて行うという話を聞く。だから補給船がやってきたときに、そこの船長に金を握らせて、連れて帰ってもらうように依頼するんだ。おれたちはこっそりと補給船に乗り込んで艦から離れる。この艦からおれたちが消えたことが明るみに出ても、その頃にはおれたちは何百マイルも離れたところにいて、ハルバート号はもう手の打ちようがないというわけさ」

ガブリエルたちは目を輝かせて互いの顔を見た。ジョージの計画はボートの奪取よりもスマートで可能性があった。だが希望が燃え上がる前にジョージがつけ加えた。

「無論、この作戦にも欠点がある」

「なんだって？」急に水を差されてガブリエルは顔をしかめた。

「金だよ。補給船に渡す金が必要だ。相手も危険な橋を渡るのだからそれなりの金額を出してやる必要がある」

「いくらだ？　一ギニーか？」

「この人数なら、その二十倍は必要だと思う」

「冗談だろ？」ガブリエルは目を剝いた。「そんなに取られるわけないだろ。ホラ吹いてんじゃねえだろうな」

「むしろ、中途半端な額を渡すのは危険だ。下手をすれば、補給船の船長がグレアム艦長に告げ口する可能性だってあるんだ。相手を確実に満足させられる十分な額を出さないと駄目だ」

膨らみかけた希望は一気にしぼんだ。二十ギニーは大金だ。靴職人として一年間コツコツ働いてやっともらえるかどうかという金額だ。艦から去るときにまとめて給与が支払われる水兵の立場で、そんな大金をどうやって用意したらいいというのだ？

「金を工面できる当ては？」議論が始まってからネビルが初めて言葉を発した。彼はもはやこの同盟を傍観する第三者ではなくなっていた。

　ネビルの問いかけに十秒ほど沈黙が続いたが、それを破る声が上がった。

「盗むんだよ」ガリーだった。

　みな一斉にガリーのほうを見た。

「この艦には金がねえわけじゃないんだ。乗組員の給与や商人から物資を購入するための資金がある。主計長の倉庫にな。そこから二十ギニーをパクってやるんだよ」

「ばれないのか？」ガブリエルが一番重要なことを訊ねた。

「主計長は備品の管理をしているが、毎日金を数えるほど暇じゃねえ。いずれ露見するとしてもすぐには気づかないだろうよ。だから補給船がやってきたときに金貨を盗んで、そいつを補給船の連中に渡してやれば主計長が気づく前に逃げられるだろ」

「じゃあ問題はまったくないということか？」ガブリエルが確認した。

「まあ、ひとつ挙げるとするなら……」ガリーが言いにくそうにゆっくりとしゃべった。「主計長の倉庫は最下甲板の艦首のほうにある。だからおれたちでも容易に近づくことができるが、見張りにザリガニ（海兵隊員のこと。赤い軍服を着ているのでこのように呼ばれることがあった）がいるんだよ。交替で一日中、主計長の倉庫の前に立っている」

「おいおい、それじゃあどうやって倉庫に入ればいいんだよ」フレディがうんざりした口調で言った。

「まあ落ち着けよ」ガリーは慌ててつけ加えた。「ザリガニだって常にいるわけじゃねえんだ。上官から召集がかかったり、他の場所でトラブルが起きたらそっちに向かう。それにやつらも人間だ。もよおして我慢できなくなったときは持ち場を離れる。そんときは倉庫の前はがら空きになるぜ」

「補給船がやってきたときに都合よくそんな偶然が重なるかな?」ネビルが言った。

ガブリエルが鼻を鳴らした。

「偶然に頼らなくても、見張りを倉庫の前から引き離せばいいだけだろ。こっちは複数人いるんだ。なんか問題が起きたって話をでっち上げて、少しの間、海兵隊員を別の場所に連れ出して、その間に別動隊が倉庫の中から金貨をくすね取ればいいだけだ」

ヒューとフレディがガブリエルの案に賛成した。ジョージは何も言わなかったが、ガリーは慎重な態度を示した。

「おれはおまえらよりも長くここにいるからわかるんだ。ザリガニどもは水兵ごときの言葉じゃなかなか動いてくれないぜ。何かよっぽど説得力のある話を用意しないと……」

「その話を用意すればいいだけだろ。時間はたっぷりあるんだからよ」ガブリエルは自信ありげに言った。

ガリーはまだ不安を覗かせていたが、一応ガブリエルの案に賛同した。

「反対意見はないな。なら、今後の方針はこれで決まりだ」

ガブリエルはネビルを見た。

「ネビル、おまえは幸運だな。完璧と言える脱出計画が出てきたときに居合わせるなんてよ。確認するまでもないと思うが一応聞いておこう。ネビル、おれたちの仲間に加わらないか?」

ネビルの心は決まっていた。

「ああ、仲間になろう」

「決まりだな」ガブリエルは笑みを浮かべながら言った。

こっそりハンモックに戻っても、ネビルはすぐに寝付けなかった。彼の心は大時化に翻弄される船のようにがぶっていた。戦争が終わる前にこの苦役から解放される、そう思うだけでかつてない活力が湧いてきた。眠ろうと努めて目を閉じると、まぶたの裏にマリアの微笑む顔が自然と浮かんだ。

だが翌日、生き返り始めたネビルを再び絶望に叩き落とす出来事が起こった。


残りの艦を待つハルバート号には穏やかな時間が訪れた。その日は天気もよく、水兵たちは艦首楼甲板に出された大ダライに洗濯物を持っていって洗ったり、日に当たりながらすり切れた服を繕うなどして午前の時間を過ごした。

ネビルは艦首楼甲板で他の水兵たちと一緒にハンモックを洗っていた。フォアマストからバウスプリットに伸びるステイを見て、手はとても届かないがもしあそこに洗濯物を干せばよく乾きそうだと思った。だが、すぐに索にはタールが塗られていることを思い出し、そんなことをすればせっかくの洗濯が無駄になるなと、自らの想像を自嘲しながら打ち消した。

陽気に包まれた平穏は、正午を迎える三十分前の七点鐘が鳴らされたときに破られた。

「そういーん、後甲板にしゅーごーうー！」メガホンで拡張された声が艦内に響き渡った。

召集がかかったのでネビルはズボンで水と泡を拭き取りながら後甲板に向かった。案の定、後甲板からはみ出るほどの水兵が集まったが、ネビルは何が起きているのかわかる場所に収まることができた。

　舵輪の前に厳めしい顔をした士官たちが整列し、その前に場違いな水兵の姿があった。それを見たネビルは、これが懲罰立ち会いだということを悟った。だが、鞭打ちのために罪人を縛り付ける、あの恐ろしい格子蓋はどこにも見当たらなかった。代わりに、前回格子蓋が置かれていた場所には樽が置かれていた。

　ネビルはこれから裁かれようとしている水兵をじっと見た。その男は水兵というより商人に見えるような体つきをしていた。ネビルは仔細に観察しているうちに、その水兵が自分と一緒に連れてこられた男だと気づいた。ふっくらとしていた頬はしぼみ、顔は絶望に染まっているが、ハルバート号に向かうボートに同乗していた男だと自信を持って言えた。

　いったい彼は何をしでかしたのだろうかとネビルが考えていると、艦長室からグレアムが出てきた。その顔つきは前回鞭打ちを行ったときよりもさらに厳しいものになっていた。

　マイヤーが罪人を連れてグレアムの前に出てきて、艦長に敬礼をした。グレアムは頷き、水兵たちに向かって怒鳴った。

「諸君、この男はサム・ポンス下級水兵。第二班左舷艦尾楼甲板の当直員だ」

　以前とは懲罰の進め方が違うなとネビルは思った。これは何か重大な意味があるのだろうか？

「この男は重罪を犯した。みなの食料を盗み食いしたのだ！」

　大波が岩に当たって砕けたような驚きの声が水兵たちから上がった。

「あいつ、えらいことをしでかしたな」

　聞き覚えのある声が背後から聞こえ、ネビルがふり返るとそこにはコグが立っていた。

「なんでみんな驚いているんだ？　たかが盗み食いじゃないか」

「艦での盗み食いは台所の料理をちょっとつまむのとはわけが違う。食卓でここでの生活のイロハを教えたときに、窃盗は重罪って説明したろ。盗み食いも窃盗に入るんだ」

コグは両の手のひらをズボンでぬぐいながら言った。

「よく見ておけ。盗みをしでかした者に下る罰ってやつを」

ネビルはグレアム艦長に視線を戻した。艦長は水兵たちの驚きの波が引いていくのを待ってからポンスを問いただし始めた。

「ポンス、貴様は昨晩深夜の一点鐘（零時三十分）が鳴ったあとに、司厨長の部屋でチーズを盗み食いしているところを海兵隊員に発見された、これに間違いはないな？」

ポンスは、艦長の左右に逃げるように視線を走らせた。まるでどこかに最適な答えがないか探しているかのようだ。

「答えろ！」グレアムはポンスを怒鳴りつけた。

「は、はい！」ポンスは縮み上がって叫ぶように言った。「間違いありません」

「なぜそんなことをした？　一応釈明を聞いてやろう」

「は、腹が減っとったんです」

「この艦では一日に三度の食事が出る。貴様は食べていないのか？」

「た、食べとります」ポンスは額に汗を浮かべながら言った。「た、ただ、あのような味気ない食事だと、いくら食べても食べとる気にならんのです。だ、だから、夜中に腹が減って、つい……」

グレアムは首を振った。

「貴様は大馬鹿者だな」

ポンスは震えながら訴えた。

「あ、あの、食べたのはたったの、チーズ一切れじゃないですか」

この弁解がグレアムの逆鱗(げきりん)に触れた。

「たったの一切れだから許してほしいだと？　ではどれほど食べたら罰せられるのだ？　二切れか？　三切れか？　それともビスケットを付ければか？　いくら量が少なくても盗みは盗みだ！　そしてこの艦の食料はみなの物だ。それを窃取するということは、みなから盗みを働いたも同じだ！」

艦長の剣幕に恐怖して言葉を失ったポンスに、グレアムは刑を言い渡した。

「サム・ポンス下級水兵、海軍懲罰規定により貴様をガントレットに処す！」

ネビルがガントレットとは何だと考える暇もなく、グレアムは水兵たちに命じた。

「ガントレットへ参加を希望する者は鞭を取って整列せよ！　他の者は後甲板から下がれ！」

数え切れないほどの水兵たちが、艦尾楼甲板の階段の隣にある樽に向かった。ネビルが何だかわからずにその場に立ち尽くしていると、コグが肩に手をかけてきた。

「邪魔にならないように後ろに下がろう」

ネビルはコグと一緒に舷側通路まで下がった。そのとき偶然、瓜実顔(うりざね)のウィリー・ポジャックと一緒になった。

「な、何が始まるんだ？」物々しい雰囲気を目の当たりにして、ポジャックは不安そうに呟いた。

前に出ていった水兵たちは、次々と蓋のない樽の中に手を突っ込んでいった。樽から引き上げられたすべての手にネコ鞭が握られていた。あの樽は鞭をしまっていたのだ。鞭を手にした水兵たちは右舷に二列、左舷に二列という具合に整列していった。

後甲板を横切る四つの列ができると、グレアムが海兵隊員に命じた。

「罪人の服を脱がせて手を縛れ！」

二人の海兵隊員がポンスを乱暴に摑み、あっという間にポンスの上半身を裸にした。さらに縄（ロープ）でポンスの手を腹の前で縛ると後ろに引き下がった。

「な、なにを……」ポンスは事態についていけず呆然としていた。

グレアムがポンスの前に立って説明した。

「貴様はこれから仲間の手による鞭打ちを受けるのだ」グレアムは水兵たちの列に目をやった。「右舷に二列、左舷に二列あるだろう。貴様は二組の列の間を歩き、水兵たちが貴様に鞭を振う。まず右舷の二列の間を歩いていき、向こう側に抜けると次は左舷の二列の間を戻ってくる。その間に受けた鞭打ちをもって、貴様の罪は清算されるのだ」

ポンスは青い顔をして水兵の列を見た。ざっと見た限りでも百人以上の水兵がいて、全員が鞭を手にしている。つまり百回以上は鞭で打たれるということだ。

「もちろん、駆け抜けることは許されない。そのための先導役がいる」

艦長が目で合図をすると、先任衛兵伍長のマイヤーと彼の隣にいた海兵隊員が前に出てきた。マイヤーは帯刀していたカットラスを抜いて刃先をポンスの腹の前に向け、海兵隊員は銃剣を背中に向けた。

「先任衛兵伍長のペースに合わせて歩け」

ポンスは有無を言わさずスタート地点に立たされた。彼はギロチンの前に立たされた貴族のように顔面が蒼白になっている。呼吸も乱れ、今にも倒れてしまいそうだ。

「手加減はするな！」グレアムは列に加わっている水兵に言った。「手を抜いた者は同罪とみなす！」

　もちろん、進んで執行者となった水兵たちは手を抜くつもりはなかった。ある者は純粋に規則を破った者に怒りを覚えたため、ある者は日頃の鬱憤を晴らすため、ある者は士官の気分を味わいたいため、水兵たちはそれぞれの思いを胸に抱いてその場に立っていた。

「用意！」グレアムが吠えると水兵の列が向き合った。太鼓がドロドロと重苦しいリズムを奏で、今に始まる恐怖の時を煽った。

「始め！」艦長は命じた。

　すぐさま先頭の水兵たちがポンスにネコを打ちつけた。ポンスは叫び、打たれた皮膚は筋状に赤く脹れあがった。ポンスはなるべく早く前に進みたかったが、マイヤーのカットラスがそれを許さなかった。マイヤーは散歩をするような速さで後ろ向きに歩いていた。こののんびりとした速さのなかで、ポンスの身体に次々鞭が振り下ろされ続けた。まだ右舷の列の半分程度だが、ポンスの背中、二の腕、肩、首筋、さらには頬や耳からも血がにじみ出ていた。ポンスは叫びながら身をよじって痛みに耐えることしかできなかった。

　水兵たちは容赦しなかった。厳しい表情の者もいれば、鼻息を荒くしている者もいる。そしてまたある者は加虐的な笑みを浮かべながら鞭を振り下ろした。

　右舷の列を抜けたとき、ポンスの身体には無数の血の筋が流れ落ちていた。身体と同じく精神も激しく傷ついているように見えた。目は焦点が合わず上向き、顎を濡らすほどのよだれが流れ出て、全身は死にかけの蝉のように激しく震えている。だが、これでもまだ半分しか終わっていないのだ。

「ほら、早く歩け！」

ポンスの後ろについている海兵隊員が怒鳴った。すぐに左舷の列に入らなければならないのだが、罪人の足が止まっていたのだ。

「た、助けて……」ポンスは消え入りそうな声で言った。

「歩けと言っている！　突くぞ！」

ポンスはウーッと人間のものとは思えないうなり声を上げて歩き出した。その目からは涙が零れ落ちていた。

ポンスは新しい列に足を踏み入れた。乾いた鞭がヒュウッと空気を切って、すでに傷だらけの彼の肉体に襲いかかった。背中はすでにボロボロで、血で彩られていない箇所はないといってもよかった。新しい鞭が頻繁に傷口に重なった。そのときの苦痛は耐えがたく、ポンスは叫び声を上げ続けた。

左舷の列も中ほどを過ぎたときにそれは起きた。ポンスの背中にできたひときわ深い傷口に、鞭がちょうど重なったのだ。肉をさらに深く抉られる激痛は人間が耐えられるものではなく、ポンスは刑が始まってから一番大きな叫び声を上げた。痛みに支配された彼の頭は目の前にあるカットラスのことを忘れ、大きく前に踏み出した。

マイヤーはすぐさまカットラスを引いたが間に合わなかった。刃先がポンスの腹に一インチほど食い込み、罪人はその場に倒れ込んだ。鞭の傷とは比べものにならない速さで腹から血が流れ出し、その場にゆっくりと血だまりが広がり始めた。

「刺さりました！」マイヤーが大声を上げた。

「鞭打ちやめっ！」グレアムが怒鳴ったがその必要はなかった。列の水兵たちは凍りついたように動きを止め、倒れたポンスをじっと見ていた。

軍医のレストックが飛び出してすかさず傷を診た。

舷側通路で事の次第を見ていたネビルは呆然と立ち尽くした。彼の傍にいたポジャックは恐怖のあまり激しく喘いでいた。

「稀にああいう事故が起きるんだ」コグが言った。「痛みに耐えきれず、半狂乱になったやつが、思い切り動いて刃先をもらうんだ。こんな刑、よく思いつくもんだ。おれがいた農園でもこんな残酷な仕打ちはなかった」

レストックはグレアムに報告した。

「艦長、これ以上の続行は無理です！　至急医務室に連れていかなくては！」

グレアムは足元に視線を落としたが、すぐさま顔を上げて大声で言った。

「ここまで罪人が流した血をもって刑を終了とする！　解散！」

水兵の列はばらけ、レストックの助手がポンスを運び始めた。

「これが盗みを犯した者に下る罰だ」コグが言った。

「恐ろしい」ネビルは声を震わせた。「これほど恐ろしい刑なんてない」

「だがあるんだな」

「え？」ネビルは思わずコグを見た。

「ガントレットより恐ろしい刑が二つある。聞きたいか？」

そんなまさかと思いながらネビルは頷いた。

「ひとつは艦隊引き回しの鞭打ちだ。これは罪人を連れて艦隊を回り、各艦の掌帆手が鞭打ちをする刑だ。合計でだいたい三百回の鞭打ちが行われる。さっきのガントレットよりもずっと多い。まず死んじまうって話だ」

「三百回も？　いったいどんなことをすればそんな罰を受けるのです？」

「脱艦だよ。つまり艦から逃走して捕まったやつに科せられる刑だ」

コグは何気なく言ったが、ネビルは心臓が止まりそうになるほどのショックを受けた。脱艦は今まさにネビルたちが企てていることだった。

「どうした？」コグがネビルの顔をまじまじと見ながら言った。

「え？」

「顔が青いぞ」

「ええ、想像したら気分が悪くなって……」ネビルは誤魔化すようにつけ加えた。「そ、それにしても脱艦者に科せられる刑だなんて。脱艦したのに捕まる間抜けなんているんですねえ」

「みんな艦を抜け出してほっとするんだろうよ。だから家に帰ってから捕まる」

「なっ、え？」ネビルは混乱した。「どういうことです？」

「乗艦するときに名前と住所を言わされなかったか？　あの記録があれば探す場所なんて決まってるだろ」

ネビルは頭がどんどん冷たくなっていくのを感じた。乗艦の際に名簿に記録された住所、あれをネビルは馬鹿正直に告げていた。これでは逃げ出しても海軍の追っ手が来るということだ。

ネビルはもう話を聞いていなかったが、コグはそれに気づかず続けた。

「そしてもう一つが鞭打ち四百回だ。これはガントレットや艦隊引き回しの鞭打ちよりは仰々しいものじゃないが、四百という鞭打ちを生き延びられる人間はいない。四百も鞭打ちなんてしたらたぶん背骨が剝き出しになるんじゃないかな」

ネビルは名簿の事を考えて話どころではなかったが、コグはネビルの無反応を恐ろしい話を聞いて放心しているものと受け取って続けた。

「四百回の鞭打ちは主計長の倉庫から盗みを働いた者に科せられる刑だ」

主計長の倉庫と聞いてネビルは再び話に耳を傾けた。主計長の倉庫からの盗みも彼らの企みに含まれている。

「主計長の倉庫はわかるよな。最下甲板の前部、司厨長の部屋の隣だ。間違ってもあそこから何か持ち出そうとは……おいおい、あんちゃん大丈夫か？」

コグの最後の言葉はネビルの隣にいたポジャックにかけたものだった。ネビルがゆっくりと頭を巡らせると、舷側板に寄りかかりながら甲板に身を沈めていっているポジャックの姿があった。先ほどの凄惨な罰は、ポジャックの意識を奪い去るには十分すぎる出来事であった。


昼食を終えるとネビルはすぐさまガブリエルを摑まえて、至急〝例の件〟について話がしたいと真剣な表情で迫った。ガブリエルは最下甲板の舷側板に沿ってある船大工の通路にネビルを連れていった。船大工の通路は人目がなく、秘密の話をするにはもってこいの場所だった。

「で、話ってなんだ？」

ネビルはコグから聞いた話をガブリエルに伝えた。相手の反応は淡泊だった。

「ああ、それなら知ってるよ」

ネビルは目をしばたたかせた。

「知ってる、だって？」

「住所から足がつくことはガリーから教えてもらったよ。他の連中も知ってるぜ」

「じゃあなんでそんなに冷静なんだ？　家に帰れないんだぞ」

「何を焦っているんだよ?」ガブリエルは面倒くさそうに顔をしかめた。「家にずっといるつもりなんてない。戻ったら必要なものだけ持って、新天地でやっていくさ。おまえだってそうすればいいだろ」

「ぼくには妻がいるし、もうすぐ子供が産まれるんだ。二人を養っていかなきゃいけない。家も仕事も捨ててどうしろと?」

「おれが知るかよ。それはおまえの問題だろうが。おれはここから逃げ出せればそれでいいんだ」

ネビルは気づいた。ガブリエルの目的はこの艦からの逃走だが、自分はマリアの元に帰るのが目的だ。自分には守るべき聖域があってそこから動けないが、ガブリエルたちは違うのだ。

「それで、どうするんだ?」ガブリエルが訊いた。「おまえはおれたちの同盟に留まるのか?それとも抜けるのか?」

ネビルは答えられなかった。彼には二つの障壁がある。一つはこの艦からの逃走。もう一つは海軍の追っ手をかわすこと。一つ目の障壁を乗り越えるためならガブリエルたちの同盟に留まるのがいい。だが、そのあとは……?

ネビルの沈黙にしびれを切らしたガブリエルが言った。

「留まるにしろ、抜けるにしろ、それはおまえの勝手だ」

次の瞬間、ガブリエルはネビルの襟ぐりを摑んで顔を引き寄せた。

「ただし、おれたちのことは絶対に他人にばらすなよ」

脅すように言うと手を離してガブリエルは去っていった。

ネビルは一人、暗く狭い船大工の通路に取り残された。

八日後、泊地に艦隊すべての軍艦が集結した。各艦長たちは旗艦に赴き、最後の作戦確認を行った。バルト海寄り、イギリス本土寄り、その中間という三つの監視ポイントが設けられ、戦列艦はそこで哨戒を行うことになった。ハルバート号はイギリス本土寄りの海域を任された。

翌日、艦隊はばらけて各監視ポイントに向かった。バルト海からイギリス方面に進む際はほとんど向かい風であった。艦はスムーズには進まず、ハルバート号はグレアムの予想より三日遅れて哨戒地点に到着した。

目的の海域に到着すると、グレアム艦長は朝と午前の当直だけ艦を南北に動かして、残りの時間は艦をその場に留めた。戦列艦の目的はあくまでテリトリーに入ってきた敵艦を迎え撃つことだ。こちらから積極的に獲物を捕捉する必要はなかった。午後の時間には水兵たちに訓練を課し、いつ何時敵艦と遭遇しても対応できるように万全を期していた。

規則的で単調な生活が始まったがそれはすぐに崩れることになった。事件は哨戒を開始して五日後に起きた。

その日は朝からあいにくの雨で、当直員はみな防水布の雨合羽を身に着けて操帆に従事していた。午前の当直に出ていたネビルも雨合羽を着ていたが、雨はしのげても寒さまで防ぐことはできなかった。ネビルが艦に連行されてもうひと月以上経っていた。今ではすっかり寒さが身に染みる季節となり、このような雨の日は濡れた手足から体温がじわじわと奪われるのであった。

当直が終わり、昼食の時間がやってきた。この日のメニューはゆで豚とエンドウ豆のスープで、ネビルはスープをよそった器を持ってかじかんだ手を温めた。

食卓では雨天の当直に対する悪態が飛び交ったが、ネビルは黙々と食事を口に運び続けた。脱艦者に対する刑を聞いて以来、ネビルは日に日に大人しく艦に残ったほうがいいのではないかと思うようになっていった。大した蓄(たくわ)えもないのにマリアと子供を連れてどこか別の街にいくなんて無謀だ。金があれば別なのだが……。

「おいおい」ガイがネビルを見ながら言った。「おまえどうしちまったんだ？　最近元気がねえぞ。うちの新人(おかもの)は二人揃って意気消沈してらあ」

「きっとここでの生活に嫌気が差したんだろうよ」ラムジーが言った。

「急に身投げとかやめてくれよ。飯がまずくなっちまう」チョウが豆を食べながら淡々と言った。

「大丈夫ですよ」ネビルは答えたが、その声には力が入っていなかった。

チョウはネビルをちらりと見てから言った。

「顔は口よりも雄弁だ。大丈夫とは言えない顔をしている」

「今日の酒の配給のとき、おれのグロッグを分けてやるよ」マンディが微笑みながら言った。

「余分に飲めばその分元気も湧いてくるだろう」

「本当に大丈夫ですよ。ただちょっと最近疲れて……」

ネビルはしゃべっている途中で言葉が出なくなった。何の前触れもなく魚が海面から跳び上がるように、彼の思考の海の中から輝かしいアイデアが突如現れたのだ。マンディが言った〝余分〟という言葉がネビルの知恵の実となった。現在の脱艦計画では、補給船に渡す二十ギニーを主計長の倉庫から盗むという予定だ。だが、きっかり二十ギニーを盗み出す必要がどこにあるのだ？　例えば五十ギニーを盗み出し、差額の三十ギニーを懐に入れたらどうだ。三十ギニーもあれば新天地で家を見つけ、新しい職に就くまでの十分な繋ぎになる。強欲になることは問題を解決する素晴らしい策に思えた。

「おい、どうした？」マンディが心配そうに訊ねた。

「いえいえ、何でもないです」ネビルはにこやかに言った。先ほどまで纏っていた陰気の衣は既に消え去っていた。

食卓班のメンバーはネビルの急変に気づいたが、深く穿鑿することなく食事を続けた。

雨の日は、寒い、艦内全体がじめじめする、陰鬱な雰囲気が漂う、と嫌なこと尽くしだが、唯一の利点は露天甲板での訓練が休みになるということであった。この日も白兵戦の訓練が予定されていたが雨で流れ、水兵たちは午後の時間を自由に使うことができた。

ネビルはその時間を使ってガブリエルに接触を試みた。ガブリエルはヒュー、フレディ、ガリーと一緒に下甲板のメインジャーの近くにいた。メインジャーの前には大鍋に四本の脚を付けたような形の持ち運びストーブが置かれており、四人でそのストーブを囲んで暖をとっていた。秘密の話を聞かれても問題ない連中ばかりだ。ネビルはすぐにガブリエルに近づいて同盟に残ることを伝えた。

「へえ、そうか」ガブリエルは感情が乗っていない言葉を返した。「この前まではそのまま袂を分かつって様子だったのに、いったいどういう風の吹き回しだ？」

「やはりここにいては何も変わらないと思ってね。逃げ出したあとのことは陸に戻ってから考えればいい」

主計長の倉庫から逃走資金を頂戴するという計画はおくびにも出さなかった。このアイデアを他のメンバーに伝えれば、我も我もとみなが強欲になり、計画をぶち壊すほどの掠奪が起きる可能性がある。だが、主計長の倉庫に忍び込む役割はもらわなくてはならない。

「それでもう一つ話があるんだ」

「なんだよ?」ガブリエルは怪訝そうに言った。

「主計長の倉庫に忍び込む役目、ぼくに任せてもらえないかな?」

ガブリエルの眉が吊り上がった。

「おまえが?　なんで?」

「じつは先日、主計長から荷物運びの雑用を頼まれてね。そのときに倉庫の中に入れてもらったんだよ。だから、きみたちよりも倉庫の中の様子がわかる。ぼくが一番スムーズにやれるという自信があるんだ」

真っ赤な嘘に塗り固められた作り話だが、ガブリエルたちは「どうする?」という表情でお互いの顔を見合わせた。

「まあ……」ガブリエルは曖昧な表情をネビルに向けた。「計画についての話は全員揃ってやるのがいいだろう。ブラックのおっさんを連れてこいよ」

ネビルは中甲板まで戻り、食卓にいたジョージを連れてガブリエルたちの元に戻った。だが、脱艦計画の話はできなかった。ネビルがジョージを探しているときに、ストーブに部外者がやってきていたのだ。

ネビルが近づくと、部外者は首を巡らした。

「おや、きみたちか」

ネビルたちに索の補修を指導しているホイスルだった。

「今日はやけに冷えるねえ」ホイスルはストーブの中で赤々と燃える石炭に手をかざしながら言った。「ぼくは寒さが苦手でね。冬は嫌いなんだよ」

「はあ、そうですか」ネビルは生返事をした。

ホイスルは笑みを浮かべながらストーブに当たり続けた。どこかに行く気配は微塵もない。

ネビルはガブリエルがこっそり指を下に向けているのを見た。船倉に場所を移して話をしようという意味だろう。意図をくみ取ったネビルはその場から離れようとしたが、それも叶うことはなかった。

「おい、そこで暇そうにしている水兵ども！」

ストーブに当たっていた者が全員声のしたほうを見た。天井からぶら下がったランタンが照らしたのは、大股でこちらにやってくる司厨長の姿であった。

ネビルたちのところに来ると、司厨長は鋭い口調で言った。

「おまえら、今手が空いているな」

「はっ、なんでございましょうか司厨長殿」ホイスルが背筋を伸ばして答えた。

「おまえたちには船倉のネズミ退治をしてもらう。さきほど船倉からチーズの入った樽を運んで開けてみたら、中から五、六匹のネズミが飛び出してきた。船倉がネズミの楽園となりつつある。早急に駆除が必要だ」

暗くて臭い船倉に長時間いるだけでも嫌だというのに、さらにネズミと戯(たわむ)れなければならないとは。そんなことを喜んでする水兵など存在しない。ネビルたちはみな、嫌そうに口元を歪めたり、眉をひそめたりした。

司厨長はネビルたちの顔を見て眉間(みけん)に皺を寄せた。

「不満はないな。おまえらもネズミの糞にまみれたチーズやオートミールは食べたくないだろう？」

「もちろんでございます、司厨長殿」ホイスルがいつも通りの声を保って言った。

「では、ネズミ駆除のための棍棒とランタンを渡すから言われたとおりとりかかれ。そこの三人は前部の船倉を担当しろ」

司厨長はガブリエル、ヒュー、フレディの三人を指名していた。

「それで、残りの連中は後部の船倉でネズミを駆除しろ。七点鐘（十五時三十分）になったら仕留めたネズミを見せてもらうからな。自分が耄碌したばあさんじゃないと証明したけりゃたくさんのネズミを仕留めろよ。わかったな？」

「アイ・サー」みな不満をしまい込んで返事をした。

ネビル、ジョージ、ガリー、ホイスルの四人は、ランタンと棍棒を手にして中央ハッチから船倉に降り立った。見張りがいないのをいいことに、四人は大儀そうに船倉の脇にある通路に上り、だらだらとした足どりで奥へと進んでいった。

「あーあ、なんでぼくがネズミ退治なんてしなきゃならないんだ」ホイスルが面白くなさそうに不満を口走った。「こんなのは下級水兵の仕事だよ。おまけに寒くて堪らないよ」

ホイスルの言うとおり、船倉は雨に晒されたデッキと同じくらい冷気が漂っていた。ただでさえ寒いというのに、ネビルたちの不快感を煽るものがあった。

「冷たっ！」

ネビルの首筋に水滴が落ちてきた。最下甲板に染みた水が船倉にぽとりぽとりと垂れてきていたのだ。

「おいおい、天井から水がしたたり落ちるなんて、この艦もガタがきてるんじゃないのか」ホイスルは頭に落ちてきた水滴を払いながら言った。彼はふとジョージに目を留めた。

「おい、きみ、ちょうど暖かそうな帽子を被っているな」

ホイスルは断りもなくジョージの帽子をひょいと取り上げると、自分の頭に被せた。

「ふむ、これで少しはマシになったな。水滴も気にする必要はない」

このホイスルの傍若無人な振る舞いにはさすがのジョージも立腹したようだ。明らかに不機嫌な口調で抗議した。

「それはわたしの帽子ですよ」

「ああ、ちょっと貸してくれ。目上の人間には気を利かせるもんだろ？」

「わたしはあなたと同じ上級水兵です」

「だが、ぼくのほうが長くここにいる」

これ以上抗議しても無駄だと思ったのだろう。ジョージは鼻から大きく息を吐くと、ホイスルに背を向けて、積み上げられた樽の上に移動してネズミ退治に取りかかった。張り詰めた空気がなくなり、他の三人も分かれてネズミの駆除を開始した。

ネビルは積み上げられた樽から後部ハッチ付近の床に降りたってネズミ狩りを始めた。ランタンを高く掲げて辺りを照らすと、さっと樽の裏に駆け込む複数の小さな黒い影が見えた……ような気がした。儚く揺らめくランタンの明かりだけではよく見えないのだ。ネビルは耳を澄ませてネズミの気配を感じ取ろうとしたが、聞こえるのは艦体をこする海水の音だけであった。船倉は喫水線の下にあるので、波が船体を洗う音がよく聞こえた。船体を隔てて自分が海の中にいることを考えると、自然と閉塞感が増してきた。

ネビルがぼうっとしていると、その足元をさっとネズミが横切った。われに返ったネビルは慌てて棍棒を振り下ろしたが、床を打ったときにはネズミは横倒しに置かれた樽と樽の間の隙間に逃げ込んでいた。ランタンを持っては思い切り棍棒が振れないと考え、ネビルは後部ハッチの階段にランタンを置いてネズミを探し始めた。積み重ねられた樽の向こう側からは不定期に棍棒を床や樽に振り下ろす音が聞こえてきている。他の者たちはもうネズミの駆除にいそしんでいるのだろう。ネビルも腰を落としてネズミを探したが、その姿を見ることはできなかった。ネビルは試しに先ほどネズミが逃げ込んだところの樽を何度か叩いてみた。すると樽と樽の間から数匹のネズミが飛び出てきた。こうやってネズミを追い出せばいいのだとネビルは理解した。そこからネビルは手当たり次第樽を叩いていき、ネズミが出てきたら棍棒を振り下ろすということを続けた。ネビルはなかなかに苦戦し、ようやく最初のネズミを仕留めたのは二十分後であった。肉を潰した感覚が棍棒を通して手に伝わった。棍棒をどけると、胴体が潰れて血を流しながら痙攣(けいれん)しているネズミの姿があった。ネビルは気分が悪くなった。それからもネズミを追い出そうと樽を叩き続けたが、だんだんとネズミの出が悪くなり、ついにぴたりと止まった。きっとネズミは驚いて別の場所に逃げていったのだろうとネビルは思った。これ以上ここでの収穫はなさそうだと彼は考え、ランタンを手にして船倉の脇の通路に上ると、中央ハッチのほうに向かって歩き出した。通路を歩いているとき、船倉の真ん中辺りに一つ、向かい側の通路にもう一つランタンの明かりが見えた。だれか知らないがその辺りでネズミ捕りをしているのだろう。

ネビルは通路から降りると、メインマストの根元のところでネズミを探そうと思った。メインマストの根元の周りは樽以外でごちゃついた場所であった。マストの両サイドには人一人が悠々入れるほどの厚さを持つ木の壁があるが、壁の内側には空間があり、弾丸をしまっておく倉庫になっている。

さらにマスト以外にも天井に伸びる二本の木の柱がある。マストの半分の太さもないその柱は、船底から水を掻き出すための鎖ポンプの一部だ。柱の内部は空洞になっており、中には等間隔に丸い革の皿が付けられた鎖が通っていた。皿は柱の内側にぴったりと合う大きさなので、鎖が回転すると船底からビルジをさらい、上の排水溝まで持っていくという仕組みになっている。雨の日は雨水が容赦なく船底に溜まるので、言いつけられた水兵が鎖ポンプを動かしているのだろう。鎖が柱の中を回転する音が聞こえていた。

ネビルは弾丸庫を迂回してメインマストを目指していた。弾丸庫の壁が途切れてマストの根元が見えたとき、ネビルは予想もしなかったものを見て息が止まった。

三つ目のランタンの光がそこにあった。ランタンは弾丸庫のすぐ隣に置かれていた。そのランタンの光は、船倉に横たわっている男の姿を闇の中に浮かび上がらせていた。

「ホイスル、さん?」

ネビルは倒れている男の名を呼んだ。ホイスルは仰向けに倒れていた。その顔にはもはや軽薄さは宿っていなかった。代わりに、マストが折れた瞬間を目撃したかのような驚愕が焼き付いている。彼の頭の周りに黒っぽい液体が溜まっていたが、それが汚水ではないことは帽子を見ればわかった。ホイスルがジョージから奪い取った白い帽子は、その液体を吸い取って半分ほど赤黒く染まっていて、それが血であることをはっきりと示していた。血の出所はホイスル自身であった。彼の首にはナイフが深々と刺さり、そこから血液が筋となって静かに流れ出ていた。

ネビルは浅い呼吸を繰り返しながら後ずさりした。声を上げようにも「はっ、はっ」という勢いのいい吐息のようなものしか出てこなかった。ようやく「だれか……」という小声を絞り出すと、同じ言葉を必死に押し出し続けた。

「だれか……、だれか!　だれかあ!」

ネビルはその後のことはよく覚えていない。ただ半狂乱になって叫び続けたあと、いつの間にか最下甲板と下甲板を繋ぐ中央ハッチの階段に腰を掛けていた。徐々に平静を取り戻しつつあるネビルの目の前にはヴァーノン海尉が立っていた。

どういうわけかネビルの周りは薄暗く、物を見るのに苦労した。だがそれでも、ヴァーノン海尉の厳しい目が薄闇の中で輝いているのがはっきりとわかった。


「艦長！　おれは強く主張させていただきます。犯人はネビル・ボートとやらに決まっています！」

掌帆長のフッドが大声で主張した。同時に腕を大きく振り上げようとしたのだが、テーブルに思い切り拳をぶつけてうめき声を上げるハメになった。

ホイスルが殺害されたことでその日の第二折半直に再び士官たちが艦長の食堂に勢揃いしていた。短期間で二度の殺人が起きたことは異常事態であり、普段は厳しい姿勢を崩さない士官たちの中にも、不安げな表情を浮かべている者が少なくなかった。

重苦しい空気のなか、ヴァーノン海尉が事件の説明をした。被害者はニッパー・ホイスル上級水兵、殺害された場所は後部船倉で、他の水兵と一緒にネズミの駆除をしているときに殺害されたと見られる。発見者は同じくネズミ駆除をしていたネビル・ボート、という情報が出たところでフッドが先ほどのように興奮して口を開いたのであった。

フッドはぶつけた手をさすりながら、顔をしかめて言った。

「あのボートとかいう水兵は、先日の殺人のときも被害者のすぐ近くにいたでしょう。そして今度はやつが最初に死体を発見しています。これは偶然にしてはでき過ぎです」

フッドの言うことは的を射ていた。水兵は五百人以上いるというのに、同じ水兵が二度も死体れた。

のすぐそばにいたことは信じられないような偶然である。テーブルのあちこちから賛同の声が漏

「まあ待て」

グレアムは落ち着いた声で言った。彼にとって二度目の殺人が起こることは痛恨事であるが、

苛立って取り乱すことはなかった。

「ヴァーノン海尉の報告がまだ途中だ。それを聞き終わるまで待とうではないか」

艦長は目で海尉に続けるよう促した。

「では……」ヴァーノン海尉は再び事件の報告をした。「被害者は首をナイフで刺されて死亡し

たと見られます。死体の首にはナイフが刺さったままになっていました。ドクター・レストック

の見立てでは、犯人は後ろからホイスルの首を刺したということです。そうですよね、ドクタ

ー・レストック」

軍医は頷いた。

「ナイフの刃は被害者の首にほぼ埋まっておりました。正面から首を突いてそこまで深々と刺さ

ることは稀です。よほどの力と心得がいります。なので、犯人は被害者の後ろから近づき、口を

塞いで思い切りナイフを首に突き立てたというのがわたしの考えです」

「出血はどんな具合だ?」コフラン海尉が訊ねた。「首が傷つけばおびただしい血が噴き出るは

ずだ。後ろから刺したなら犯人の袖口に犯罪の印が残ってもよさそうだが?」

「残念ながらそれは期待できません」軍医が答えた。「ナイフを抜いたり、ひねったりすれば血

は噴き出るでしょう。しかし、犯人はナイフを刺してそこで犯行を終えています。ナイフが刺さ

ったままだと血の出口が塞がれます。もちろん傷口から血は流れ出ますが、それは首に沿って流

れるくらいの大人しいもので、犯人の袖口に血しぶきが飛ぶことはありません」

「それは残念だな」とコフランは苛立たしげに言った。

「ネビル・ボートは当然ですが、被害者と共に後部船倉でネズミ駆除をしていたジョージ・ブラックとガリー・ウォルドンという水兵からも話を聞きました。二人ともネズミ駆除に集中していたので、被害者が襲われるところは見ていないし、他の人間が船倉にいたところも目撃していないと供述しております」

「ふん」ジャーヴィス海尉が鼻を鳴らした。「見もせず、聞きもせず、その場にいた水兵たちの首の上には、頭じゃなくてデッドアイ（別名三つ目滑車。小さな円盤に三つの穴が空いており、静索がゆるまないように、静索の先端に取り付けられる）でも載っているんじゃないか？」

「まあまあ、ジャーヴィス海尉、そう非難するのは酷ですよ」ヴァーノンがやんわりと言った。「船倉は樽が積まれている箇所とそうでない箇所があって、凸凹していますからね。そうした構造は視界が遮られやすいです。ただでさえ暗い船倉で犯行や犯人を見落とすのは仕方ありません。それに被害者が殺害された場所が、メインマストの前というこれ以上ないほど悪い場所でした。ご存じのとおり、船倉のメインマストの両脇には弾丸庫があって左右からの視界を遮ります。そしてメインマストの周りには排水用のポンプがあるので樽が置けないのに対して、マストの後ろには樽がぎっしりと積み上げられています。積み上げられた樽が被害者の姿を隠してしまうのですよ。犯行を目撃しようとしたら、メインマストのすぐ後ろにある樽に乗っておくか、中央ハッチのほうにいるしかありませんよ」

「ところで……」パーカー主計長が遠慮がちに口を開いた。「凶器のナイフの出所ははっきりしているのですか？」

「残念だが今のところわかってはいない。調理場、ケーブル室、手術室、各種倉庫、さらに個人の持ち物として、この艦にはありとあらゆるところにナイフがあるからな。例えば倉庫に乱雑に保管されたナイフの中から一本を拝借しても、だれも気づかないだろうな」

「つまり」掌砲長のハーデンが無遠慮に言った。「今回の凶器は水兵でも使えるってわけですな」

この発言に多くの士官が居心地が悪そうに椅子の上で尻を動かした。ファルコナーの道具箱から消えた金槌の件は、士官たちの間に未だ暗い影を落としていた。

「ははっ」フッドは愉快そうに笑った。「ですがこれで金槌の件に頭を悩ませる必要はなくなりましたね。結局、金槌を盗んだのもボートだったんですよ」

ロイデンが懐疑的な声を上げた。

「水兵の身分でわざわざ士官の部屋から盗む危険を冒したと？」

「ボートは強制徴募で連れてこられたばかりだったでしょ。だから水兵が士官の領域に入るのがどれだけ危険かということがわかっていなかったんですよ。無知ゆえの蛮行ってやつですよ。見咎められれば詰問された上に罰を受けることになりますが、運がやつに味方してだれにも気づかれずに金槌を持ち出すことができた。そして、そいつで被害者の頭をガツンとやったわけです」

「そう決めつけるのは早計ではないかね」ヴァーノンが感心しないというふうな顔で言った。

フッドは引き下がらなかった。

「ですが海尉。犯人がボートじゃないとしてですよ」フッドはあえて士官が犯人だったらとは言わなかった。「最初の殺しのとき、犯人はどうやって、周りの水兵に気づかれずにホーランドに近づいたんです？」

ヴァーノンは口をつぐんだ。フッドはその沈黙に乗じて畳みかけた。

「ほら、いくら事件当時が真っ暗だったとしても、大勢の人間にまったく気配を感じさせずに近づく方法なんてありませんよ。それにそもそも標的の位置すら把握できないはずですよ。だから犯人は最初から被害者の近くにいた人物ってことになります。その最有力容疑者のボートの周りでまた死体が出てきた。これはもう決まりですよ」

再びテーブルのあちこちから賛同の言葉が聞こえてきた。みな殺人という忌まわしい問題をさっさと片付けたくて仕方ないのだ。

「静かにしろ」艦長が威厳のある声で周囲を制した。それからヴァーノンを見て訊ねた。「ヴァーノン海尉、きみはボート犯人説に慎重なようだが、何か理由があるのかね?」

ヴァーノンは両手を組んでテーブルの上に乗せた。

「ええ、今日の殺人でひとつ気づいたことがあります」

「なんだ、言ってみろ?」

「事件の報告を受けて、わたしが中央ハッチの船倉に続く階段に行ったとき、そこの梁に吊り下げられていたランタンの火が消えていたのです。そのため、階段の周りだけが周囲から隠されるように暗くなっていました」

「それがどうかしたのか?」マーレイ副長が不思議そうに言った。

「そのランタンは油がまだ十分残っていました。火が消えたのはだれかが意図的に消した可能性が高いです」

ヴァーノンは一呼吸置いてから続けた。

「つまり、わたしはこう考えているのです。ランタンの火を消したのは犯人で、犯行を終えて船倉から出るときに、他の者から顔を見られないようにするためだったのではないかと。最下甲板にはほとんど人はいませんが、それでも士官候補生の部屋があるのでね。彼らに姿を見られる可能性があったので、犯人は暗闇を作ったのではないでしょうか」

士官たちの間にざわめきが広まった。それはどことなく面倒くさそうな調子が漂っていた。

「ランタンが自然に消えたという可能性はないですかね？」パーカーが言った。「この艦で使っているランタンはどれも古いものばかりですからね。調子が悪くてたまに勝手に消えているということがありますよ」

「確かに、その可能性もある」ヴァーノンは認めつつも自分の意見を述べた。「だが、わたしは偶然にしてはできすぎていると思っている」

「ならばわたしは」とマーレイ副長が意地悪げに話し始めた。「ボートが二回も死体の傍にいたのは偶然にしてはできすぎていると言わせてもらおう」

ヴァーノンは何も言わなかった。彼は居心地が悪そうに椅子の上で身じろぎをした。

食堂に沈黙が広がろうとしていたが、グレアムがそれを阻止した。

「ヴァーノン海尉、きみのほうから他に何か報告することはあるかね？」

「いえ、ありません」

「よろしい。では話をまとめよう。二件の殺人があり、そのどちらにもネビル・ボートという水兵が死体のすぐ傍にいた。これは怪しいことだが、彼が犯行に及んだ決定的瞬間を見た者はだれもいない。これは偶然か、それとも必然か、ということだな」

グレアムは座ったまま背を反らした。

「これ以上話しても埒(らち)が明かぬだろう。よって、決を採る」

グレアムは鋭い目で士官たちを見回した。

「ネビル・ボートが犯人であると思う者は挙手をせよ。手を挙げた者が半数を超えれば、ボートを拘束して翌日裁判にかけることにする。よいな！」

士官たちは返事をしなかった。艦長の言葉は確認ではなく決定を伝えるものだった。

「それでは」グレアムが厳粛に言った。「ネビル・ボートが殺人者であると思う者、手を挙げよ」

士官たちは己の意思表示をし、グレアムはそれを見て頷いた。


水兵たちの間でも第二の殺人は大きな話題となっていた。ただし、こちらは話の焦点が違った。夕食が終わったあとの食卓の席でガイが言った。

「おい知ってるか。ホイスルも営倉に入ったことがあるんだってよ」

「おやおや、フランス人艦長の呪いに殺された者がまた一人出てきたってか？」マンディが笑いながら言った。

「呪い殺されるのにずいぶん時間がかかったじゃないか」チョウが冷めた調子で言った。「おれも話を聞いたけど、ホイスルが営倉に入れられたのはもう二年以上も前のことじゃないか。病気や事故で死ぬ可能性はいくらでもあった」

「はああ」ガイは露骨に嫌そうな顔をした。「つまんねえこと言うなよ。呪いに期限なんてねえんだよ。なあジャック、おまえもそう思うだろ？」

「うーん」最年少のジャックは頬を掻き終わってから言った。「でも呪いに期限がないなら、よぼよぼのおじいちゃんになってから死んでもそれは呪いのせいってわけ？」

「うっ、それは……」

「おいおいガイ」マンディは笑みを浮かべた。「子供に言い負かされてるじゃねえか」

「うるせ！」

殺人よりも呪いで話が盛り上がるなか、ネビルは黙ってジョージを見ていた。死んだホイスルを発見したショックは、夕食が始まったときにはだいぶ引いていた。そして、仲間から事件について質問攻めにあっているときには、ネビルはすっかり普段の調子を取り戻し、周囲に注意を向けることができた。そこでジョージの様子がまた変わったことに気づいたのである。ジョージは話に加わらずにずっと俯きがちに顔をしかめ、たまに啞然とした表情を覗かせていた。その様子はいままで以上に普段のジョージとはかけ離れ、ネビルにとっては異様としか思えなかった。

見かねたネビルは思い切ってジョージに声をかけた。

「なあ、ジョージ。さっきから黙っているけどどうかしたのか？」

食卓班のメンバーの注意がジョージに集まった。ジョージは肘をついて頭に当てていた手をゆっくりと離した。その顔は疲れ切ったように見えた。

「考え事をしていたんだ」

「何を？」

「おれだったかもしれない、と」

「え？」

「犯人はおれを狙ったのかもしれない」

「おいおい」マンディの両眉と声が跳ね上がった。「ホイスルが死んだってのに、なんだってそんな考えになるんだよ？」

「彼はおれの帽子を被っていた。暗闇でもよく目立つ、白い毛糸の帽子だ」ジョージは髪の毛を頭に撫でつけた。「犯人は顔ではなくて、その帽子を目印にして犯行に及んだんじゃないのかって、ずっと考えていたんだ」

予想もしない発言に、食卓班は全員面食らった。

「なんで犯人はあんたを狙わなきゃならないんだ?」コグがきょとんとした表情で訊ねた。

「それは……」

ジョージは頭を上げ、仲間の顔を順番に見渡した。みな興味深い生き物を見るような目でジョージの次の発言を待った。

ジョージは口を半開きにしたが言葉は出てこなかった。しきりに瞬(また)きをして、何かを探すように視線を左右にやりながら徐々に顔を下に向けていった。

「それは、わからない」

「ほら、わかんないなら考えすぎだって」ガイが笑いながら言った。

他のメンバーも曖昧な笑みを浮かべたが、ネビルは笑わなかった。さっきのジョージには明らかな葛藤が見えた。ひょっとして、命を狙われる理由を知っているのに、この場では言いたくないのかもしれない。だがネビルはそれ以上考えることを許されなかった。

中甲板にどよめきが起こり、それが徐々に広がっていった。水兵たちは中央ハッチから降りてきた一団を見て物々しさを感じ取ったのであった。中甲板にやってきたのはヴァーノン海尉とマイヤー先任衛兵伍長、それと二人の海兵隊員だ。

彼らはネビルのいる食卓にやってきた。

ヴァーノン海尉はまっすぐネビルを見据え、石像のような硬い表情で言った。

「ネビル・ボート、きみを二件の殺人容疑で拘束する」

ドアがゆっくりと閉じられ、ネビルは営倉に一人きりで閉じ込められた。それもただ閉じ込められたのではない。舷側板から突き出た鉄の棒状の足かせに足を固定された状態で座らされ、自由を奪われた。拘束はそれだけではなかった。手首を縄で縛られ、甲板に取り付けられたU字状の金具に括り付けられていた。これでは顔を掻くことはおろか、身体を倒して甲板に寝転ぶことも叶わなかった。営倉送りは何もない部屋に罪人を閉じ込めるだけではなく、こうして罪人に不自由の苦痛を与えるものであった。

　営倉の中には受刑者を拘束する器具以外何もなかった。ランタン一つ吊り下げられていない。部屋の中に光源はないが、隔壁に光の線が横向きに走っていた。隔壁はいくつもの木の板を角材に打ちつけてできていた。木の板と板の間にあるわずかな隙間が、営倉の外にあるランタンの灯火を、光の筋にして暗がりの中に浮かび上がらせている。また、幸い隔壁は天井にぴたりと合わさるような丁寧な造りにはなっていなかった。隔壁は梁の下までしか高さがないため、天井との間に大きめの隙間があり、そこから微光が入り込んでくるのであった。

　だがそんな薄明かりなどネビルにとって何の意味もなかった。彼は手足を失ったかのように心が散り散りとなり、未だにショックで唖然としていた。

　〝ぼくが殺人の容疑者？〟この言葉が絶えずネビルの頭の中を駆け巡り続けた。ホーランドのときは彼が殴り倒されたときすぐ近くにいた。ホイスルのときは自分が最初に死んでいる彼を発見した。それは事実だが、断じて彼らを手にかけてはいない。そのことを声を大にしてヴァーノン海尉に叫んだが、海尉は「主張は明日の裁判でするといい」と言って、下甲板艦尾の営倉にネビルを閉じ込めたのだ。

　ネビルは裁判が自身の潔白を証明してくれるとは思っていなかった。彼は今まで数々の巡回裁判を見てきたが、容疑者が聖書に手を置いて無罪を主張しようとも、必ず最後は有罪の判決を受けることになるのであった。

裁判にかけられる時点でもうおしまいだ。自分は絞首刑となってヤードの端からぶら下がることになるのだ。絶望がネビルの心を侵食していき、ついに諦観の極地に達した。自分はもうすぐ死ぬのだ。その思いにネビルは囚われた。自然とマリアの顔が浮かんできて、ネビルは残される妻とまだ見ぬ子のことを思い涙した。

長い時間が流れ、営倉のドアが開けられた。マイヤー先任衛兵伍長がオートミールを持って入ってきた。もう朝になっていたのだ。結局ネビルは一睡もできずに朝を迎えた。絶望が睡魔を遠ざけていたが、眠りに就かなかった一番の理由は尻の痛みだった。同じ姿勢で長時間硬い甲板に座らされていると尻が痛くなった。そのため一晩中、動ける範囲のなかで可能な限り体勢を変えて痛みを和らげていた。心が瀕死に陥ろうと、肉体は痛みを訴えるのだ。

「朝食だ」

先任衛兵伍長はオートミールの入った器を床に置いて、ネビルの手の縄をほどこうとした。ネビルはそれを拒否した。

「いらない」と投げやりな口調で言い放った。

マイヤーは何か言いかけたが、思い直して口を閉じた。ネビルは、マイヤーが〝最後の食事になるかもしれないぞ〟と言おうとしたのではないかと見当をつけた。

先任衛兵伍長はオートミールを持って営倉から出ていき、ネビルは再び一人取り残された。朝が来たということは裁判まであと何時間かといったところだ。ヴァーノン海尉は、裁判は午後の二点鐘（十三時）から始まると言っていた。そのときを意識したネビルはぎりぎりと身が締め付けられるような思いを味わうこととなった。もはや時の刻みが拷問となった。すぐ先に見える死ほどおぞましいものはない。ネビルは身体中にぎゅっと力を入れて恐怖に耐えようとした。

気の狂いそうな時間をどれだけ過ごしただろうか。再びドアが開けられた。ネビルの目は戸口に立つヴァーノン海尉と海兵隊員を捉えた。彼の背後に立っていた二人の海兵隊員がすぐさまネビルに近づき、手と足の拘束を外した。身体が自由になったことで、ネビルは手首をさすりながらゆっくりと立ち上がった。

「ネビル・ボート、出ろ」海尉は硬い声で言った。

「もうそんな時間ですか」ネビルは口を開いたが、やけに明るい声が飛び出てきた。限界まで精神が追い詰められ、自暴自棄になった者のなせる業であった。「まだ昼前くらいだと思っていたんですがね……」

「そうだ。まだ昼前だ」

海尉の予想外の言葉にネビルは固まった。

「え？」と声を出すのが精一杯の反応であった。

「裁判は中止だ」

「どうして、どうしてですか？」

解放感を追い抜いて、先に疑問が口から出た。喜ばしいニュースのはずだが、夜がいきなり昼になったような急激な変化にネビルの感情は置いてけぼりになり、歓喜を噛みしめることができなかったのだ。

「ホイスル殺害の犯人が名乗り出たからだ」

ネビルは喫驚（きっきょう）して反射的に訊ねた。

「だれなんです？」

ヴァーノンは戸口のほうに視線をやった。マイヤー先任衛兵伍長に連れられて、手首を拘束された男が戸口に現れた。

ネビルはこの艦に乗せられてからさまざまな驚きを経験してきたが、このときほど驚愕したことはなかった。ランタンの光に照らされたその顔はネビルもよく知る人物だった。

ネビルと同じく強制徴募で連れてこられた雑貨屋の息子、ウィリー・ポジャックだ。


ヴァーノンは営倉の前でネビルに事の次第を説明した。ポジャックは今日の朝食時に、いきなり士官のラウンジに入ってきて、ホイスルを殺害したのは自分であると告げたのであった。当然その場は騒然となり、ヴァーノンとマイヤーがすぐに話を聞くこととなった。ポジャックの話では、彼は日頃からホイスルにことあるごとに馬鹿にされ、彼に殺意を募らせていたという。そして、船倉に入っていくホイスルの姿を偶然見つけて、あそこなら人に見られずにホイスルを始末できると思って犯行に及んだと供述した。凶器のナイフは、索の繋ぎ方を学んでいるときに使ったものをこっそりと窃取し、それでホイスルを殺害したと述べた。自白の理由は、ネビルが殺人容疑で捕まったことで良心の呵責(かしゃく)を覚えたためということだった。ヴァーノンはこのことを艦長に報告したことで、ポジャックが明日絞首刑に処されることが決定した。こうしてそのときが来るまでポジャックは営倉に入り、代わりにネビルが出てこられたのだ。

説明を聞かされたネビルだが、その顔はまだ話が飲み込めないという表情であった。

「何かまだわからない点があるかね？」ヴァーノンが言った。

「いえ、そういうことではありません」ネビルは慎重に言葉を選びながら話した。「ただ、ぼくはポジャックと同郷で、彼のことはそれなりに知っています。だから、彼が人を殺すなんてこと、考えられなくて……」

「軍艦の狂気に当てられたのかもしれん。海の上は人を変えるものだ」

ヴァーノンは話はこれで終わりという調子で言った。

「ともかく、これできみの疑いは晴れた」すくなくともホイスル殺しに関しては、ということになるが。ホーランド殺しに関してネビルは依然として灰色のままであった。

「今から通常の勤務に戻るといい」

「アイ・サー」

ネビルは敬礼をして去ろうとしたが、足を一歩踏み出したところで再びヴァーノンと向かい合った。

「あの、もう関係ないかもしれないんですけど、ちょっとお伝えしたいことがあります」

「何かね?」ヴァーノンは首を傾げた。

ネビルは昨晩、ジョージが〝犯人の狙いは自分かもしれない〟とこぼしたことをヴァーノンに伝えた。海尉はその情報を聞かされて顎をさすった。

「なるほど。犯人は帽子で人物を識別していた可能性があるということか」

「でも、ポジャックが自白したなら違いますよね」ネビルは馬鹿なことを言ったと思い、申し訳なさそうにつけ加えた。

「いや、かまわない。さあ、もう下がっていいぞ」

もうホイスル殺しは解決したのだし、切って捨てていい話のはずだが、何かひっかかるものがあり、その話はヴァーノンの頭にこびりついた。この思考にまとわりつく霧が晴れたのは、その夜の当直主任を担当しているときであった。

ヴァーノンは艦尾楼甲板を右舷から左舷、左舷から右舷へと往復していた。六点鐘（二十三時）が鳴ったときにヴァーノンは檣楼に向かって大声を上げた。

「見張員、異状はないか？」

暗闇の天幕の向こう側から「異状なし」という返事があった。ヴァーノンは夜間当直主任のときは、こうして定期的に見張員に声をかけていた。暗闇の向こう側で見張員が船をこいでいる可能性があるからだ。

ヴァーノンは頷いて再び艦尾楼甲板を往復し始めたが、最初の一歩を踏み出した直後に、ちょっとしたアクシデントがあった。

その夜は風は強くはなかったのだが、天候のいたずらなのか、突然一陣の風が吹いてヴァーノンは思わず三角帽に手をやった。風はすぐに収まったのだが、帽子を押さえているヴァーノンの顔に何か薄くて柔らかいものがぶつかってきた。海尉はいささか驚いたが、すぐに自分の顔にまとわりつく物体を手に取ってじっと見つめた。その正体はなんてことはない。水兵のスカーフだった。先ほどの強風で飛ばされてきたのだろう。

ヴァーノンは再び檣楼を向いて大声を上げた。

「見張員、スカーフを落とさなかったか？」

あの風で階下の後甲板から艦尾楼甲板に巻き上げられるように飛んでくるのは考えにくい。だからこのスカーフは見張員のものだろうと海尉は見当をつけた。彼の考えは正しく、しばらくして夜の帳（とばり）の向こうから「アイ・サー」と恐縮した返事が聞こえてきた。

強風に飛ばされたこのスカーフをあとで見張員に返してやろうと思ったとき、艦に手を振る人魚を目撃でもしたかのようにヴァーノンの全身に衝撃が走った。

見張員……強風……これなら何もかも筋の通った説明ができる。

ヴァーノンは零時になって当直を終えると、すぐさま先任衛兵伍長の寝床に向かった。間仕切りになっている帆布をかき分けると、他の者を起こさないようにマイヤーを呼んだ。

「なんですか？」上官の呼びかけにマイヤーは可能な限り早くハンモックから降りたが、真夜中に起こされたという不満を若干隠し切れていなかった。

「ホーランド殺しの真相がわかったかもしれない」

先任衛兵伍長はこの言葉に目が覚めたようだ。シャツと真鍮のボタンつきのジャケットを着ると、海尉と共に舵頭材隠しのテーブルまで行った。梁にぶら下がるランタンが二人をぼんやり照らすなか、ヴァーノンは話し始めた。

「マイヤー、わたしはきみに謝らないといけない。犯人は事件当夜、やはりマストの上にいたのだ」

あまりに意外な発言に、先任衛兵伍長はマンボウのような表情になった。

「いや、海尉」マイヤーは困惑しながら口を開いた。「それはあなたがはっきりと否定されたではありませんか？　新月の闇の中でだれがどこにいるのかもわからない状態で、マストの上からホーランドの頭に金槌を投げつけて殺害するなど不可能だと」

「前提が間違っていたんだよ。犯人はホーランドに金槌を投げつけて殺害する気など微塵もなかったんだ」

「どういうことです？」マイヤーは話についていけなかった。

「もっと詳しく言おう。犯人は事件当時、金槌を持ってメインマストのコースヤードにいた。しかしうっかり手にしていた金槌を落っことしてしまったんだよ。それが偶然ホーランドを直撃して彼は死亡したのだ」

　マイヤーはやっと海尉の話が飲み込めた。

「つまり、あれは事故だったというわけですか」ここでマイヤーは顔をしかめた。「いや、しかし、ならば犯人は金槌片手にヤードの上で何をしていたんです？」

「もちろん殺しをしようとしていたのさ。ただし、殺害対象はホーランドではなかった。見張員のジョージ・ブラックだったのさ」

「ええ？」先任衛兵伍長は、普段の厳格な雰囲気とはかけ離れた驚きの声を上げた。

「そうなればすべて辻褄が合うのだ。おそらく事の次第はこうだ。犯人は予め夜の当直の間にこっそりと露天甲板に出て、ボート置き場のような人気のない場所に身を潜めていた。それから交替の時刻になって、夜の当直員が艦内に戻っていき、深夜の当直員が露天甲板にやってくるまでの人気がない間にシュラウドを上っていったのだ。そしてコースヤードに移動して、ブラックがやってくるのを待っていたのだろう。あとは標的がやってきたら、闇に乗じて彼を撲殺するのが殺人者の本来の計画だったはずだ」

「でも、犯人はしくじったわけですね」

「ああ、おそらくスマイルズが檣楼にやってきたことで計画が狂ったんじゃないかな。そのせいで犯人は予定よりも長くコースヤードの上で待たされる羽目になった。あの晩は風が強かったし、ヤードに留まるのは神経を使っただろう。ひときわ強い風に煽られるか、重い金槌を右手から左手に持ち替えようとした際か、理由はなんでもいいがともかくうっかり金槌を落としてしまったのだよ。その金槌は憐れなホーランドの頭を直撃して海に落ちていったというわけさ。これがホーランドが倒れたときに、水兵のだれもが犯人の存在を感知できなかった真相だ」

筋の通った話だがマイヤーはまだ納得しかねた。なぜならまだ大きな疑問が残っているからだ。

「しかし、コースヤードの上に犯人がいたとしてですよ。その人物はどうやってヤードから消え失せたのです？　以前、海尉自身も言われていたじゃありませんか。シュラウドの周りには水兵たちが待機していて、下に降りようものならたちまち彼らに気づかれてしまう。だからと言っていつまでもその場に留まっていると、朝の当直が始まって寝床にいないことが露見し、最後は夜が明けてマストの上にいる姿が丸見えになります」

ヴァーノンは犯人の脱出方法もきちんと考えていた。

「犯人はフォアマストのステイを滑り降りてバウスプリットに降り立ったんだよ。あとはバウスプリットからヘッドに行き、艦内に戻っていったわけだ。夜間はみんなバケツを使って用を足すからヘッドは無人だ。犯人は安心して自分の寝床に戻っていけただろうな」

マイヤーは話についていけずきょとんとした。

「海尉、犯人はメインマストのコースヤードにいたという話でしたよね。それなのになんで急にフォアマストに移っているのですか？　メインマストとフォアマストは十数ヤード以上も離れています。露天甲板に降りずに移動するなんて人間には不可能ですよ」

「それがあの晩に限っては可能だったのだよ。ミスター・マイヤー、きみは重要なことを見落としている」

「何だというのですか？」

「強風さ」ヴァーノンは力の籠った口調で言った。

「えっ？」マイヤーの眉間に困惑の皺ができた。

「殺人が起きた晩は、風が強く艦が岸に流されないようにカウンターブレースをとっていた。フォアマストは左舷開き、メインマストはスクウェアだった。つまりフォアコースヤードは右側が限界まで艦尾方向に下げられ、メインコースヤードはまっすぐ真横になっていた。これがどういうことかわかるな。メインコースヤードの端とフォアコースヤードの端は、触れ合うほど近づいていたんだ。手を伸ばせば届く位置にあるヤードに移ることなど、犯人にとっては簡単なことだったろう。あとはフォアマストのところまで行き、ステイに飛びついてバウスプリットまで滑り落ちていったのさ」

「手の皮がすり切れますよ」

「索に抱きつくように摑まれば大丈夫だ。腕と脚を締めることで滑り落ちる速さも調整できるしな。ただ、ジャケットの腕とズボンにタールが付着するだろう。最初からこのことに気づいていれば衣服を検査することで犯人を割り出せたが、今となってはもう遅い。とっくの昔に洗濯されてしまったさ」

「それは仕方ありませんよ」

「ああ、そうだな。だが、わたしたちがぼやぼやしているせいで第二の被害者を出してしまった」

「え?」先任衛兵伍長は一瞬話についていけなかった。「第二の被害者って、ホイスルのことですか? いや、ですがあれはポジャックが自分が犯人だと名乗り出たではないですか。まさかホーランドもポジャックがやったと?」

「違う。ポジャックは檣楼に行くことすらできない下級水兵だ。ポジャックには無理だ。ミスター・マイヤー、わたしはね、ポジャックは死刑になりたいがために嘘の自白をしたと思っている」

「自ら死刑になりたい者など……」いない、と言おうとしたがマイヤーは途中で口を閉じた。強制徴募で連れてこられた者の中には、艦上の生活が耐えきれず自殺をする者が珍しくない。

「彼は死にたがっているのですね」

ヴァーノンは頷いた。

「自死する勇気がない者が死刑にすがる。特におかしなことではないだろう」

「では、ホーランドもホイスルも同じ人物に殺害されたということですね」

「わたしはそう考えている。ただ、犯人は二人を殺害するつもりはなかった。ホーランドは先ほども言ったとおりの事故で、ホイスルはブラックの白い毛糸の帽子を被っていたため間違って殺害されたのだ」

「犯人の狙いがジョージ・ブラックなら、とんでもない間抜けですね。二度も失敗して自らの身を危険にさらしていますよ」

「ああ、確かに間抜けだ。だが悪運の強いやつでもある。暗闇の加護があったとはいえ、二度も人目に付かず殺人を犯し、今なお尻尾を摑まれていないのだからな」

「それで、これからどうします？」

「夜が明けたらこのことを艦長に報告する。それからポジャックとブラックに話を訊く」ヴァーノンは断固たる口調で言った。「特にブラックのほうは重要だ。彼は犯人を知っている可能性が高い。彼には心当たりがあるんだ。でなければ、犯人の狙いは自分かもしれないとこぼすはずがないからな」

ヴァーノンは立ち上がった。

「さて、やることも決まったことだしもう寝よう。真夜中に起こして悪かったな」

「いえ、やっと肩の荷が下りそうで安眠できますよ」

「わたしは興奮で眠れそうにないがな」

ヴァーノンは自分の部屋に行きハンモックに横になった。ぼんやりと明日のスケジュールを思い描く。艦長は六時に起床するので身支度の時間も考慮して六時半頃に訪ねればいい。その後ブラックたちに話を聞こう。明日の午前中にはすべてが片付くはずだ。

だが、ヴァーノンには一つ懸念があった。ブラックは自分が狙われていると思っているのならば、なぜ助けを求めないのだろうか。ひょっとしたら彼には人には言えない秘密があるのかもしれない。その秘密を守りたいがゆえに会話を拒んだとしたら？　そのときは気が進まないが、ネコを使ってでも無理矢理吐かせるしかない。

できれば穏便に済ませたいものだとヴァーノンは思った。

ところが、実際は穏便どころか何一つ彼の思いどおりには事が運ばなかった。


朝の二点鐘（五時）が鳴ったのちに、フォアマストの見張員から前方に明かりが見えるとの報告が上がった。コフランとロイデンが艦首楼甲板へとやってきて、夜間用望遠鏡を目に当てた。望遠鏡の中にはっきりとした船影が浮かび上がった。それも一隻ではない。船は二隻いた。

コフランは望遠鏡を目から離すと言った。

「伝令だ。艦長に船を発見しました、と伝えよ」

およそ十分後、身なりを整えた艦長がやってきた。彼は前置きなしにコフランに訊ねた。

「どこの船だ？」

「まだわかりません。暗くて識別信号機が見えませんので」

ならばやることは一つだ。

「国籍不明の船に向かえ」

ロイデンが驚いたように言った。

「あれがフランス艦だったらどうするのですか？　二隻いるのですよ」

艦長は苛立たしげに鼻を鳴らした。

「二隻であろうがフランス艦であれば、我々は敵を目撃しておきながらみすみす見逃したことになる。とても国王陛下に顔向けができんよ。あの船がどこの国のものなのかはっきりさせる必要がある」

グレアムは最後に厳しい調子でつけ加えた。

「それと、あの船がフランス艦だった場合に備えて戦闘配置だ」

それからはホイッスルとメガホンがフル活用された。ハルバート号が風上から正体不明船に近づいていく間、家具が次々に船倉へとしまわれていった。ハルバート号と二隻の船の距離は五マイルほどであったが、その差を縮めることができなかった。正体不明船のほうもハルバート号の存在に気づいているらしく、二隻は一定の距離を保ってハルバート号から逃げ始めた。おそらく相手はハルバート号の国籍がはっきりするまで様子見をしようというのだろう。

暗い寒空の下で、緊迫がじりじりと将兵たちの肌を焼く時間が続いた。やがて、水平線から朝日が頭を覗かせた。

光が二隻の船を照らした。その船尾には革命の象徴である三色旗がはためいていた。

第三章　消える殺人者

「これではっきりしたな」

　グレアム艦長は艦首楼甲板から望遠鏡を覗きながら言った。彼の周りには海尉たちが集合していた。みな望遠鏡を手にしている。

「敵はフリゲート艦が二隻ですか」ヴァーノンが言った。

　ハルバート号は帆にいっぱいの風を孕んで敵艦の尻を追っていたが、フリゲート艦は戦列艦よりも脚の速い船だ。まず追いつくことはできない。ハルバート号と敵艦との間はぐんぐんと開いていった。

　フリゲート艦は竜骨から檣頭まで生粋の軍艦だ。商船を改造した私掠船よりもずっと戦闘に長けている。それが二隻もいるのだ。これは想定よりもずっと手強い戦力であった。だが、それでもジャーヴィスは、遠ざかっていく敵艦を見ながら悔しそうに言った。

「くそっ、金のなる木が逃げていく」

「まあまあ、もとより我々の役目は海域の監視だ。敵を貿易路から追い払うだけでも十分役目を果たせている」ロイデンが言ったが、その口調はどこか安心した様子であった。

　コフランも同意した。

「そうだな。敵艦も我々とやり合うつもりはないだろう。連中の狙いはもとよりイギリスに向かう貿易船なのだからな」

「いや、そうでもなさそうだ」グレアムが望遠鏡を覗いたまま言った。「敵はここで一戦交えるつもりだ」

海尉たちは望遠鏡を目に当てた。こちらに艦尾を向けて逃げていた二隻のフリゲート艦は、今やその場に止まり、艦首を振ってハルバート号に舷側（げんそく）を向けようとしているところであった。

ヴァーノンは望遠鏡から目を離して驚いたように言った。

「フランスの目的は通商破壊ではないのか？　ここで我らと争っても何の利益もないだろうに」

「新政府樹立時に、フランス海軍も人員整備されたという話を聞く」グレアムが淡々と言った。「新政府を敵視する艦長が一掃され、革命を信奉する者たちが新しい艦長に抜擢（ばってき）された。だが、新艦長になった者の中には経験不足の士官や下士官、あまつさえ一介の水兵もいるという話だ。そうした艦長としての資質がない人間は往々にして誤った判断を下すものだ」

「狂ってる」コフランが吐き捨てるように言った。

グレアムは敵艦の判断を非難したものの、内心では戦うとなると厄介と考えていた。まず二対一という数的不利がある。次に現在の風向きと風速がハルバート号を苦境に追いやっていた。かつて英国では風上からの攻撃は至上とされてきた。風上に位置取れば、敵艦との距離を調整でき、攻撃の主導権を握れる。しかし、今のように強風が吹いているときは風上が不利となるのだ。風上から敵に砲撃を加えようと舷側を敵に向けたとしよう。すると後ろからの強風を受けた艦は敵に向かって首を垂れ、下甲板（げかんぱん）の砲門が海面近くまで下がってしまう。その状態で下甲板の砲門を開こうものなら、そこから海水が入り込み、最悪艦が沈没する危険が出てくる。さらに下甲板に搭載している大砲は、破壊力の高い三十二ポンド砲で、これが使えないのは軍艦にとって大幅な戦力ダウンとなるのだ。敵はそのことを知ってか知らずか戦いを挑もうとしている。

　しかし、これらの懸念材料は払拭することが可能であった。

「どうされます、艦長？」副長のマーレイが指示を仰いだ。

　グレアムは望遠鏡越しに敵艦を観察した。二隻のフリゲート艦は左舷をハルバート号に向けて横並びになり、すでに砲門を開いていた。いつでも砲撃する準備は整っているというわけだ。グレアムは敵艦ではなく、その間の虚空に注目した。艦と艦の間に一ケーブル（約百八十五メートル）ほどの距離があった。それだけの空間があれば十分だ。

　グレアムは望遠鏡を畳みながら言った。

「突撃だ。敵艦と敵艦の間に入り込み戦列を分断。その後、両舷斉射で片を付ける」

　敵艦と敵艦の間に滑り込めれば、左舷右舷両方の大砲が使え、数的不利はなくなる。さらに風を艦尾に受けるので下甲板の砲門が海水を招く心配もない。

　だが、これは危険な賭けでもあった。敵艦に接近する際は、敵に艦首を向けることになるので大砲を使用することができない。対して敵は舷側を向けて待ち構えているので攻撃することができる。つまりハルバート号は、敵の射程に入った瞬間から敵艦の懐に入り込むまではひたすら攻撃を受け続けることになるのだ。もし敵の砲撃がマストをへし折りでもしたら、推進力を失ったハルバート号は恰好の的となる。フランス側も接近してくる戦艦に対して鎖弾（鉄の弾を鎖で繋いだ砲弾。索具を切断する目的で用いられる）を用いて足を止めにくるだろう。艦が止まればこれ以上ない窮地となる。

　それでもグレアム艦長は打って出た。いや、彼でなくても英国海軍の艦長ならばだれであろうと同じ決断を下すだろう。己の責務を果たすために。

「一度艦を止めさせろ。総員、後甲板に集合だ。乗組員に本艦の行動を通達したあとに敵艦への接近を開始する」

ネビルの心臓は恐怖で躍っていた。フランス艦発見の知らせを受けてから不安にさいなまれていたが、戦闘準備の命令を受けてからは不安は恐怖に変わった。後甲板の物々しい空気が弥が上にも戦いを意識させ、ネビルは死の可能性を考えざるを得なかった。集まった水兵たちの様子はさまざまだった。興奮して口早に敵を侮辱する言葉を吐く者もいれば、硬い表情で黙りこくっている者もいる。ネビルと同じように生きた心地のしていない顔で辺りを見回す者たちもいた。そういう水兵はきっとこれが初陣なのだろう。

「静粛に！」副長のマーレイが艦尾楼甲板から怒鳴った。「これより本艦は戦闘態勢に入る。敵は風下五マイル先にいるフランスのフリゲート艦二隻だ。フランス側は並んで艦を止め、こちらに舷側を向けて臨戦態勢に入っている。本艦は敵艦の間に滑り込み、両舷斉射で一気に勝負を決める。攻撃命令が下るまで各員は戦闘部署で待機しろ。日々の訓練の成果を見せてみろ！」

これだけ言うとマーレイが下がり、グレアム艦長が出てきた。

「諸君、これより本艦はフランス艦に向かって突撃するが、数が劣っていることを恐れる必要はない。英国海軍の艦はこの地球上で最も優れた戦艦である。そして我々は伝統ある英国海軍の一員だ。それに比べてフランスは今までの体制を破壊し、作り直したばかりの稚拙な軍隊である。敵は弱卒、恐るるに足らん！　連中に英国海軍が海の覇者たる所以を見せつけてやれ！　さあ、進むのだ。誇りと不屈の精神を持って！」

水兵たちは士気高く声を上げた。ネビルも己を奮い立たせる声を上げようとしたが、喉が塞がったかのように何の音も出てこなかった。

実戦というネビルにとって未知の世界が重くのしかかってきた。訓練ではない。本当に攻撃が来るのだ。砲撃訓練で放っていたあの恐ろしい砲弾が、今度はこちらめがけて飛んでくる。そのなかで正確に反撃をしなければならないことを考えると、ネビルはこの艦に乗って以来初めて吐き気に襲われた。ひょっとしたら自分のミスでだれかが死ぬかもしれない。そんな考えに取り憑(つ)かれ、ネビルの腹の内側で怯懦(きょうだ)が膨(ふく)れ上がっていった。

ネビルの周りにいた食卓班のメンバーがそんなネビルを見かねてか声をかけてきた。

「ネビル、大丈夫か？　顔が真(ま)っ青(さお)だぞ」マンディがいつもの口調で言った。「怖いのか？」

「バーカ、怖くねえやつなんていねえよ」ガイが横から口を挟んだ。

「うるせえ！　おれはネビルの緊張を少しでもほぐしてやろうとだな……」

「おまえの言葉でどうにかなるもんじゃねえだろ」とラムジー。

「ふん、黙ってろ。いいか、ネビル。英国の軍艦は船体がぶ厚く作られていてとっても頑丈なんだよ。そんじょそこらの大砲じゃ船体を突き破ることすらできねえよ」

チョウがマンディの言葉を継ぐように言った。

「そしてフランスの大砲はその艦に対抗して改良されてきた」

「バカ、余計なこと言うな！」

チョウは肩をすくめた。

「敵について知るのも大切だろう？」

マンディは気を取り直して言った。

「まあ、とにかく、びびっても仕方ねえ。おれたちは艦長に命を預けて自分の責務を果たすだけだ」

「訓練通りにやれば大丈夫だよ」ジャックが励ました。

「それと敵の弾が来ないように常に祈っておけ」コグが言った。「祈りながら行動するんだ」

「まあ、とにかくだ」マンディが笑みを浮かべながら言った。「すべて終わったあとはまたこのメンバーで食卓についてグロッグでもやろうや」

周りの水兵たちが持ち場に向かい始めた。それぞれの戦闘部署に向かう前に、ジョージがネビルを摑まえた。

「ネビル」ジョージも戦いに恐怖心を抱いているようだったが、それでもしっかりとした口調でネビルを励ました。「死ぬなよ」

「ああ」そうとも、マリアと再会するまで死ねない。必ず生き延びてやる。


ハルバート号はフォアマストとメインマスト両方のコース以外を全開にした。コースだけは全開まで展開すると戦闘時には邪魔になるので、四割ほどの面積に留められていた。まずグレアム艦長は右舷開きを命じ、敵艦を左斜め前に捉える位置まで艦を移動させた。

「敵艦に動きはあるか？」艦長は大声で訊ねた。

「ありません！」艦首からジャーヴィスが答えた。

グレアムは静かに頷いた。

「左舷開きで帆走させよ」

帆桁（ヤード）が回され、ハルバート号は敵艦目指して進み始めた。

一方、ネビルがいる下甲板は沈黙と緊張が支配していた。敵艦との距離はまだあるが大砲は砲門に押し出され、役目を果たすときを今か今かと待っていた。甲板の中央には水と砂の入った桶が並べられ、いつもは洗濯に使われるタライが一定の間隔で置かれていた。タライの中には光沢のある砲弾が入っており、弾込めがスムーズにできるよう準備されている。各大砲隊は自分の大砲にぴたりと張り付いてそのときを待った。

ネビルは気力を奮い立たせてその場に立っていた。ネビルだけではない。大半の水兵がハッチから聞こえてくる太鼓の音を噛みしめ、必死に己を鼓舞していた。

そんな空気を察してか、掌砲長（しょうほうちょう）のハーデンが言った。

「おい野郎ども、今から気張ってんじゃねえぞ。敵との距離はまだたっぷりあるんだからよ。談笑しろとは言わないがもっと心に余裕を持つんだな。顔を強（こわ）ばらせるのは最初の砲撃が聞こえてからにしろ」

その最初の砲撃は二十五分後に起こった。遠くのほうで巨人が金槌（かなづち）を振り上げ、大地を打ったかのような音が聞こえた。ネビルは腹の底から縮み上がったが、二十秒経ってもハルバート号には何の変化もなかった。

ハーデンが艦首にある錨鎖孔（びょうさこう）から外の様子を窺った。視界の右側のフランス艦が硝煙に包まれていた。

「はん、阿呆でえ。無駄弾撃ちやがってよ」

ハーデンは小馬鹿にしたように言うとふり返った。

「おい野郎ども！　もうすぐ上から砲撃指示がくるはずだ。最初の一発はおれから指示を出すが、そのあとはやめの号令がかかるまでおまえらの判断でどんどん撃ち込んでやれ。ここから気張っていけよ！」

そこから断続的に砲撃音が続いた。フランス側は狙いをつけて大砲を撃っているようだが、まだ距離があるので海面に水柱が立つばかりであった。だが、巨軀の戦列艦がいつまでも砲撃を避け続けるということはありえなかった。

ネビルの頭上で巨大な破裂音がした直後、悲鳴と罵り声が混ざり合った阿鼻叫喚が聞こえてきた。ネビルは何が起こっているのか想像もしたくなかった。だがそれは想像するまでもなく、すぐにネビルの目の前で現実となった。四番砲と五番砲の間の舷側が突如破裂し、赤々と熱された砲弾が飛び込んで来た。四番砲の火消し係が思い切り吹き飛んだ。甲板に叩きつけられた彼の胸には砲弾によって大穴が空けられていた。砲弾の勢いは死なず、さらに反対の舷側にいた大砲隊員の膝下をもぎ取ったあと、左舷に激しくぶつかって止まった。死と血をもたらしたのは砲弾だけではなかった。砲弾が穴を空けて飛び込んで来たとき、木端微塵にされた木材が散弾となり大砲隊員たちを強襲した。五番砲の弾込め係は木片を浴びてうずくまり、身体中から血を流して呻吟した。そして同じ隊のパウダーモンキーは木板が剣のように首に深々と刺さって事切れていた。

一瞬のうちに出来した惨劇にネビルの頭は麻痺した。自分がこの場にいないような錯覚に陥って、死んだ人間や広がっていく血だまりをぼんやり眺めるばかりの木偶と化した。

そのとき、昇降ハッチから命令が下りてきた。

「右舷一番から七番、撃てー！」その言葉のすぐあとに頭上で雷鳴にも負けない轟音が轟いた。上の甲板が先に砲撃を始めたのだ。

ハーデンは鼻息荒く言った。

「よーし！　野郎ども撃ち返してやるぞ！」

大砲はすでに狙いがつけられ、いつでも放てる用意ができていた。

「おい、危ないぞ！」ネビルはシャツの襟ぐりを摑まれ思い切り引っ張られた。彼は勢いよく後ろに下がって尻もちをついた。

「右舷、一番から七番、撃てー！」

各隊の隊長が導火線に火をつけると、甲板を揺るがす大爆発が起き、砲台が怒り狂った雄牛のように先ほどまでネビルが立っていた位置に突進した。

「ぼさっとするな。死にたいのか」

ネビルを引っ張ったのはコグであった。彼の助けがなければ今頃ネビルは砲台の下敷きになっていただろう。

「すまない」

「気を抜くなよ」コグは口早に言うと砲門から外の様子を窺った。フランスのフリゲート艦の艦首と艦尾から粉塵が巻き起こっているのが見えた。

「へっ、ざまあみろ」

「おい！　今のうちに死体を片付けろ！」ハーデンが吠えた。「そこのおまえとおまえ、やれ！砲門から海に捨てるんだ」

ハーデンが指名したうちの一人はネビルであった。彼は大柄で濃い髭（ひげ）を蓄（たくわ）えた水兵と一緒に砲弾にやられた死体を片付けることになった。

「ほれ、おまえは脚を持て」髭面の水兵が神経質に言った。

ネビルは言われるがままに脚を持った。大きく空いた傷口から潰れた内臓が見えて気分が悪くなった。

大砲が下がったことで空いた砲門から死体を落とした。ネビルがふり返るとハーデンが血だまりに砂を撒いていた。こうすることで血で滑るのを防ぐのだ。

続いて右舷の八番から十四番を撃つように伝達が下りてきた。ハーデンが砂の入った桶を手にしたまま命令を下すと、大砲が咆哮と火柱を上げた。

そこからは堰を切ったように右舷側の攻撃が始まった。片舷四十五門が火柱と硝煙を立ちのぼらせながら砲弾を発射するのだ。空白の時間はほとんどなかった。

ネビルのところの大砲隊も二発目を発射する準備にとりかかった。一発目のくすぶりを棒付きスポンジできれいに拭き去ってから、弾薬と砲弾を入れ、最後に詰め物を押し込んでから突き棒で丁寧に突き固められた。最後はみなで大砲を砲門まで押し出すのだが、隊長はフランス艦に一撃を浴びせることがうれしくて仕方ないらしく、加虐的な笑みを浮かべていた。

大砲を砲門まで押し出したが、大量の硝煙が霧のようにハルバート号と敵艦の間に漂って狙いを定めるのに難儀した。そのとき、中央ハッチから下士官がやってきて大声を上げた。

「手の空いている後甲板の当直員、メインマスト前に集合！」

コグがちらりとネビルを見た。

「行ってやれ。ここはおれたちでも十分だ」

ネビルは頷いてから中央ハッチを駆け上がり露天甲板(ろてんかんぱん)に出た。中甲板、上砲列甲板ともに怒号飛び交う戦場と化していたが、露天甲板は最も緊迫感に満ちた場所で、なおかつ最悪と言っていいありさまであった。艦首楼甲板の右舷には大きな血だまりができていた。ハンモック置きの胸壁が一部吹き飛ばされ、寝具の断片が血の中に落ちて真っ赤になっていた。おそらく敵の砲弾がそこに飛び込み、何人もの人間を巻き込んだのだろう。舷側通路には海兵隊員が列をなし、敵艦めがけてマスケット銃を構えていた。後甲板では今まさに首から上がなくなった死体を海に捨てようとしている最中であった。死の恐怖と死に物狂いの奮闘に飲まれて気づかなかっただけで、ネビルの知らないところでハルバート号には何発もの砲弾が食い込んでいたのだ。

グレアムは艦尾楼甲板に立って、硝煙の向こう側にいる敵艦を見据えていた。接近に伴って相手が動くようなら即座にそれに合わせて艦を動かす必要がある。どんな小さな変化も見落とすわけにはいかなかった。

後甲板にはすでに何人かの当直員が集まっていた。だが何をしていいかわからずに、その場で敵の大砲に怯えているばかりであった。

「後甲板当直員、集まっているか！」

掌帆長のフッドがやってきた。肩には輪になった索を掛け、さらに部下に手伝ってもらって長さ十フィート（約三メートル）ほどの円材を二本手にしている。掌帆長は円材を甲板に置くと当直員たちに言った。

「メインマストのトップスルヤードを折られた」

その場にいた全員が上を見た。遙か頭上にあるトップスルヤードの右舷側が途中でぽっきりと折れ、帆が物悲しく垂れて風に煽られていた。だが頭上の傷はそれだけではなかった。あらゆる帆にいくつもの穴が空いていた。穴の空いた帆は風を捉え損ね、速度を半減させていた。

「こいつを添え木に使ってヤードを修理する」フッドは足元の円材をつま先でつつきながら言った。「横静索に摑まって添え木を上へ送っていけ！」

フッドは集まった当直員たちに役割を与えていった。彼は水兵たちの技量を把握していて、能力が高い水兵ほど高い位置になるように配置を決めていった。最も高い技量を持つ水兵たちはトップスルヤードに添え木を括り付ける作業が与えられた。ネビルは檣楼まで上るよう命じられた。

「よーし、それじゃあ上れー！」フッドは大声で命じた。

まずは補修用の索を肩にかけた水兵たちがシュラウドを上っていった。つぎにトップスルヤードまで続くシュラウドに取り付く水兵たち、最後に後甲板から檣楼までのシュラウドを担当する水兵たちが上がっていった。

ネビルはシュラウドを上り降りする訓練は何度も受けており、今では檣楼に行くくらい問題はなかった。だが、砲弾が降り注ぐなかでシュラウドを上るのは訓練とはわけが違った。遠くのほうで破壊者の出立を知らせる轟音が響く度に、ネビルは身体を強ばらせ、手足が止まった。ネビルは祈りながらシュラウドを上った。

檣楼に上ると上級水兵（エーブル・シーマン）たちがマスケット銃を放っている光景が飛び込んで来た。

「早くヤードを直してくれよ」ネビルが檣楼に上がるとマスケットを持った水兵の一人が言った。

「もうちょっと近づければ銃も役に立つってもんだ」

そんなことを言われてもネビルにはどうしようもなかったが、一応「はい」と返事をしておいた。だが相手はもうネビルのことなど忘れて再び射撃に集中していた。

シュラウドに掴まっている水兵がネビルに添え木を渡してきた。ネビルはそれを受け取り上のシュラウドにいる水兵に渡した。バケツリレーの要領だ。二本の添え木を渡し終えるとネビルの役割は終わった。あとは補修を任された水兵たちがうまくやるのを祈るだけだ。

ネビルがシュラウドを降りていると、上にいた水兵も続いて降りてきた。風を切り裂く音が聞こえたのはそのときだった。猛烈な勢いで回転する鎖弾が迫（せま）ってきていた。鎖は両端に取り付けられた鉄球によってまっすぐになり、そこに猛烈な回転が加わっていることで、索と命を切り裂く死神の刃と化していた。ネビルは頭の上に風圧を感じた。鎖弾はネビルの上にいた水兵の脚をシュラウドの縦索ごと切り裂いた。水兵の身体がシュラウドから離れ、叫び声を上げながら海へと落下した。ネビルは水兵の血を頭から浴びた。

ネビルは気づいたときには甲板に降りて激しく震えていた。水兵が鎖弾の餌食になってから甲板に降りるまでの記憶は、恐怖のあまり完全に抜け落ちていた。震えは止まらなかった。さっきの弾があと二フィート（約六十センチ）下に来ていれば、死んでいたのはネビルだった。

戦場は戦慄している時間など与えてはくれない。ネビルの背後で爆発が起きた。砲弾が艦尾楼甲板の側面を直撃し、甲板の一部を粉々に吹き飛ばしたのだ。激しい破壊と衝撃にグレアム艦長を含め、艦尾楼甲板にいた多くの者が倒された。

直撃の混乱が過ぎ去った艦尾楼甲板から声が上がった。

「だれかー！　手を貸してくれー！」

ネビルは艦尾楼甲板へ続く階段を上がっていった。破壊の跡のすぐ近くに、倒れ込んだまま苦しみの叫びを上げている士官候補生がいて、その傍らに一人の下士官が狼狽（ろうばい）した様子でかがみ込んでいた。ネビルは苦悶のうなり声を上げている人物を知っていた。その人物は、ソールズベリーにやってきた強制徴募隊（プレス・ギャング）を率いていた士官候補生だった。ネビルの運命を捻（ね）じ曲げた怨敵（おんてき）といってもいい男だ。彼は大怪我を負っていた。長細い木片が槍のように左の太ももを貫通して、流れ出た血が白い半ズボンとタイツを真っ赤に染めている。

重傷を追った因縁の相手を見ても、ネビルの胸がすくことはなかった。この男を恨んではいないと言えば嘘であるが、今はそんなことはどうでもよかった。

ネビルが近づくと下士官が顔を上げた。

「彼を手術室に連れていく。手を貸してくれ」

ネビルとその下士官は大怪我を負った士官候補生に肩を貸し、身体を支えてやりながら手術室に向かった。手術室は最下甲板の艦尾にあった。後部ハッチを慎重に降りて最下甲板にたどり着くと、砲撃と怒号の間を縫うように、地獄の底から伝わってくるような苦悶の声が聞こえてきた。手術室に近づくと惨苦にまみれたうめきは徐々に大きくなっていった。部屋の前まで来たとき、突如、産気づいた雌牛に悪魔が乗り移ったかのような声があらゆる音を押しのけてネビルの耳に飛び込んで来た。

手術室に入るとその声の正体がわかった。手術室では木製の手術台の上に怪我人が寝かされ、切断手術を受けている最中であった。患者はすねから骨が突き出るほどの骨折をしていた。彼はブランデーを飲まされたあと、猿ぐつわをはめられて手術台に寝かされ、レストックの助手たちに身体を押さえつけられて手術を施されていた。レストックがナイフを持ち、骨折箇所の少し上の筋肉を切り裂いていた。肉が切られる度に患者は猿ぐつわ越しに絶叫をあげた。端から見れば拷問のようにしか見えなかった。

だがその叫びは唐突に途絶えた。激痛のあまり患者が気絶したのだ。

「よくがんばったな」

レストックは小声で言った。筋肉を切ったあとはノコギリで骨を切断して、最後に煮立たせたタールと包帯で傷口を止血すれば施術は完了だ。

患者を押さえている必要がなくなり、軍医助手の一人がネビルたちのところにやってきた。

「怪我人はそこのベッドに寝かせてくれ」

ベッドは出入り口側の壁際に並んでいた。藁を敷いた上にハンモックの布を被せただけの簡素なものだ。過密状態で詰められた二十六床のベッドはすでにほとんど埋まっていた。だれも彼も自力で動けないほどの重傷者ばかりだ。残り少ないベッドに士官候補生を寝かせると、下士官が「がんばれよ」と声をかけた。

　ネビルは手術室から去るまえにベッドに寝かされた男たちを見た。手足が欠損している者もいれば腹から血を流している者もいる。ここに寝かされている者のうち、果たして何人が助かるのだろうか。戦闘が始まってからネビルはいくつもの死を目撃してきた。人間が鱗の如く命を散らしていく光景など、この世のものとは思えなかった。これが……これが戦場なのか。ネビルは逃げたくて仕方がなかったが逃げようがなかった。乗組員の運命はこの艦と一体なのだから。

　ネビルが手術室から出ると、突然声が飛んできた。

「おい、そこのあんた！　ちょっと手伝ってくれ」

　ネビルは声がしたほうを見た。最下甲板の艦尾のほうにランタンを手にした人が立っていた。

「ぼさっとすんな。早く来い！」

　ネビルは言われるがままに急いで近づいた。間近で見ると、その男が船大工長のファルコナーの助手であることに気づいた。

「穴を塞ぐのを手伝ってくれ。こっちだ！」

　助手は舷側板に沿って設けられた船大工の通路を小走りで進んでいった。ネビルもあとに続いて進んでいくと、通路に水が溜まっていることに気づいた。さらに滝のような水音が耳に入った。ネビルは大工の助手が言った穴が何であるかわかった。

　現場に着くとネビルは想像していた光景を目撃した。敵の砲弾が喫水線の下の舷側を直撃し、そこから海水が流れ込んできていた。水は真横に勢いよく噴き出し、船大工の通路の壁にぶつかっていた。ネビルは恐れおののいた。このままでは艦が沈んでしまう。

その隣では、ファルコナーが二人の助手と共に通路にかがみ込んで何やら作業をしていた。助手がファルコナーに人手を連れてきたことを伝えると、彼は顔を上げた。

「ご苦労さん」ファルコナーは、ネビルが愕然とした表情で水柱を見ていることに気づいて声をかけた。「心配するな。これくらいで沈みはしない。鎖ポンプも今全開で動かしているしな」

ファルコナーは立ち上がった。

「それじゃあやるぞ。おい」とネビルに声をかける。「部下たちと一緒にこいつを穴に押し込んでくれ」

ファルコナーが言ったのは、ロープでまとめた木の板を帆布で包み込んだものだった。どうやらこれが穴を塞ぐ栓になるらしい。ネビルは大工の助手たちと共にその急ごしらえの栓を持ち上げると、水が噴き出る穴に突っ込んだ。水の勢いはすさまじく、ネビルの腕は瞬く間に痺れて熱くなった。ファルコナーは栓の上に大きな木槌を打ちつけた。木槌が振り下ろされる度に栓は穴に潜り込んでいき、水の勢いも弱まっていった。

「ふう、応急処置はこんなもんでいいな」

ファルコナーが木槌を振るうのをやめたときには、殺意を感じるほどの勢いがあった水は完全に止まっていた。

「危なかった」ネビルがぽつりと言った言葉にファルコナーが反応した。

「なんだ？　おまえ艦が沈むと思っていたのか？」彼は不敵に笑った。「おれたちがいる限りそんなこと許さねえよ」

ネビルが最下甲板にいるとき、戦いは終幕を迎えようとしていた。メインマストのトップスルヤードの補修が終わり、ハルバート号はいくぶん突進の勢いを取り戻していた。二隻のフランス艦までの距離は二百二十ヤード（約二百メートル）もなく、ハルバート号は敵艦と敵艦の間に位置していた。グレアム艦長は回頭を命じ、舷側を向けている敵艦とハルバート号の船体が垂直になるようにした。これで左側の敵艦が左舷の砲撃火線の範囲に入った。

それを見て取ったグレアムはすかさず命じた。

「左舷の砲撃を開始せよ！」

その命令をホーナングという士官候補生が中央ハッチから叫んで下に伝えた。伝達された命令はたちまち左舷の大砲に息を吹き込んだ。それまで待機に徹していた左舷側の大砲隊は、鬱憤（うっぷん）を晴らすかの如く砲撃を開始した。

ハルバート号の接近に伴って、フランス艦も回頭を始めて敵を砲撃火線の範囲に収め続けようとしたが、右側の艦が回頭に手間取っていた。ハルバート号の砲撃はその艦の重要な箇所をとらえ、深刻な混乱を巻き起こしたらしい。

左側の艦は順調に回頭をしているようだが、ハルバート号は敵艦の間に入り込んで戦列を分断していた。左側の艦との距離は五十五ヤード（約五十メートル）ほどであった。この距離であれば大砲どころかマスケット銃も十分に機能する。

「一時停船（ヒーブツー）だ」グレアムが大声で命じた。

続けてグレアムは檣楼に上っている射手に、左側の敵艦に攻撃を集中するように命令を下した。ここからは足を止めての撃ち合いだ。もっとも、敵がそれに付き合うかどうかは話は別だが。グレアムの予想通り、フランス艦は逃走を始めた。敵艦は未（いま）だに砲撃を放ち、マストの上からは射手が露天甲板に向けて銃撃を行っていた。ハルバート号の周りで着弾の水柱が上がり、マスケット銃の弾がピシッと露天甲板を穿つ音が聞こえるが、もはやそれは置き土産であった。至近距離での撃ち合いとなれば、砲門の数で劣るフリゲート艦が戦列艦に勝つ道理などないのだ。

グレアムは右舷側の動かない戦艦か、左舷側の逃げていく戦艦のどちらに対応するか選択を迫られた。逡巡(しゅんじゅん)ののち、彼は左の戦艦を追うことにした。右側の艦に未だに動きがないということは、航行不能に陥っている可能性が高かった。ならば味方艦に見捨てられようとしている今、白旗を揚げるのは時間の問題だ。

グレアムは二つ目の首を取りにかかった。一時停船を解除する号令をかけようとしたその瞬間、グレアムは仰向けに倒れた。艦尾楼甲板にいた者たちはみな凍りつき、倒れた艦長に目を釘付けにされた。グレアムの胸には赤黒いシミがどんどん広がっていった。敵がでたらめに撃ったマスケット銃の弾が不運にも命中したのであった。


「艦長が撃たれただと？」

中甲板で砲撃指揮を執(と)っていたヴァーノン海尉は目を剝いて大声を上げた。

「はい、すぐに海尉に来てもらいたいとのことです」伝達に来た掌帆手のスミスが緊迫した声で言った。

ヴァーノンはすぐさま艦尾楼甲板に向かった。そこではマーレイ副長と軍医のレストックが膝を突いて、倒れたグレアムの傍にかがみ込んでいた。レストックは艦長の止血をしているようであったが、その顔には厳しい表情があった。

「ヴァーノン五等海尉、ただいま参りました」律儀に敬礼したあと、ヴァーノンも艦長の傍らに膝を突いた。

自分が呼び出した人間が揃うと、艦長は話し始めた。

「マーレイ……」グレアムは声を絞り出した。「わしは、もう、長くない。あとの指揮は……おまえが引き継げ」

マーレイはぐっと嚙みしめた奥歯をそっと離し、震える声で応えた。

「アイ・アイ・サー」

艦長は目だけ動かしてヴァーノン海尉を見た。

「ヴァーノンよ……」

「はい」海尉は初めて士官に声をかけられたときのような緊張感に包まれていた。

「わしが、死んでも、殺人者は……必ず見つけ出せ」

ヴァーノンは素直に了解の返事ができなかった。

「この戦いで死んでいたらどうします？」

「そうですとも」マーレイが口を開いた。「人殺しのような悪党、神が生かしておくはずがありません。その者はこの戦いを生き延びられなかったに違いありません」

グレアムの口元が歪み、笑みらしきものが浮かんだ。

「神が……人の生き死にを決めるなら、わしは神に死ねと言われたのか？」

「そ、それは……」副長は返事に窮した。

「神は、中立なのだよ……ううっ！」グレアムは苦しそうに顔をしかめた。

「艦長！」ヴァーノンは思わず声を上げた。

グレアムの顔から苦痛による歪みがなくなった。だが同時に生気もほとんど感じない顔となっていた。

「殺人者を、明らかにするんだ……顔のない男ではない、名前のある人間に……」

グレアムは最後の力を振り絞って口を開いた。
「た、たのんだ、ぞ……」
グレアムの身体から力が抜けた。

その後、戦いは徐々に幕が引かれていった。マーレイが指揮を引き継いだときには逃走を図ったフリゲート艦はすでにハルバート号から四ケーブル（約七百四十メートル）ほど離れていた。戦列艦のハルバート号ではもう追いつくことは不可能であった。できることと言ったら敵のほうに舷側を向けて、大砲を放つことくらいだった。何発か命中したものの、敵の逃走を阻止するような損害を与えることはできなかった。

右側のフリゲート艦はついにハルバート号に舷側を向けることなく白旗を揚げた。その場に留まっている間もハルバート号は砲撃を続けていたので、敵艦はバウスプリットがなくなり、ヘッドが穴だらけになるほど艦首が破壊されていた。あとで判明したことだが、敵フリゲート艦は舵(だ)柄(へい)が破壊されて舵(かじ)取りが不能になっていたのであった。そのために回頭ができなかったのだ。

一隻が敗走、もう一隻が降伏したことで戦いは終わったが、ハルバート号の被害は小さくなかった。右舷にはいくつもの砲弾による穿孔(せんこう)があり、甲板の広範囲に渡って砂が撒かれた血だまりが残った。幾多の砲門には、死者を海に捨てた際の血の筋が固まって残り、手術室に入りきらない数の負傷者が苦痛に耐えきれずうめき声を上げていた。その日の夜にマーレイに死傷者の数が報告されたが、死者は三十一名、負傷者は百三十六名にも及んだ。

戦闘は終わったがハルバート号の乗組員が息をつく暇はなかった。艦内の戦闘の後始末をしなければならない。士官が言うところの〝ゴタゴタを片付けろ〟というやつだ。水兵たちは戦いの道具を片付けると、ホースで水を流しながら石で床を磨いた。

捕虜の収容も平行して行われた。ハルバート号がフランスのフリゲート艦の隣に移動すると、敵艦の副長がボートに乗ってイギリス側までやってきた。艦長の所在を訊ねると、「戦死した」という答えが返ってきた。艦長を失ったのはハルバート号だけではなかったのだ。フランスの副長は三十代ほどの痩せぎすの男で、敗戦を喫して怒りを嚙み殺しているような表情をしていた。マーレイ副長はフランス語が堪能だったので話はスムーズに進み、フランスの船員たちは捕虜としてハルバート号に移されることとなった。

ボートに乗せられて、捕虜たちが次々とハルバート号に運ばれてきた。捕虜たちはみな暗い顔をしており、己の運命を受け入れているようであった。彼らは上砲列甲板まで連れていかれ、頭を剃られて身体を洗われたあとで、主計手から清潔な服を渡されていた。主計長のパーカーは椅子と書き物机を引っ張り出して、その隣に捕虜の名前と階級を記した名簿を作成していた。捕虜を捕らえることで賞金が支給されるが、捕虜に渡す服はその範囲内でないといけないため、間違いがないように確認をしているのであった。捕虜となったフランス人は八十七人。彼らは船倉の前部に押し込まれることとなり、船倉の前部にある物資は後部にすべて移された。だがこれで終わりではない。これから日々の食事の提供や運動時間時の監視が待っているのだ。捕虜を牢獄船に引き渡すまではハルバート号は苦労を背負い込むこととなる。

こうしてフランスのフリゲート艦、アチューユ号はハルバート号の所有となった。拿捕した戦艦は本国に到着すれば賞金と交換され、工廠で修理されたあとでイギリスの艦として運用される。コフランとジャーヴィス両海尉が部下を引き連れてアチューユ号の損傷をチェックした。浸水はどこにも見当たらず、沈没の心配はなかった。海が荒れたときに、戦闘の傷跡から海水が入らないようにするために穴を塞ぐ必要があったが、この仕事にはファルコナーたちの他に、アチューユ号の大工たちも駆り出される予定となった。逃げ道がない船の上では、捕虜が労働力としてこき使われることは珍しくはなかった。

ハルバート号がアチューユ号の前に回されると、ハルバート号のミズンマストとアチューユ号のフォアマストがロープで繋がれた。今後は操作の利かないフランス艦をハルバート号が曳航していくことになる。

戦闘の後始末が完了したときには、すでに第一折半直の開始を告げる八点鐘（十六時）が鳴ったあとであった。その日は朝から戦闘があったということで早めの夕食が許された。ネビルが今日口にしたのは戦いのあとに配られたビスケット二枚だけで、猛烈に腹が減っていた。食卓に向かうとコグとジャックの姿があった。

「他の人たちは？」ネビルは食卓に着きながら訊ねた。

「ガイはご飯を取りに行ったよ。チョウはビールのほう」ジャックが答えた。「それとマンディはそのうちやってくると思うよ。後片付けの時に姿を見かけたから」

ジャックの言ったとおり、食事桶をビスケットと牛肉でいっぱいにしたガイが戻ってきた。料理を盛りつけているときにマンディがやってきて、続けてチョウがビールの入った水差しを持って戻ってきた。

「ラムジーとジョージは？」マンディが空席を見ながら言った。

「おれならここにいるぜ」ラムジーがグロッグが入ったバケツを持ってやってきた。「今日は夜間の当直もなしって話だ。仕事のことなんざ気にせず騒ごうぜ」

これで残るはジョージだけとなった。しかし、料理を分け終わっても、だれがどの皿を取るか決め終わっても、ジョージはやってこなかった。ネビルは何度も暗い通路の向こう側に目をやった。

「ネビル」マンディが落ち着きのないネビルを見ていられなくなって言った。「この時間になってもここに来ないってことは、ジョージは怪我人の中にいるのか、もしくは……」

ネビルはいきなり立ち上がった。

「ちょっと病室にジョージがいないか見てくるよ」ネビルは足早に食卓から離れていった。

「あっ、おい、ネビル！」

マンディの呼び止める言葉を無視して重傷者を収容している医務室に向かった。そこにはひどく苦しんでいる者、目を閉じてうわごとを呟いている者、意識がない者、さまざまな怪我人がいた。しかしその中にジョージの姿はなかった。医務室から出たとき、ネビルは頭の中が真っ白になって身体に力が入らなかった。

ジョージは死んだのだ。砲撃で死亡した水兵を海に捨てたときのことが自然と頭に浮かんできた。死亡した水兵は、戦いの邪魔にならないように即座に海に葬られていた。ジョージも戦いのなかで亡くなり、今頃その身体はこの海域を漂っているのだ。自分の兄貴分であり、友人でもあったジョージが死んだことをネビルは受け止められずにいた。

ふらつく足どりで食卓に戻る途中で、ネビルは何者かに肩に手を置かれた。ゆっくりとふり返るとそこにはガブリエルがいた。

彼はネビルの耳元に口を近づけ囁いた。

「今晩集会を開くぞ」

ジョージの死はヴァーノン海尉もすぐに知ることとなった。彼は海戦とその後処理における己の職務をすべて果たすと、食事の時間だというのにジョージに会うために七番の食卓に向かった。ところがそこにいたのはジョージを除いたメンバーであった。その場は見るからに重い空気が漂っていて、彼がジョージの所在を恐る恐る訊ねると、ネビルから「ジョージは死にました」と小さな答えが返ってきた。

「そうか」ヴァーノンは沈痛な面持ちで言った。「それは残念だ」

そう、二重の意味で残念だ。ジョージからは犯人の名前が聞けるかもしれないと期待をしていたのだ。その命が失われたことで殺人者の名は再び深海よりも深いところに沈んでしまった。

海尉は失意を胸に食い込ませてラウンジに戻った。戦いに勝利した日はいつもより賑やかな食事となるのだが、グレアム艦長が亡くなったことでむしろ普段よりも沈んだ食事時間となっていた。

マイヤーが近づいて来た。ヴァーノンは彼をポジャックの元に向かわせていた。彼の自白が真っ赤な嘘にまみれているのはわかっているのだと圧力をかけ、真実をしゃべらせる仕事を与えていた。マイヤーの顔には万事うまくいったという雰囲気はどこにもなかった。むしろその逆で何もかもご破算になったという暗い表情だ。

先任衛兵伍長は報告した。

「ポジャックですが、先の戦闘で死亡しました」

ヴァーノンは目を閉じて深々と息を吐いた。

マイヤーは報告を続けた。

「わたしが営倉に行ったとき、死体が片付けられている最中でした。営倉はポジャックの血で酷い有様でした。砲弾が舷側板を突き破って、ポジャックを貫通したようです。左胸が吹き飛び、腕がちぎれ飛んでいたんですよ。こんなことが起きるなんて、信じられません」

話を訊こうとしていた人間が二人とも亡くなるとは、神の中立を疑いたくなる。

「そちらもか」

「そちらもというと、まさかブラックのほうも……」

「ああ、死亡した」

「なんてことだ。これじゃまた手詰まりですよ」

手詰まりではない、とヴァーノンは密かに思っていた。少なくともホーランドの死に対する答えを出すことはできた。犯人はホーランドが死亡したときにメインマストのコースヤードの上にいたのだ。それに凶器は船大工長が使っていた金槌というのも確実である。士官の部屋にあったものが凶器ならば、犯人は士官とみて間違いない。水兵を除外するだけで犯人は大幅に絞り込めるし、そこからさらに夜間当直だった士官を除くことができる。ホイスル殺しのアリバイも合わせるともっと絞り込みが可能だ。二回目の殺人は早々にネビルを拘束することになったため、聞き込みが全然できていない。白昼に起きた事件なので、容疑者をかなり絞り込める可能性が高かった。ヴァーノン海尉は、決意を新たに再び調査に乗り出すことにした。

みなが寝静まった夜、ネビルたちは後部船倉に集まった。捕虜たちを閉じ込めておくために前部船倉から物資が移されていたので、樽が危険な高さまで積み上げられていた。だからネビルたちは樽を乗り越えるような真似はせず、船倉の脇の通路に上がってそこで会議を始めた。

ネビルがジョージが死んだことを告げると、ガリーが「仲間が減って残念だ」と呟いた。

「下手をすればおれたちも死んでいたさ」ガブリエルが苛立ちを含んだ口調で言った。「やはりこんなところからは一刻も早く逃げ出すべきだ」

「今日は何のために集まったんだ?」ネビルは早く船倉から出たくて仕方がなかった。つい一昨日、ここで死んでいるホイスルを見たのだ。その記憶は生々しくネビルの脳裏に残っていた。

ガブリエルはにやりと笑った。

「おれたちはこの艦からおさらばする算段をいろいろ考えてきたがよ。そんな計画、まったくいらないかもしれないぜ」

その場にいた者たちは訝しげにガブリエルを見た。

「どういうことだよ?」ヒューが困惑して訊ねた。

「片付けのときに副長とロイデンが話しているのを聞いたんだけどよ。捕虜と怪我人を降ろすためにイギリスに一旦戻るって話をしてたんだ」

ガブリエルは首を巡らせて他のメンバーを見た。

「つまり、それって艦が波止場に横付けにされるってことだろ。おれたちは陸に上がれるってわけだよ。そうなったらもうどこにだって逃げられるぜ」

陸に降りられるという話を聞いてヒューとフレディは顔を輝かせたが、ガリーは冷めた反応を見せた。

「楽観的になるなよ。すんなり陸に降りられると思っているのか?」

「なんだと?」ガブリエルは険のある声で言った。

「怪我人をどうやって降ろすか知ってるか? 別の船がやってきて、そいつに乗せられて陸に降ろされるんだよ。つまりこの艦が接岸することはない。それに捕虜だって海上で牢獄船に移されるんだ。陸に降りるチャンスなんて万に一つもねえよ。前も言ったが軍艦はそう簡単には岸にはつかねえんだ。でなきゃ、おれが三年もこんなところにいると思うか?」

ガブリエルは歯がみしたが、あることを思い出して前のめりになって言った。

「だが聞いた話じゃ艦長がいなくなったんだろ? それでなんか変わるかもしれないぜ」

ガリーは首を振った。

「グレアムが死んで今はマーレイが艦を指揮しているが、グレアムと比べたらあいつはもっと融通が利かないぜ。水兵をあまり信用してないから逃げられるような危険は絶対に冒さねえよ。それにすぐに鞭(むち)を命じるから水兵からも人気がねえ。グレアムは厳格だったが、水兵のこともある程度は考えてくれていた。正直言ってあの艦長が死んでおれはがっかりしてるね」

「じゃあ従来通り、補給船が来るのを待つのがいいってことか?」ネビルが言った。逃走資金を盗む計画を立てているネビルにとってはそのほうが都合が良かった。

「今のところは、相変わらずそれが唯一の機会だ」

「金は主計長の倉庫から頂戴するんだよな」ガブリエルはネビルを見た。「泥棒役はおまえだったな。自分から志願したんだからしくじるなよ」

「わかっているさ」自分とマリアのためにも必ず盗みを成功させてみせる。

「いや、そんな危険を冒す必要はないぜ」

ネビルは声が発せられたほうに素早く首を巡らせた。ガリーが意味ありげな笑みを浮かべていた。

「どういう意味だい?」ネビルは静かに訊ねた。

「盗みをしなくても、金を手に入れる秘策があるんだよ」

「なんだって？」ガブリエルは半信半疑という声を上げた。「どうやって金を手に入れるんだ？」

ガリーは笑みを浮かべたまま首を振った。

「悪いが教えられないな。秘策は秘密だから秘策なんだよ」

ガブリエルは話せ話せとせっついたが、ガリーは余裕のある態度を崩さずにのらりくらりとかわした。結局折れたのはガブリエルだった。

「その秘策ってやつ、本当に大丈夫なんだろうな？」

「もちろんだ」

ガリーにとっては自信満々の策らしいが、その内容をまったくしゃべろうとしないのは他の者にとって面白くなかった。ガリー以外の人間は釈然としないままその日の集まりは解散となった。

ネビルは静かにハンモックに戻って考えた。ガリーの秘策がどんなものであろうと自分のやることは変わらない。マリアと逃げるために金を盗み出す必要がある。だがやはりガリーの言ったことが気になって仕方がなかった。いったいどんな方法で金を工面するというのだ？


翌日、朝の六点鐘（七時）が鳴ると同時に、昨日の戦いで戦死した者たちの葬儀が始まった。昨夜のうちに事切れた重傷者たちは帆布に包まれて後甲板に並べられていた。その遺体の列の中に、木の箱が交じっていた。それはグレアム艦長の吊り下げベッドで、艦長が亡くなった今は棺となっていた。グレアムは今、その閉じられた箱の中で永遠の眠りについていた。従軍牧師が死者を悼む言葉を述べ終えると、舷縁から遺体を次々と滑り落としていった。八体の遺体を海に落とし、最後にグレアム艦長を葬ることとなった。四人の下士官が棺を持ち上げて舷側まで運び始めると、士官も水兵もみな帽子を取り、艦長に最後の敬礼を捧げた。

ネビルも周りを見て慌てて敬礼をした。ネビルにとって、グレアム艦長はよくわからない人物だった。彼がいつも見ている艦長の姿は、背筋を伸ばして艦尾楼甲板から指揮をしているところがほとんどであったし、直接声をかけられることもなかった。だが今周りを見ると、士官、水兵関係なく多くの者が涙を流していた。

その死に多くの者が悲しみを露わにしている。それを見たネビルは、グレアム艦長はこの艦でいかに大きな存在だったのかを初めて理解した。

艦長の棺が舷縁から落とされた。

海の英雄は海へ還った。

マーレイを新たな指揮官としたハルバート号は、敵艦と交戦してそのうちの一隻を拿捕したことを報告するために、旗艦サジタリウス号と合流した。降ろされたボートにマーレイとロイデン海尉が乗り込み、こぎ手の水兵たちが旗艦に向かってオールを動かし始めた。

提督との会談は二点鐘分の時間に及び、マーレイがハルバート号に戻ってくると士官・下士官たちを艦長の食堂に集めた。

「本艦はイギリスに一旦帰還することとなった。怪我人と捕虜を降ろし、先の戦闘で受けた損傷を修理したのちに再び哨戒(しょうかい)任務に復帰する。艦がドックに入っている間に拿捕賞金を賜(たまわ)れるはずだ。その賞金で束の間の休暇を過ごすといい」

ジャーヴィスはにやりと笑って、肩に乗っているモンタナの顎(あご)を指先でくすぐってやった。艦がドック入りするということは休暇は陸の上で過ごせるということだ。そこに拿捕賞金が入ってくるのだから、酒と女には困らない贅沢な休暇が過ごせそうだ。

下士官たちの間にも喜びの囁き声が広がった。

「水兵たちには上陸許可を与えるのですか?」ヴァーノンが訊いた。

「いや、艦の修理中は水兵収容船に入れる」

ヴァーノンは眉をひそめた。

「副長、よろしいのですか?　拿捕賞金が配られるのに上陸許可を与えなければ、水兵たちは不満を抱きますよ」

マーレイは顔をしかめて反論した。

「本艦には水兵となって間もない者が多数いる。そいつらが逃げたらどうするのだ?　本艦はただでさえ先の戦闘で船員を失っているのだ。これ以上人がいなくなれば艦の運営に支障が出る。この帰還はあくまで一時的なもので、本艦は未だに艦隊に組み込まれていることを忘れるな。任務に悪影響が出るようなことはできん。わかったな」

「アイ・サー」ヴァーノンは素直に応じた。代行とはいえ今はマーレイがこの艦の責任者、つまり艦長なのだ。軍艦において艦長は神に次ぐ存在。艦長による決定を否定するなど許されないことであった。

「それと……」マーレイはこれから話すことはいかにも重要だという口調で言った。「フランスから勝利を挙げたことで、艦全体に気の緩みが見える。先ほども言ったが任務はまだ続くのだ。気を引き締めてもらわなくては困る。諸君らには自律に励んでもらう。そして水兵たちに対しては、今まで以上に厳しい目を向けるようにしろ。海軍としての資質を欠く行為を見かけたらその場で鞭打ちをくれてやって構わん」

こうしてハルバート号は以前にも増して厳しい監獄となった。

ネビルは最下甲板にいた。艦の中央にある充塡室の壁に身体を付け、海兵隊員が見張りをしている主計長の倉庫を密かに眺めていた。ネビルは非番のときに、今のようにたびたび主計長の倉庫を観察し、中に入るチャンスを探るようになっていた。もし見張りの姿がなければ躊躇なく倉庫の中に入って、金がどこにしまわれているか確かめるという無鉄砲な行動にも及んだだろう。しかし、ネビルは未だに一度も見張りがいない瞬間を見たことがない。赤い軍服を身に着けた海兵隊員は商船や港町などから集められた水兵とは違い、陸軍から出向してきた生粋の軍人である。

直立不動で佇むその姿を見て、ネビルは不安を募らせた。ガリーが金の心配はないと言ったことで、主計長の倉庫から盗みを働く計画は霧散していた。だから盗みを働くなら反乱結社の力は借りずに、独力で行うことになるのだが、海兵隊員を倉庫の前からどかす考えが浮かばず、ネビルは大きく溜息を吐いた。

「おい貴様、そこで何をしている?」

突然後ろから詰問が飛んできて、ネビルは息が止まった。恐る恐るふり返ると、そこにはパーカー主計長がノミと金槌を手にして立っていた。

「何をしているかと聞いているのだ、答えろグズ!」

「あっ、いや」ネビルは何もやましいことはないと主張するように主計長に向かって手のひらを見せ、軽く肩をすくめた。「あの、ちょっと一人で考えたいことがありまして……」

パーカーは胡散臭そうに鼻を鳴らしたが、目の前の水兵がビスケットのウジ虫で騒いだ者だと思い出すと小馬鹿にする笑みを浮かべた。

「よく見るとウジ虫に発狂していた新米じゃないか。あれから食事はおいしく食べられているかね？」

「アイ・サー」ネビルは相手に合わせて返事をした。侮辱されているのはわかっているが、ここにいる理由を深掘りされるよりはずっとマシだ。

「もうここの食事には慣れました。それでは失礼します」

ネビルは口早に言って、その場から去り始めた。だが三歩も行かないうちにパーカーに呼び止められた。

「おい、待て」

ネビルは素直に足を止めたが心臓は早鐘を打っていた。彼はゆっくりとパーカーと向き合うと何とか平静を保って言った。

「なんでしょうか、サー」

「暇なら貴様に雑務を命じる。わたしの倉庫に空になった樽がある。それを解体してもらおう」

背後から風を受けた帆のようにネビルの期待が膨らんだ。パーカーは自分を主計長の倉庫に連れていき、そこで仕事をさせようとしているのだ。倉庫の中の様子を把握しておきたかったネビルにとって渡りに船だ。

「アイ・アイ・サー」ネビルは元気よく敬礼をした。

主計長の倉庫は、特別目を惹くようなものはなかった。箪笥（たんす）と大小さまざまな木箱、それと樽が壁際に置かれており、あとは梁（はり）からぶら下がっているランタンの下に、書き物机があるだけだ。

パーカーは手にしていたノミと金槌をネビルに渡しながら言った。

「そこに空の樽があるだろう」倉庫の隅の樽を指差しながら言った。「あれを解体しろ」

パーカーはそれだけ言うと書き物机に着いて、抽斗（ひきだし）から取り出した帳簿をめくり始めた。

ネビルは怪しまれないようにさっさと仕事に取りかかった。樽の箍にノミを当てて金槌を打ちおろしたが、その間も意識は密かに倉庫に向いていた。〝この倉庫のどこに金があるのだ？〟視線を巡らせたが、簞笥や木箱の外見だけで金の眠る場所を探し当てるのは不可能だった。

だが突然ネビルの頭にあるアイデアが降ってきた。彼はポケットに手を突っ込むと一ペニー硬貨を取り出した。強制徴募に遭って以来、ずっと持ち歩いていたネビルのわずかな手持ちの一部だ。

「あれえ？」ネビルは硬貨を高々と掲げた。「こんなところにお金が落ちてましたよ」

パーカーは帳簿から顔を上げると、訝しむような視線をネビルに向けた。

「この倉庫のものではありませんか？」ネビルはパーカーに近づくと、一ペニーを差し出した。主計長はまだ眉間に皺を寄せて目を細めていたが、ネビルの手から硬貨を受け取ると立ち上がって壁際の木箱に向かっていった。

あの木箱が金の保管場所か、とネビルの心は躍ったが、すぐにその高揚感は奈落の底に突き落とされることになった。

パーカーはポケットから鍵を取り出すと、それを木箱の小さな鍵穴に差し込んだ。それを見たネビルは不意に殴られたかのような衝撃を受け、自分がいかに楽観的だったか思い知らされた。いくら見張りがいるとはいえ、大金を鍵もない収納容器にしまっておくなど不用心が過ぎる。金に触れる人間は限られていて当然だ。

パーカーは、ペニー硬貨がまとめられている麻袋に先ほどの一ペニーを入れると木箱を閉じて再び鍵を掛けた。振り向くと未だにネビルが書き物机の傍に突っ立っているのを見て、髑髏の入れ墨がある右手を振り上げて怒鳴った。

「何をぼさっとしている。さっさと樽を片付けろ！」

その後、ネビルは眩暈にも似た感覚に襲われながらも樽を解体していった。見張りをどうにかする妙案すら浮かばないのに、ここに来て錠を突破する必要が出てくるとは！

絶望が身体に染みこんでいき、樽を解体したときにはネビルの精神の箍が外れそうになっていた。

物音が途切れてしばらく経ったことに気づいたのだろう。パーカーは机から顔を上げた。

「おい、終わったら終わったとすぐに報告しろ、グズが！　ネコをくれてやろうか？」

「す、すいません、サー」ネビルは何とか動揺をしまい込んで言った。

「終わったなら道具はそこに置いておけ。あとで船大工が取りに来る。それと箍を船倉に持っていけ」

「箍を、ですか？」

「ああ、艦尾のほうに解体された樽が置かれているからそこに一緒にしておけ。板はいい。何に使うのかは知らんが、船大工の連中が欲しがっている」

ネビルは言われたとおり箍だけを集めて、後ろ髪を引かれる思いで主計長の倉庫から出ていった。倉庫の中に主計長、外には海兵隊員がいたが、先ほどが最も金に近づけた時間だった。この先にこれ以上の機会がやってくることなど想像することができなかった。

数多（あまた）のうめき声が漏れる手術室の前を通って、ネビルは後部ハッチから船倉に降りた。そこは相変わらず漆黒（しっこく）の世界で、ネビルは解体された樽が置かれた場所をなかなか見つけられなかった。発見に手間取っていると、ネビルの耳に何かが倒れる音が聞こえた。彼は顔を上げて暗黒を見た。音は確かに船倉の中で聞こえた。乾いた音だったので木桶のような木製の道具だろう。最初はネズミの仕業だと思ったが、ネズミにそれだけの力があるだろうか？　艦の揺れのせいではないだろう。今は波風は穏やかで艦は安定して航行していた。

「だれか、いるのか？」ネビルは思い切って暗闇の向こうに話しかけた。

当然返事はなかったが、ネビルは手のひらにじっとりと汗をかいた。ただでさえこの世から見捨てられたような場所に、今は上から重傷者たちの苦しむ声が伝わってきており、船倉には地獄の入り口のような陰鬱さがあった。

瘴気が渦巻くような雰囲気に当てられ、ネビルの頭に自分で勝手に想像したフランス人艦長の亡霊が浮かんだ。ガイが食卓で騒いでいるときは食事の賑やかし程度で聞いていたが、この不気味な空間の中に一人でいると本当に亡霊がいるのではという考えが瞬く間にネビルの頭を包んでいった。そして以前と今とでは決定的な違いがあった。

今やネビルも、あの営倉に入った人間の一人なのだ。

先ほどの物音はでっぷりと太ったネズミの仕業だと自分に言い聞かせようとしたが、うまくいかなかった。漠然とだが、闇の奥からだれかに見られているという感覚を拭いきれなかった。

ネビルは恐怖に屈した。彼は闇の中に篩を投げ捨て、脇目も振らず後部ハッチを駆け上っていった。


イギリスへの帰路は老婆の歩みのように遅々としていた。途切れ途切れの風がハルバート号を弄ぶように吹きつけたので、艦は進んだり止まったりを繰り返すことになった。

この日も風の調子はそんな具合であった。アチューユ号を曳航するロープが、繰り返しピンと張ったりたるんだりする様子が、風の不安定さを如実に物語っていた。

午後の五点鐘（十四時三十分）が鳴った後には、帆船の命綱とも言える風がぴたりと止まってしまった。凪のなか、遠い海域から伝わってきたうねりがハルバート号とアチューユ号を静かに弄んだ。ハルバート号よりも軽いアチューユ号は、うねりの力を受けて徐々にハルバート号の艦尾に近づいていった。士官たちは、このまま曳航している艦がぶつかってきて、ハルバート号の艦尾の窓を割るのではないかと、神経をとがらせながらアチューユ号を見守っていた。だが幸いなことに、牽引ロープの半分程度の距離でフランス艦は停止してくれた。

風がないので、水兵たちは当直時間に暇ができた。艦尾楼甲板が当直部署であるガリーは大あくびをした。

「あーあ、暇だなあ」彼は目元をぬぐうと隣にいた水兵に話しかけた。「なあヘンリー、風はいつ頃戻ってくると思うよ？」

艦長代行として指揮を執っているマーレイが、くるりとふり返ってガリーを睨みつけた。

「そこ、当直中だ。私語は慎め！」

ガリーはぽかんとした。今までは帆を操っていないときは、当直中でも多少のおしゃべりをしても咎められたことはなかった。それをいきなり注意されたのだから彼は思い切り面食らい、つい口走った。

「え？　いや、しかし、今まではちょっとした話しくらい……」

マーレイの眉が険悪な角度に吊り上がった。

「貴様、わたしに口答えをするか！」

副長は首を巡らせてある人物を探した。目的の男が舷側通路を歩いているのを見ると、マーレイは大声で彼を呼んだ。

「掌帆長！　ただちに艦尾楼甲板まで来い！」

フッドは自分が何かしでかしたのかと思い、顔を強ばらせてマーレイの元に駆け寄った。

「お呼びでございますか、艦長代行！」フッドはしゃちほこばって敬礼した。

マーレイはガリーを指差して言った。

「その男はわたしに口答えをしたのだ。一発鞭を入れてやれ」

自分が責められるのではないとわかってフッドの身体から力が抜けた。

「アイ・アイ・サー！」

彼はポケットからネコ鞭を出すと、穂先を弄びながらガリーに近づいていった。

ガリーは口をあんぐりと開けたままじりじりと後退した。

「そんな、ほんの少ししゃべっただけじゃないですか」

「艦長代行の決定だ。大人しくしろ！」

フッドが鞭を振り上げると、ガリーは頭をかばうように両手をさっと上げた。

ガリーが身を守ろうと手を上げたのを見たマーレイは鋭い声を上げた。

「待て」

フッドは動きを止め、何事かと艦長代行を見やった。

「その男は上官に対して抵抗する素振りを見せた」

今度はフッドが啞然とする番だった。

「はあ、抵抗……ですか？」

マーレイは重々しく頷いた。

「そうだ。上官に向かって手を上げる仕草、それは抵抗に当たる。上官への抵抗は重大な規定違反だ。明日、懲罰立ち会いを設ける。そこで正式に罰を言い渡すこととする。それまでこの男を営倉に閉じ込めておけ」

先任衛兵伍長が呼ばれ、青ざめた顔のガリーが営倉に連れていかれた。遠ざかるガリーの背中を見ながら、マーレイはこれでいいと思った。グレアムは素晴らしい艦長だったが、水兵たちをやや甘やかしているところがあった。マーレイは艦長のその点だけは不服だった。軍艦は鉄の統率をもって運用されなければならない。そのためには艦を動かす水兵たちの気持ちに緩みがあっては駄目だ。マーレイは明日の懲罰立ち会いを、自分はグレアム艦長のように甘くはないのだという意思表示の場にするつもりだった。

トップが替われば艦全体が変わるのだ。水兵たちにはそれを知らしめる必要がある。

ガリーはネビルが、そして死んだポジャックが拘束されていた場所に、手足の自由を奪われて座らされた。暗闇の中に一人残されたガリーは怒りに打ち震えていた。手が空いたときのほんの僅かなおしゃべりが許されず、自分の身をかばうように上げた手が抵抗となるなんて、グレアム艦長のときには絶対にありえないことであった。やはりマーレイは水兵を奴隷くらいにしか思っていない。補給船が来ればすぐにでも脱出してやる。補給船に渡す金の心配はない。すでにこの手に黄金を摑んでいるようなものなのだから。

その夜の当直主任はヴァーノンであった。彼の心は心配で曇っていた。マーレイが昼間に水兵を一人営倉送りにしたことは、営倉送りに至る経緯も併せてすでに艦全体に伝わっていた。副長は厳しすぎる。あまりに締め付けを強くすれば水兵たちの反発は強くなる。それに副長は本艦がイギリスに戻ったときに水兵たちに上陸許可を与えないとも言っていた。このことを水兵たちに発表すれば、締め付けのきつさも相まって不満が爆発するのではないかとヴァーノンは危惧していた。副長もサン・フィオレンツォ泊地やスピッドヘッド泊地で、上官に対する不満から反乱事件が起きたのを知らないはずがないだろうに。それでも水兵に支配的な態度を取るのは、マーレイの自信のなさの表れではないだろうかとヴァーノンは推測していた。つまり副長は、心のどこかで自分には艦をまとめるだけの能力がないと不安を抱いていて、常に鞭をちらつかせて能力の不足を補おうとしているのではないかということだ。確かに弱さを見せる艦長は部下から信頼されないが、恐怖で作り出す結束は長く続くものではない。

「どうされました、海尉？」ヴァーノンの浮かない顔を見て、フランス語が堪能なロースン士官候補生が声をかけてきた。

「いや、荒れなければいいと思ってな」

「荒れようがありませんよ。今夜はこんなに晴れて風もないんですから。まあ、こんなに長く風が吹かないのはいただけませんが」

そういう意味で言ったのではないのだがな、とヴァーノンは心の中で呟いた。

天候のほうは少しくらい荒れてもよいので風が吹いて欲しかった。ハルバート号は昼間からまったく動いていない。こうやって立ち往生している間にも重傷者は苦しんでいるのだ。早くイギリスに戻って彼らに手厚い治療を受けさせてやりたかった。

そんなヴァーノンの願いが通じたのか、夜の七点鐘（二十三時三十分）のあとで帆の端をはためかせる風が戻ってきた。当直の交替を告げる八点鐘が鳴る頃にはハルバート号はゆっくりと前に進み出していた。

ヴァーノンはほっとした。あとは順風満帆でイギリスまで航行できることを願うばかりだ。

だが、この願いはあっという間に裏切られることとなった。

艦尾楼甲板にコフラン海尉が現れた。彼が深夜の当直主任であった。ヴァーノンはコフランに引き継ぎをしたあと、まっすぐ寝床に向かおうとした。後部ハッチを使い、上砲列甲板から中甲板に降りている途中にそれが起きた。

パンッという発砲音がヴァーノンの耳にハッキリと届いた。海尉は突然のことに身を強ばらせた。ヴァーノン以外にもそれを聞いた者が多くいたのだろう、下のほうから「おい！　何事だ！」と緊迫した声が上がった。それから徐々にざわめきが広がり、眠っていた艦内が目を覚まし始めた。

発砲音が艦内で生じたのは間違いない。何が起きているのかわからない以上、迂闊に動くのは危険だったが、人を呼ぶ切迫した声が聞こえてきた。

「おーい！　だれかー！　だれか来てくれー！」

ヴァーノンは迷いを捨て、声のするほうに進んでいった。助けを求める声は、下甲板の艦尾区画から絶え間なく発せられていた。不安と苛立ちの声が渦巻く中甲板を通り過ぎて下甲板に到着すると、ランタンを片手に持った二人の士官候補生が、営倉のドアの前に立って声を上げているのが見えた。

「どうしたのだ？」ヴァーノンは彼らの元に駆け寄って訊ねた。

「海尉、あれを……あれを……」ウッドフィールドという二十代半ばの士官候補生が震える指先を営倉の中に向けた。

ヴァーノンは士官候補生たちの肩越しに営倉の中を覗き込んだ。彼らの持つランプが闇を払い、自らの脚の上に上半身を突っ伏したガリーの姿を照らし出した。その背中からは血が流れ落ち、今も床をどんどん赤黒く染めていた。

「軍医を、ドクター・レストックを呼べ！」ヴァーノンは緊張で強ばった声を上げた。

「その必要はない」

すぐ後ろで声がした。ふり返ると当のレストックとファルコナー船大工長、パーカー主計長の三人が立っていた。

「何の騒ぎですか？　おかげで跳び起きちまいましたよ」

ファルコナーが言った。この三人の寝床は最下甲板で、士官候補生と同じ部屋で寝ているのであった。他の士官候補生たちも続々と営倉の前に集まってきていた。

「ドクター、中に怪我人がいるのです」

ヴァーノンはレストックを連れて営倉の中に入った。レストックは血を流しているガリーを見てうめき声を上げた。急いで手足の拘束を解いて彼をうつぶせにすると、レストックがざっと診て言った。

「もう死んでおる」その口調には無念さがにじみ出ていた。「背中に銃創らしきものがある。何者かに背後から撃たれたのだ」

ヴァーノンは直感した。毎回毎回新しい殺人者が出てくるはずがない。この殺人も、ホーランドとホイスルを殺した者の仕業だ。殺人犯はやはり生きていたのだ！　そしてまた新たな犠牲者を出すことを許してしまった。犯人の残虐さや己の無力さにヴァーノンは怒りを覚え、手がワナワナと震え出した。

頭が憤(いきどお)りで溢れかえりそうになるのを止めたのは、一つの言葉であった。

「おい、何か臭わないか？」主計長のパーカーが顔をしかめて言った。

周りの士官候補生たちが鼻をくんくんさせ、「確かに」「何か臭う」などと口々に主計長に同意する言葉を漏らした。

ヴァーノンも周囲の空気を嗅いだ。確かに異臭がした。それもただの異臭ではない。何かが燃える臭いだ。

「何かが燃えているぞ！」

ヴァーノンは焦燥に駆られて声を上げた。船内で起きる火事ほど恐ろしいものはない。目の前の死体のことなど頭から叩き出され、ヴァーノンは大急ぎで周囲を見回した。

「絶対に何かが燃える臭いだ！　火元はどこだ？」

「海尉、あれを！」ファルコナーが営倉の艦尾側の壁を指差した。そこにはポジャックを死に至らしめた砲弾が空けた穴があり、穴の向こう側からかすかに煙が立ち上っていた。

隣の部屋か！と思うと同時に走り出し、ヴァーノンは出入り口の前にいる人々を押しのけて火元に向かった。そこは用具保管庫で、掃除用具や予備の桶やバケツ、鉤（かぎ）ざお、ロープといったものが舷側板の前に積み上げられていた。営倉と用具保管庫を仕切る壁の際に、そこにあるはずがないものが落ちている。それはくしゃりと丸められたハンモックで、そこから煙が上がり、オレンジ色の舌が妖しく揺れて宙を舐めているのが見えた。ヴァーノンは大急ぎで小さな火を踏み消し、部屋の外の梁に掛かっていた非常用の消火バケツを持ってきたパーカーが中身の砂をかけたことで完全に鎮火した。

「いったいなぜこんなところでハンモックが燃えているのだ？」パーカーはバケツを甲板に置きながら言った。

「明かりを頼む」ヴァーノンが言った。この部屋に他に何か危険がないか確認しておく必要がある。

　ウッドフィールドがランタンを持って入ってきた。ランタンの光は、ハンモックとは反対側の壁際に転がっているマスケット銃を暗闇から炙りだした。

「海尉、見てください！　マスケットです」ウッドフィールドは興奮して叫んだ。

　すべてのマスケット銃は銃器室にしまわれているはずだ。こんなところに落ちているのは不自然であった。そのためヴァーノンは死体とマスケット銃を素直に結びつけた。このライフルがガリーの命を奪ったに違いない。

「なぜこんなところにマスケットが？」パーカーが疑問を口にした。

「犯人はここにマスケットを捨てて逃げたのだろう」

「あの、海尉……」ウッドフィールドは緊張で声を震わせていた。「犯人はまだ逃げていないと思います」

「なに？」ヴァーノンの眉が上がった。

「自分は、銃声が聞こえたとき、リッチー士官候補生と一緒にこの区画の出入り口の前にいたんです。そのあとすぐにこの区画に入って、銃器室、サーベル保管庫と覗いていって、営倉で死体を発見したんです。海尉が来るまで艦尾区画ではだれの姿も見ませんでしたし、当然出入りした人間もいませんでした」

「それは本当か？　銃器室などの部屋を調べているうちにだれかがこっそり出ていったという可能性は？」

「ありません。部屋の中には入らずに、戸口から覗いただけですから。ですから、犯人はどこかに隠れているはずです」

「よし！」ヴァーノンは用具保管庫から出ると、外にいた士官候補生たちに命じた。「犯人はまだこの区画のどこかに隠れていると思われる。ここにいる者たちで捜索をしろ。十分気をつけてかかれ」

士官候補生たちはヴァーノンに命令されたとおり仕事にとりかかってくれたが、その動きからはいやいやという雰囲気が伝わってきた。いかにタフな海の男でも、絶対いるはずの殺人鬼を探せなどと言われたら及び腰になるのも当然だ。

「いったい何事だ？」艦尾区画の出入り口から声がした。

ヴァーノンが戸口を見ると、そこにはジャーヴィス四等海尉、フッド掌帆長、ハーデン掌砲長がいた。

「海尉、じつはですね……」

「報告ならわたしにしてもらおう」という声が聞こえたと思ったら、ジャーヴィスたちを押しのけて、マーレイがロイデン二等海尉を伴ってヴァーノンの前にやってきた。

「ロイデン海尉から銃声があったとの報告を受けた。いったい何が起きたのだ？」

ヴァーノンの周りに海尉と准尉たちが集まった。ヴァーノンはこれまでにわかっていることをマーレイに報告した。営倉でガリーが撃たれて死んだと聞かされたとき、副長は苦虫を嚙みつぶしたような顔をした。

「つまり、殺人犯は先の戦闘では死んでおらず、まだこの艦内にいるというわけか」

「はい」

「今回の殺人も同一人物の仕業だと、なぜ断言できるのだ？」ロイデンが疑問を呈した。

マーレイは苛立ちを込めた目で二等海尉を見た。

「艦内に二人も三人も人殺しがいて堪るか！　常識的に考えろ！」

ロイデンは首を縮めた。

「それで」マーレイはヴァーノンを見た。「いつまで殺人者の暴虐を許すつもりだ？　海尉は殺人事件の捜査をグレアム艦長から任されたのだろう？　海尉には責任がある」

「これ以上好きにさせるつもりはありません。もうすぐ犯人は捕まりますよ」

マーレイの眉間に深い皺ができた。

「その自信はどこから来る？」

「犯人はまだこの区画に隠れているからですよ」ヴァーノンはウッドフィールドから聞かされたことをそのままマーレイに伝えた。

副長は満足を示す肯首をすると安堵が混じった声で言った。

「そうか。逃げ遅れるとは犯人もついにドジを踏んだな」

ヴァーノンも心の底で喜びを感じていた。新しい被害者が出たのは残念であるが、これでグレアム艦長からの最後の命令を果たすことができる。犯人はきっと保管庫の木箱か樽の中にでも隠れているのだろうとヴァーノンは確信していた。

しかし、士官候補生たちの報告は筋が通らないものであった。

「海尉……」ウッドフィールドは困惑顔で言った。「不審人物なんてどこにもいませんでした」

ヴァーノンはすぐに言葉が出てこなかった。ただウッドフィールドの顔をまじまじと見たあと、やっとありきたりでつまらない言葉を吐いただけであった。

「バカな」

「本当ですよ。銃器室、サーベル保管庫、用具保管庫、全部の部屋を隅々まで探しました。樽や木箱の中はもちろん、子供すら入れないだろうって大きさの収納箱の中まで全部見たんですよ」

「どういうことだね、ヴァーノン海尉？」マーレイが不信感に染まった声で言った。

そんなのわたしが知りたいくらいだ！とヴァーノンは心の中で叫んだ。

人が忽然と消えるはずがない。ウッドフィールドの話だと艦尾区画から出ていった人間はいなかった。だが捜索の結果、現在艦尾区画に隠れている人間もいなかった。

ならば、残されている可能性は一つしかない。ヴァーノンは艦尾を見た。戦列艦の下甲板の艦尾には、追ってくる敵艦を攻撃するために二門の大砲が配置されている。大砲があるということは当然砲門もある。艦尾の砲門は艦の中央線を中心に左右対称に取り付けられており、舷側にある砲門とは異なりスライドさせて開閉するようになっていた。

「副長、少々お時間をください」

犯人が艦の中にいないのでは、もう残る可能性はこれしかない。ヴァーノンは艦尾の砲門を開いた。全開まで開かれた砲門は、月明かりが照らす夜の風景を切り取った。砲門の枠の中には、夜の世界に浮かぶアチューユ号の船影があった。ヴァーノンは砲門から頭を出して下を見、それから左右、上の順に見た。人の姿はどこにもなかった。軍艦の外板は人が摑まれるように作られていないのでこれは予想していたことではあった。それから夜の海に目を凝らしたが、何も目を惹くものがないとわかると、ヴァーノンは砲門を閉めてマーレイに言った。

「副長、おそらく殺人者は海に身投げしたのかと思います」

「逃げ場を失って、自暴自棄になったと？」

「はい。夜明けと共に所在不明となった船員がいないか確認しましょう。行方がわからなくなった者が卑劣な殺人者です」

マーレイは頷いた。

「よかろう。船員の確認は海尉に任せる」

夜も遅いということで、殺人の後片付けはガリーの遺体を営倉から運び出すだけであった。他は日が昇ってから手を付けることになった。番兵が下甲板艦尾区画に続くドアの前に置かれ、事件現場に集まった人々はまた寝床に戻っていった。

新しい一日を告げる八点鐘が鳴り、ヴァーノンはマイヤー先任衛兵伍長と共に乗組員の確認を始めた。

その結果はヴァーノンを打ちのめすものであった。士官、下士官、水兵、だれ一人として欠けている者はいなかったのだ。

ヴァーノンは、冷水をかけられたかのようにショックを受け、頭が麻痺した。殺人者は海に身投げしたに違いないと確信していたというのに、それが覆されたのだ。

ヴァーノンは目眩がした。逃げず、隠れず、海にも消えず。ガリーは本当に人間に殺されたのか？　彼の脳裏に、死んだフランス人艦長の呪いという考えが初めてよぎった。

第四章　終わる旅路

「もう一度最初から話を聞きたい」

午前の当直が半ばを過ぎたなか、ヴァーノンはマイヤーと共に士官のラウンジの椅子に腰をかけていた。テーブルを挟んだ向かい側にはガリーの死体を発見した二人の士官候補生、ウッドフィールドとリッチーが座っていた。

ヴァーノンから欠員がいないことを聞かされたマーレイは、「バカなことを抜かすな」とヴァーノンを怒鳴（どな）りつけ、殺しが起きたのは彼のせいだと言わんばかりに責め立てた。やがていくぶん冷静さを取り戻すと、マーレイは「死体を発見した二人組が酩酊していなかったか確認しろ」とヴァーノンに命じた。

マーレイに言われなくても、この二人からはもう一度話を聞くつもりであった。昨晩は死体が出てきた混乱と犯人の捜索のせいで、最低限のことしか聞けていなかった。もう一度じっくり耳を傾けることで何か謎を解決する糸口が見つかるかもしれない。

「最初から、といいますと？」

ウッドフィールドが不安げにヴァーノンを見た。彼は二十代半ばなのに未（いま）だに士官候補生の立場に身を置いている落ちこぼれであった。昨日は遺体を発見したショックと混乱からかヴァーノンに対しても勢いよくしゃべっていたが、普段は自分の不甲斐なさを恥じているのか上官に対して弱々しい態度で接するのが常であった。

「難しいことじゃない。わたしが質問をするから、それに答えてくれるだけでいいんだ」

自発的な説明は必要ないと言われて、緊張していたウッドフィールドの顔が和らいだ。

ヴァーノン海尉は質問を始めた。

「ではまず、きみたちは銃声がしたときに下甲板の艦尾区画の前にいたのだったね。いったい何をしていたんだ？」

「それはもちろん小用ですよ」

リッチーが答えた。彼も幾度となく海尉任官試験に落ちて、ベテラン士官候補生という不名誉な非公式の肩書きを得ていた。ただウッドフィールドと違って、自分の能力のなさを恥じることはなく、上官以外のありとあらゆるものに対して不満をぶつけるという厄介な性格をしていた。

リッチーは続けて言った。

「自分がもよおしてハンモックから出たとき、隣にいたウッドフィールドが〝用足しか？〟って訊いてきたんです。〝そうだ〟って答えたら、〝自分も行きたいところだったから一緒に行く〟と言い出したんで二人で行くことになったんですよ。それで後部ハッチから下甲板まで上って、用を済ませて最下甲板に戻ろうとしたときに銃声を聞いたのです」

「それから次はどうした？」

リッチーは昨夜のことを思い出すために眉間に皺を寄せた。

「驚いてちょっとの間その場で固まっていました」

「改めて確認するが、艦尾区画の出入り口のすぐ前で固まっていた、ということだね？」

「ええ、そうです」

艦尾区画の唯一の出入り口の前には二人の士官候補生がいた。犯人は犯行直後から退路を断たれていた、というわけだ。

「それで、そのあと艦尾区画に入ったのだね」

「はい」リッチーが答えた。「下甲板の艦尾区画には銃器室がありますからね。そこで何かあったのかと思ったのです」

ヴァーノンは頷いた。筋の通った理屈だ。

「艦尾区画に入ってすぐに銃器室を覗いたわけだね」

「はい。ウッドフィールドも昨日話していたようですが、戸口から中を覗いただけで中に入って詳しく調べはしませんでした。銃器室を覗いたときは何も異状がなかったのですが、近くで銃声が聞こえたのは間違いなかったので、他の部屋も調べることにしたのです。サーベル保管庫も同じようにざっと見て、次に営倉を覗いたら死体を見つけたのです。それでもう自分たちではどうしていいかわからなかったので、大声で助けを呼んだのです」

そして、その声を聞いてわたしが一番最初にやってきたというわけだ、とヴァーノンは心の中で言った。それとヴァーノンはどうしてもはっきりさせておきたいことがあった。

「わたしが駆けつけるまで、ずっと戸口に立っていたのか？　営倉の中に入ったということはないか？」

普通、血を流している人間がいれば、安否を確かめようと近づくだろう。二人が営倉に入ったときに隠れていた犯人が艦尾区画から出ていった可能性がある。

ウッドフィールドとリッチーはちらりと顔を見合わせた。

リッチーが伏し目がちに答えた。

「あんな営倉に自ら進んで入ろうという考えは起きませんでしたね」

なるほど、彼らもまたフランス人艦長の亡霊を信じる迷信深い人間というわけか。しかしそういうことなら、二人が部屋の中に入った隙を突いて犯人が逃げたという可能性は完全に消える。さらにあとから次々と人がやってきて、犯人の逃げ道は完全になくなったのだ。それにもかかわらず犯人は現場から消え失せた。これは魔法でも使わない限り不可能なように思えた。

二人の士官候補生に訊ねることはもうなくなった。ヴァーノンは最後に次のように述べた。

「艦尾区画に入ったときに、他に何か気づいたことはなかったか？　どんな小さなことでも構わない」

リッチーは即座に「ありません」と答えた。早くこの場から解放されたくてしかたないという様子が見えた。対するウッドフィールドは、リッチーを見たあと視線をやや落として「自分もないです」と言った。

ヴァーノンはウッドフィールドの態度にためらいを感じた。この場で追及しても良かったのだが、彼のような自信のない人間は、他の者の目がある場所で迫（せま）られると、ますます口を閉ざしてしまうだろう。

だからヴァーノンは柔らかい口調でこう言った。

「あとで何か思い出したら遠慮なくわたしのところに来てくれ。いつでも歓迎するよ」

第一発見者との話を終えたあと、ヴァーノンとマイヤーは殺人が起きた場所へと向かった。艦尾区画の出入り口に配備された番兵に挨拶をし、だれも艦尾区画に入っていないことを確認した。つまり艦尾区画は、最後にみんなが出ていってから変わりないということだ。

ヴァーノンとマイヤーはランタンを手にして営倉に入ったが、死体が片付けられたその部屋には見るべきものはなかった。

「さて、事件の現場に来てみたが、いったい何を見ればいいのやらだな」

昨晩現場を見ていないマイヤーが質問をした。

「海尉、ウォルドンは拘束されたまま撃たれたのですよね」

「ああ、そうだ」

「逃げられない状態なのに、なぜ大声を上げて助けを求めなかったのでしょうか？」

「銃声は夜の八点鐘（零時）が鳴ったあとに起きたんだ。被害者は寝ていて犯人の侵入に気づかなかったのかもしれない。もしくは、助けを呼ぶ前に撃たれた可能性もある」

マイヤーは鼻頭を掻いた。

「それとウォルドンは背中を撃たれていたのですよね？　なぜ背中だったんでしょうか？　犯人はわざわざ標的の背後に回ってから銃を撃ったということになります」

この疑問に対する答えをヴァーノンは持ち合わせていなかった。営倉の出入り口と罪人を拘束する足かせは対角線上にあり、戸口からは拘束された人間の顔側のほうが見える。犯人がまっすぐ近づいたのならガリーは顔や胸、腹を撃たれるはずだが、どういうわけか銃創は背中にあった。

ここでヴァーノンは、凶器とみられるマスケット銃が営倉の隣の用具保管庫で見つかったことを思い出した。

「隣の部屋だ」

ヴァーノンはマイヤーを伴って用具保管庫に入った。マスケット銃と燃えていたハンモック、ここには昨日の混乱の跡がそのまま残されていた。

「犯人はこの部屋からウォルドンを撃ったのだ」

ヴァーノンは仔細にこの部屋を見た。重ねられた桶とバケツがドアの正面突き当たりの舷側板の前に横倒しに置かれ、その手前にはまとめられたロープが置かれている。ボートを艦に近づけるときに使われる鉤ざおが入った樽は舷側板の右隅に置かれ、掃除のときに使われる四角い石が入った木箱がその左隣にあった。

用具保管庫の壁は隔壁であった。この部屋に限った話ではないが、隔壁は緊急時にはすぐに取り外せるようになっていたため、かなり簡単な造りであった。角材に細長い木板を横向きに打ち付けただけのもの、それが多くの軍艦で使われている隔壁だ。見栄えなど重視されず、木板と木板の間には細い隙間ができている。

天井には梁が通っているが、物置であるためランタンは吊るされていない。砲門もないので部屋の様子を知るには今のようにランタンを持っておく必要がある。

ドアから見て右の壁際にはマスケット、左の壁際にはハンモックが落ちている。この二つを除けばヴァーノンがよく知る用具保管庫そのものである。

ヴァーノンは、マイヤーが正気を確かめるかのように自分を見ていることに気づいた。

「なんだね、その目は？」

「犯人はこの部屋からマスケットを撃ったと言われるのですか？」

ヴァーノンは営倉と用具保管庫を隔てる壁に空いた穴を指差した。

「あれを見ろ。ポジャックの命を奪った砲撃によって空けられた穴だ。この穴に銃身を突っ込めばウォルドンを撃てる。しかも被害者はこの部屋に背を向けて拘束されていた。背中を撃たれたことも説明がつく」

マイヤーは納得した顔にはならなかった。確かに海尉の説明は筋が通る。だが一部だけだ。

「海尉、お言葉ですが、その穴は甲板から十六インチ（約四十センチ）ほどの高さにあるじゃありませんか。そこから被害者を撃つとなると、犯人は腹ばいになる必要があったはずです。何でそんな姿勢になってまでこの部屋から撃つ必要があるのですか？　営倉に入っていけばいい話です」

ヴァーノンは唇をとがらせた。

「それに、穴越しに狙いをつけるのだって難しいですよ。外す可能性が……」

「狙いをつけるのは簡単だ」ヴァーノンはすねたような声で言った。「理屈がわかれば子供だって命中させられるさ」

「え？」虚を突かれる発言に先任衛兵伍長の言葉は途切れた。

ヴァーノンはつま先で、営倉と用具保管庫を隔てる隔壁から四フィート（約一・二メートル）ほど離れたところにある、床の陥没箇所をつついた。

「この陥没した箇所、これは営倉に飛び込みポジャックの命を奪った砲弾の終着点だ。これを一つの点とする」

ヴァーノンのつま先は宙を滑り、壁に空いた穴を指し示した。

「そして同じ砲弾が壁に空けた穴、これをもう一つの点とする。点と点は必ず直線で結ぶことができる。このようにな……」

ヴァーノンは反対側の壁際に放置されたマスケット銃を拾うと、銃身を壁の穴に通し、銃床を砲弾がつけた甲板のへこみに差し入れた。

「これで点と点が結ばれた。つまり線ができたわけだ。この線を壁の向こう側に伸ばすとどこにたどり着くと思う？　今はファルコナーに修理されたが、砲弾が外板を突き破ってできた穴に到達する。だが、そこに行く前に、もう一つ通過するものがある。営倉に拘束された人間さ。営倉に拘束されていた人間を殺した砲弾が、辿ってきた道をまっすぐ戻ってもやはりそこに拘束されている人間に当たるんだよ。まあ今回の場合、戻りの道を辿ったのは砲弾ではなく銃弾だがな。

わかったか、先任衛兵伍長。床のへこみと壁の穴は、殺しの直線なんだよ。この二点を繋ぐようにマスケットをまっすぐ持てば、目を閉じていたってウォルドンを射殺できただろう」

「壁越しに狙いをつけるのが極めて容易ということはわかりました」マイヤーは素直に認めてから続けた。「しかし、それがこの部屋からウォルドンを撃った理由ということにはなりませんよね？　外したくないなら標的に近づけばいいのですし、犯人はそれができたのですから」

　海尉は溜息を漏らした。まったくもって先任衛兵伍長の言うことは正しい。目標に近づいて撃つ。これが普通だ。だがヴァーノンはすぐに待てよ、と思った。これは犯人が跡形もなく消え失せたという説明のつかない事件だ。事件が異常なら犯人の行動も異常。この異常さのなかに理論的な道筋を見出さないといけないのではないだろうか？

　ヴァーノンが難しい顔をして黙り込んだので、マイヤーは居心地が悪くなった。彼は重苦しさを紛らわすように言った。

「ところで、そこにある砂まみれのハンモックは何ですか？」

「遺体を発見したあとで、そこで燃えていたんだ」

「燃えていた？　いったいなぜです？」

「わからんよ」と言ったところでヴァーノンはハンモックをまだ詳しく調べていないことに思い当たった。マスケット銃と同じで、ハンモックもこの部屋には普段ないものだ。ならば犯人が持ってきたに決まっている。可能性は薄いが犯人に繋がる手がかりになるかもしれない。

ヴァーノンは半ば砂に埋もれたハンモックを拾い上げた。そこで初めて、ヴァーノンはハンモックが二枚あることに気づいた。昨日は火を消すことに必死で見落としていたのだ。

ヴァーノンは片方のハンモックをマイヤーに手渡して詳しく調べるように命じた。もう片方はヴァーノン自身で調べた。

ヴァーノンが調べたハンモックは焼けて穴が空いた箇所があった。おそらく燃えていたのはこちらだろう。だがもう一つ不審な点があった。焼け焦げた場所から離れたところに穴が空いた箇所があり、その穴の周りは焦げ茶色に変色し、また黒い煤がついていた。ヴァーノンはその煤の臭いを嗅いでみた。かすかに火薬の臭いがした。この穴が何の痕なのか、ヴァーノンはピンときた。マスケットを拾って、銃口を穴の部分に当てた。穴の大きさと銃口の大きさは一致し、さらに銃の火皿に焼け焦げた箇所がくることがわかった。

犯人はマスケットをハンモックでくるんでいたのだ！　発射後の火皿から噴き出した点火薬の火がハンモックに引火して燃えていたというわけだ。しかし、犯人はいったいなぜマスケットをハンモックでくるんだのだ？

答えを求めるようにヴァーノンはマイヤーに訊いた。

「先任衛兵伍長、そちらのハンモックに何か異状はないか？」

「異状かどうかはわかりませんが」マイヤーはゆっくりと言った。「カスみたいな細かい木片がいっぱいついている箇所があります」

ヴァーノンもその箇所を確認した。半インチ×五インチ（約一センチ×約十三センチ）という、まるで筆でなぞったかのような範囲に細かい木くずが、ハンモックの繊維に食い込むようにいくつもついていた。

「何をどうしたらこのような形で木のカスが付くのだ？」ヴァーノンは首をひねった。

そこからは思考は袋小路に陥った。片方のハンモックでマスケットを包んだのは確実だろうが、もう片方のハンモックが何に使われたのか、なぜここにあるのか、疑問に対する答えは霧の中であった。

これ以上この場にいてもひらめきが得られそうにないと感じたヴァーノンは、手がかりとなるマスケットとハンモックを厳重に保管する決定をして、現場から去ることにした。

ヴァーノンは麻袋にハンモックとマスケットを入れて、自分の部屋の私物箱の中にそれらをしまい、だれも触れられないように鍵をかけた。間仕切りの帆布(はんぷ)を払ってラウンジに出たとき、ちょうどコフラン海尉と鉢合わせした。

「ミスター・ヴァーノン、殺人の調査をしているのかね？」

「はい」

「わたしは当直主任でその場に行けなかったが、また営倉に入れられた水兵が殺害されたようだな。そこらじゅう、フランス人艦長の呪いの話で持ちきりになっているぞ」

「そのようですね」特に昨夜の事件では犯人が現場から消失したために、亡霊の仕業だという話の広まりに拍車をかけていた。

コフランは苛立たしげに首を振った。

「まったく、短期間で三つの殺しとは、この艦はどうなってしまったのだ」コフランは隻眼をギラギラと光らせながら言った。「ミスター・ヴァーノン、無差別に殺して回っている悪魔を早く見つけ出してくれ。それが亡きグレアム艦長への手向けにもなる」

コフランは離れていったが、ヴァーノンは何かに気を取られたようにその場に突っ立っていた。

「どうしたのです?」マイヤーが声をかけた。

「いや、先ほどコフラン海尉が、犯人は無差別に殺して回っていると言ったがそれは正しくない。犯人はジョージ・ブラックを狙ったが、失敗して別の人間を殺害したというのがわたしたちの考えだ」

「コフラン海尉には我々の考えを話していないので、勘違いされるのは無理もないでしょう」

「違う。重要なのはそこじゃない。今回の事件はガリー・ウォルドンを狙ったものだ。間違いようがない。それにジョージ・ブラックは先の海戦で死んだのだ。犯人はもう行動する理由はないはずだ。それなのにどうしてまた事件を起こしたのだ?」

先任衛兵伍長は困ったように頭を掻き、一番最初に思い浮かんだことを口にした。

「犯人はジョージ・ブラックとガリー・ウォルドンの両方を始末するつもりだったのでは?」

「ああ、確かにその可能性が一番ある。だが犯人はなぜ二人を狙ったのだ? 二人の接点は……」ヴァーノンははっとした。「違う! 接点など関係ない。犯人は別々の理由で二人を狙ったのだ」

「どういうことです?」

「船倉でホイスルが殺害されたとき、ウォルドンも船倉にいたのだ。ホイスルが殺されたときにわたしは彼に怪しい人物を見なかったかと訊いた。そのときウォルドンは〝見てない〟と答えたが、それが嘘だとしたらどうだ? そして彼がそのことで犯人を脅迫して、金銭か何かを得ようとしていたら、それは十分すぎる動機になる」

マイヤーは顔を赤くして、いてもたってもいられないという調子で身体を揺すった。

「ええ、ええ！　確かにそれなら筋が通ります」

ヴァーノンの目に自信の光が宿った。

「ウォルドンと親しかった水兵たちに話を聞きに行こう。ひょっとしたら彼が仲間に犯人のことについてしゃべった可能性もある。まずは食卓班の仲間に話を聞きに行くか」


ネビルはガブリエル、ヒュー、フレディと共にメインジャーの前の持ち運びストーブで暖をとっていた。海戦で水兵が減ったことで部分的な配置換えが行われていた。その結果、ネビルとガブリエルたちは当直が同じ時間帯となり、集まりやすくなっていた。

しかし反乱同盟のメンバーが二人欠けたという事実は、彼らの間に重苦しい空気を漂わせることになった。

「ジョージに続いてガリーまで死んじまうなんてな」ガブリエルが苛立たしげな口調で言った。まるで勝手に死んだ二人を責めているかのようだった。

「だけどよ」ヒューが口を開いた。「こんなこと言うのは不謹慎かもしれねえが、結局おれたちにとってはよかったんじゃねえか？　ほら、人数が少なくなれば、補給船への渡し賃だって少なくなるし」

「まとまった金がいることに変わりはねえだろ」フレディが呆れたように言った。「ガリーが秘密の金策とやらを話さずに逝ったせいで、やっぱり主計長の倉庫から金を盗み出さなきゃならねえよ」

ヒューが反論した。

「いやいや、もうその必要はないいんじゃないか？　おれたちは敵の艦を捕まえたんだから、拿捕(だほ)

賞金っていうのが出るんだろ？　他の連中が話しているのを聞いたんだが、水兵には一人二ポンドか三ポンドくらいの金が配られるらしいんだぜ。その金を補給船に渡してやれば……」

「それでもジョージが言っていた額の半分程度しかないじゃないか」ネビルが暗い声で言った。

「それで船に乗せてもらえるか怪しいところだよ」

「いや」ガブリエルが会話を断ち切った。「もう補給船を待つ必要はねえ」

他の三人はガブリエルの顔をじっと見た。

「どういう意味だ？」ネビルが訊ねた。

ガブリエルは笑みを浮かべた。残忍さを感じさせる嫌な笑みだった。

「おれは戦いが終わってからずっと考えていたんだよ。新しい脱出方法をな。港に着いたときにこの艦を混乱に陥れて、その隙に逃げ出さないか？」

「すまん、意味がわからんのだが」フレディが言った。

「おれたちには今や境遇を同じくする仲間が大勢いる」

「一緒に連れてこられた連中か？　それなら最初からいるだろ？」ヒューが顔をしかめて言った。

「違う。おれが言っているのはフランス人捕虜（ほりょ）のことだ」

ガブリエルが突然話に捕虜を出してきたので、ネビルたちは理解が追いつかなかった。

「いいか？」ガブリエルは自信たっぷりに言った。「フランス人たちは全員、前部船倉に閉じ込められている。それを解放してやって、艦内にフランス人どもの反乱を引き起こすんだよ」

「その隙に逃げる、と？」ヒューはまだ話が飲み込めないという調子で訊ねた。

「いやいや」ガブリエルはかぶりを振った。「まだ続きがある。フランス人どもが暴れている隙に、やつらの仕業に見せかけて充塡室で火事を起こすんだ」

充塡室は大砲用の弾薬を袋詰めする部屋だ。袋詰めにされた弾薬が保管されており、弾薬庫の次に多くの火薬がある。そんなところで火を焚けば大惨事だ。しかも充塡室のすぐ下が弾薬庫なので、充塡室が爆発すれば弾薬庫も誘爆は免れない。ハルバート号に保管されているほぼすべての火薬が爆発し、艦は間違いなく沈没するだろう。

「おまえ、狂ったのか？　そんなことしたら艦が吹き飛ぶぞ」ネビルは思わず口走った。

ガブリエルはくくっと笑った。それから目を大きく見開いてネビルを見、口元には笑みを浮かべたまま言った。

「狂った？　おれが？」

「おれは確かに狂ったのかもしれない。だがな、他は狂ってないと言えるのか？　いつものように酒場で飲んでいただけで、突然軍艦に乗せられることは狂ってないと？　暗く臭い場所での生活を強要され、味気ない飯を食わされるのは狂ってないと？　落ちれば死ぬ高さの場所に上らされることは？　クソみたいな寝床で四時間しか寝させてもらえないことは？　いつも命令され、行動を強制されることは？　縛り付けられて鞭(むち)で打たれることは？　身体を簡単に引きちぎる鉄の砲弾にさらされることは？　これらはすべて狂ってないと？」

ガブリエルの顔が憎悪に歪んだ。

「違うだろ」他の人間に聞こえないように抑えられた声だったが、士官が命令を発するときの大声よりも迫力があった。「何もかも狂ってる。この艦が、いや海軍そのものが狂ってる。おれが狂ったとしてもそれはおれのせいじゃねえ。おれの周りにあるあらゆるものがおれを狂わせたんだ。だからよお、狂気には狂気で対抗するんだよ」

ガブリエルの気迫にネビルたちは圧倒された。彼が抱えていた怒りは、他の者たちが思っていた以上にずっと深くどす黒いものだったのだ。

「でもよ」ヒューが恐る恐る言った。「危険すぎねえか？」

「危険じゃねえよ。火の手が迫ってきたら海に飛び込めばいいだろ。事を起こすのは港湾に入ってからだから、港から助けの船も来てくれるさ。樽か木箱か、浮くものに摑まって待っていれば救助される」

ガブリエルは一旦言葉を切り、唇を舐めてから続けた。

「それによ。艦が沈没したあとで姿が消えたら、艦と一緒に海の藻屑となったと思われて、海軍からの追っ手もやってこないんじゃないか？　おれたちのことが書かれた名簿だって消えるだろうし、元の生活に戻れるぞ」

ネビルの心臓は一瞬大きく鼓動した。見張りと錠という二つの高い防壁に守られている主計長の倉庫から逃走資金を調達しなくても、今までどおりにマリアと共に暮らすこともできるのだ。

ネビルにとっては願ってもない。だがそれでも、ネビルはガブリエルの計画に全面的に賛同できなかった。

ネビルは舌で唇を湿らせてから言った。

「だけど、艦を爆発させて沈めたりしたら……多くの人間が死ぬんじゃないか？」

ガブリエルは握り拳を作ってネビルの顔の前で振った。

「さっきも言ったろ？　狂気には狂気で対抗しねえと」

ガブリエルの口元は笑っていたが、その目は大きく見開き、異常なほど爛々と輝いていた。ネビルはその顔を見てぞっとしたが、勇気を振り絞って意見した。

「おまえは関係ない人間がどうなってもいいのか？　ここに来て親しくなったやつだっているだ

ろ？　食卓班の仲間とか……」

「おい！　士官がこっちに来てるぞ」フレディが小声で口早に言った。

ランタンの明かりが、ネビルたちのところに向かってくるヴァーノン海尉とマイヤー先任衛兵伍長の姿を照らした。

「話はここまでだ」ガブリエルはネビルの耳元で囁(ささや)いた。「だがよ。おまえも女房と再会したいんだろ？　知り合ってそこそこの人間とおまえの女房、どっちを取るかは明白じゃねえのか？」

ネビルの心はぐらりと揺れた。ネビルが今日までハルバート号の生活に必死に耐えてきたのは、マリアと再び暮らすためだ。果ての見えない艦上生活のなかで、その最大の機会が巡ってきたのだ。

「きみたち、ちょっといいかね？」

ヴァーノン海尉たちがやってきたので、ネビルは何とか平静を装った。

「アイ・サー」ガブリエルは先ほどの狂気を完全にしまい込んで応じた。

「きみたちはガリー・ウォルドンと同じ食卓班だったね？」

「ええ、おれたち三人はそうですね」ガブリエルはヒューとフレディを見ながら言った。「ガリーはいいやつでした。あんなことになって残念です」

「わたしは今その事件の調査をしているのだ。そこで質問がある」

「なんでしょう？」

「ガリー・ウォルドンはニッパー・ホイスルが殺害されたとき、殺人が起きた後部船倉にいた。そのときに彼は、犯人の姿を目撃していたのではないかと我々は考えていてね。つまり、ウォルドンは口封じのために殺害されたという可能性で調査を進めているんだ」

「なんですって?」ネビルは驚いた。確かにガリーは中央ハッチ寄りの場所でネズミ捕りをしていたが、船倉に他の人間がいたなんて話は一言も口にしなかった。それにそもそもホイスル殺害はポジャックが自白したではないか。

そのことを指摘するとヴァーノンは端的に答えた。

「ポジャックの自白は嘘で、彼は死んで楽になりたいがためにそんな告白をしたのだと思う。彼がこの環境に苦しんでいたのは明白だったしね」

「ですが」ネビルはなおも言った。「それでもガリーが犯人を見たなんて考えられません。それならぼくが捕まったときに話しているはずですよ」

「ウォルドンはきみが営倉送りになったのを知らなかったのかもしれない。もしくはポジャックが自分が犯人であると名乗り出たことで、自分が見た人物は事件と無関係だと思ったとも考えられる。だが一番ありえるのが、愚かにも犯人をゆすって利益を得ようとしたという可能性だ。フランス艦を拿捕したことで、我々の手元には拿捕賞金が入ってくるからな。その金が狙いだったと考えれば、彼が殺されたのも納得できる」

脱艦を企てているメンバーは全員はっとした。ガリーは、主計長の倉庫に忍び込まなくても金を手に入れられる秘策があると言っていた。その秘策とは犯人をゆすることだったのだ。

ヴァーノンはネビルたちの反応を見逃さなかった。

「その顔、何か思い当たることがあるのだね?」質問ではなく確認だった。

「いや、その……」

ヒューはしどろもどろになったが、ガブリエルがすかさずもっともらしい話を差し込んだ。

「確かにガリーはフランス野郎との戦いのあと、上機嫌だったときがありましたよ。まとまった金が手に入るかもしれないって漏らしてました。まあ、そんときは酒が入ってたんで妄言と思って本気にしませんでしたがね」

「まとまった金が手に入る。本当にそう言っていたのかね？」

「ええ、他の連中にも話したかどうかは知りませんが、おれたちにははっきりとそう言いましたよ」

ヴァーノンはガリーが犯人から拿捕賞金をかすめ取る計画を立てていたのだと納得した。ガブリエルのもっともらしい嘘で反逆の秘密は守られた。

ヴァーノンの興味は次に移った。

「船倉でだれかを見たということを、ウォルドンが話したことはないか？　もしくは特定の人物をしきりに話題に挙げるなど、そういったことはなかったかね？」

「ありませんでしたね」ガブリエルが答えた。

この点に関しては嘘偽りなかった。ガリーは船倉での殺人犯の話などほのめかしもしなかった。

「そうか」ヴァーノンは目を閉じた。「それは残念だ」

その後、ハルバート号はシアネス（イギリス南東部のケント州にある街）の港に到着した。ただしハルバート号の艦内には喜びと安堵はなかった。

水平線の彼方に陸地が見えたとき、マーレイは水兵たちを集めて、上陸許可は認めないと正式に発表していたのだ。すでに艦内にはそのような噂が流れていたとはいえ、これには水兵たちも大いに不満の声を上げた。失望はベテラン水兵のほうが大きかった。彼らはグレアム艦長の人柄をよく知っており、艦長が生きていたなら勝利への褒美として、水兵たちに上陸許可を与えていただろうにと嘆いた。

水兵たちの抗議の声があまりにも長々と続いたので、マーレイは彼らを黙らせるのに「これ以上文句を言うのであれば十六回の鞭打ちに処す」と脅さなければならなかった。艦上は静かになったが、水兵たちの目には怒り、憎しみ、失意といったさまざまな負の感情が宿っていた。その様子を見て多くの士官たちが弾転がし（こっそり砲弾を転がして士官の足を取る水兵の抵抗。反乱の前触れと言われていた）を危惧した。

ハルバート号は柔らかい泥の海底に錨を下ろして動きを止めた。重傷者たちは迎えにきた傷痍者収容船に乗せられ陸へと運ばれた。艦内のあちこちから断続的に聞こえてきた苦しみの声がなくなったが、それが艦内の雰囲気を明るくする材料にはならなかった。

上陸許可が下りなかったことで水兵たちは鬱々とした気分に取り憑かれた。彼らにできるのは露天甲板に出て、恨めしく港町を眺めることだけであった。

ハルバート号は戦いで受けた傷を直すためにドックに入る予定であった。だがそのまえに捕虜を牢獄船に引き渡す必要がある。そこで拿捕船だけでも先に引き渡すべく、ハルバート号はシアネスの造船所に使いを送り、拿捕船の引き取りを依頼した。造船所の回答は、〝あいにく現在ドックがいっぱいなので数日待ってほしい〟というものであった。ハルバート号は今の状態のままもうしばらく待機することになった。

その日の夜、ガブリエルの反乱同盟はいつものように船倉に集まった。艦が港に入ったことで、彼らの計画は係船柱から索を外すように解き放たれようとしていた。

「昼間はすごい抗議だったな」フレディが言った。「今ならもっと多くの水兵をおれたちの仲間に加えられるんじゃねえか？」

「いや、ダメだ」ガブリエルが断固たる口調で言った。「人数が増えれば増えるほど、計画が士官に漏れる可能性が高くなる。おれたちの計画は少々過激だからな。臆病風に吹かれたやつが密告するかもしれねえだろ」

ガブリエルはヒュー、フレディ、ネビルの順に見回した。

「この中には、そんな臆病者いねえよなあ？」

「ああ。今さらあとには退かねえよ」ヒューが鼻息荒く言った。

「そうさ。元の生活に戻るためならなんだってやるさ」フレディの目は据わっていた。

ガブリエルはネビルを見た。

「ネビル、もちろんおまえも腰抜けじゃないよな？」

一呼吸置いてからネビルは無感情に答えた。

「もちろんさ」

ガブリエルはネビルをしばらく見てから頷いた。

「よし」ガブリエルは暗い笑みを浮かべた。「それじゃあおれたち四人でこの艦を沈めてやろうぜ。こんなところから永遠におさらばするんだ」

ネビルは表向きは平静だったが、内心は欲望と正気がせめぎ合い、雷雲の下の海よりも荒れていた。

「明日の夜の二点鐘（二十一時）にもう一度ここに集まろう。そのときに役割分担をして、お互いの立ち回りを確認してから作戦決行だ。チンタラしてると捕虜がいなくなっちまうからな、早いほうがいい」

こうして一世一代の作戦が明日の夜に決行されることとなった。ネビルはこっそり自分のハンモックに戻ったが、憂鬱さに支配されてなかなか寝付けなかった。

再びマリアと共に暮らしたいという願いは今も変わらない。それでもネビルはためらいを捨てられなかった。ハルバート号に連れてこられた直後は、牢獄に閉じ込められたようだと思った。仕事は骨身がすり減るように厳しく、ときに命を落とす危険がある。睡眠時間は短く、食べ物もうまいとは言えない。酒と歌ですべての苦しみを誤魔化すような世界だ。

だがこの世界で生きている人々がいる。マンディ、ガイ、コグ、ラムジー、チョウ、ジャック……今まで親切にしてくれた食卓班の仲間の顔がネビルの脳裏に浮かんだ。士官たちはみな厳格でときには冷徹とも思えるほどの行動に及んでいたが、彼らの中にもヴァーノン海尉やレストック軍医など、水兵を気にかける人たちだっている。それに他の士官もフランス艦との戦闘になったとき、勇敢に立ち向かっていたではないか。彼らはずっと、祖国のために果敢に戦っているのだ。

今やネビルは一人ではなかった。生活をともにする仲間がいて、フランス艦との戦いで勝利を分かち合った一員なのだ。そんな同胞たちを死の危険にさらすなど耐えられそうになかった。だがそれでも、マリアの顔が訴えかけるように何度も何度も脳裏にちらつくのだ。ガブリエルの計画に乗れば、主計長の倉庫から金を盗むという星を摑むような試練に挑まなくてもマリアと再び暮らせるようになる。彼女の元に帰る機会を失うのは、身が引き裂かれそうになるほどつらいことであった。

ネビルはその晩ほとんど眠ることができなかった。

翌朝、ネビルは食卓班のメンバーと一緒に食卓で糖蜜入りのオートミールを食べていたが、突然マンディから声をかけられた。

「ネビル、また体調でも悪いのか?」

「え?」

顔を上げるとみんなが心配そうにネビルの顔を見ていた。

「顔が灰色に見えるぜ」ラムジーがしかめっ面で言った。

「うん、そうそう。どこか具合が悪いの?」ジャックの口調は友達に話しかけるような調子だった。

「体調が悪いなら早くレストックのところに行けよ」ガイがオートミールを咀嚼(そしゃく)しながら言った。

「大丈夫です。ちょっと昨晩眠れなかっただけなんですよ」

「まあそれならいいんだが」マンディがぶつぶつと言った。「せっかく夜間当直がないんだからこんなときこそしっかり寝ないとダメだぜ」

「はん」チョウが鼻で笑った。「あんな人間がぎゅうぎゅう詰めの空間で、みんながみんなぐっすり眠れるわけないだろ。息苦しくて仕方ないぜ」

「おれはぐっすり眠れるが?」マンディが反論した。

「それはおまえがガサツだからだろ?」

「なんだと?」

コグがまあまあと二人をなだめた。

「上陸許可が出なかったからってそうツンケンするなよ。ただでさえマーレイは規則にうるさいんだ。喧嘩なんかしたらグロッグを取り上げられるどころじゃ済まないぜ」

マンディとチョウの間に走った緊張は消え失せ、ネビルの顔色に関する話もそのまま途切れた。

その後の食卓ではマーレイに関する不満がぽつぽつと上がってくるだけであった。

食事が終わり、少年水兵が食器を片付け始めたときに上からハンドベルの音が聞こえてきた。

「ああ、競売か」ガイが思い出したように言った。「海戦が終わってから行われてなかったな」

「人数が人数だからな。まとまった時間が取れる休日にやっちまおうってことなんだろうよ」マンディが頬を掻きながら言った。「おれたちも行くか」

食卓班のメンバーが続々と立ち上がり、露天甲板に上がっていった。ネビルは遺品を買うだけのお金を持っていなかったが、流されるようにみんなについていった。

ホーランドのときと同じように、競売の場所は艦首楼甲板（かんしゅろうかんぱん）のマストの前だった。競売は静かに始まった。

「トマス・スワンソン、落札金は両親の元に届けられる」

このようにまず戦死者の名前と、金がだれに届けられるかが告げられてセリが始まる。拿捕賞金をまだもらっていないが、参加している水兵たちはみな、積極的に競売に参加していた。そのためスワンソンのみすぼらしいうえに数少ない手回り品は、三ポンド六ペンスにもなった。

その後もセリは滞（とどこお）りなく進んでいった。ネビルの意識はずっと今夜の作戦に向いていたが、ある戦死者の遺品の競売が始まったときに、氷で背筋をすっと撫でられたかのようにはっとさせられた。

「ドミニク・クーパー、落札金は妻と幼い息子の元に届けられる」

どこからともなく水兵たちの話し声が聞こえてきた。

「そういえば子供が産まれた直後に連れてこられたって言ってたな」

「可哀想に、子供は父親の顔を知らずに育つのか」

ネビルは初めて見るかのように、周りの水兵たちを見回した。

そうだ。この中で自ら望んでこの場に立っている者は、いったい何人いる？　ぼくと同様に無理矢理ここに連れてこられた者がほとんどじゃないのか？　陸には離ればなれにされた家族がいる。ひょっとしたら、ぼくと同じようにもうすぐ子供が産まれるというときに強制徴募された水兵がいることだって十分ありうる。

ガブリエルが考えた作戦はきっと多くの死人を出すだろう。自分と同じ境遇の人間が、何十人も死ぬかもしれないのだ。その残酷な作戦に乗っかればぼくも同罪だ。この手は殺しという穢れにまみれることになる。

ぼくはその穢れた手で——何の屈託もなく我が子を抱けるのか？

艦尾楼甲板ではヴァーノン海尉が競売の様子を眺めていた。延々と続く入札の声には痛ましさがある。それだけ多くの遺族がいるということなのだから。戦いに勝ってもその先に数多の落涙があると思うと、鮮やかに見えた勝利はいつも色を失うのだ。

思いにふけるヴァーノンの元にマーレイがやってきた。

「ヴァーノン海尉、事件の調査はどうなっている」

「残念ながら進展はありません」

マーレイは鼻に皺を寄せた。

「一連の事件は同一人物の仕業なのだろう？」

ヴァーノンはマーレイに自分の推理を伝えていた。そのため副長も犯人が士官クラスの人間で、ジョージを二度狙って二度しくじり、口封じのためにガリーを殺害したことを認識していた。マーレイとしては、ここまでわかっているのに殺人者の正体がわからないことが信じられなかった。

「大勢の人間がいる艦内で何度も殺人を繰り返して無事に逃げおおせるなどありえない。本当に聞き込みは徹底しているのだろうな？」

「はい。もちろんです。ただ副長もご存じのとおり、犯人は最初の犯行のときは宵闇に紛れ、二回目の犯行のときは船倉と最下甲板の暗闇を隠れ蓑にしています。そして三回目の殺人は跡形もなく消滅する始末でしてね」

「そんなことはもうわかっている！」マーレイは憤然として言った。「わたしは同じ話を何度も聞かされるのが嫌いなのだよ。教えてほしいのは帆桁に吊るすべき人間の名前だ。せめて候補くらいわかっていないのか？」

「怪しい人物たちならいますが、副長はお気に召さないと思います」

「なんだと？」

「第一と第二の殺人のときにアリバイがないのは、コフラン海尉、ジャーヴィス海尉、パーカー主計長、フッド掌帆長、ハーデン掌砲長、ファルコナー船大工長、ドクター・レストック、以上の七名です」

「海尉と准尉だけだというのか？　立派な地位の者ばかりではないか」ヴァーノンの言ったとおり、マーレイは気に入らないという声色だった。「下士官は全員アリバイがあるのかね？」

「下士官は下士官同士で一緒にいることが多いですからね。第二の殺人のときに全員のアリバイが確認できました」

下士官は水兵に次いで人数が多い。そのため横の繋がりが強いのだ。

マーレイが一人で考え込むようにぶつぶつ言っていたが、やがて顔を上げてヴァーノンの耳元で囁いた。

「その七人を一人ずつ呼び出してカマをかけてみるというのはどうだ？」

ヴァーノンは感心しなかった。彼も囁き声で返事した。

「しらを切られて終わりになると思います。おまえが犯人だとわかっていると迫っても、こっちは営倉での殺人の真相がわかっていないわけですからね。自分にはウォルドンを殺すことができなかったと言われればこちらは何も言えませんよ」

マーレイは苛立たしげに首を振った。

「まったく！　いったいどうなっているのだ！」

副長は悪態をつくと荒々しい足音を立てながらヴァーノンの元から去っていった。

「本当、いったいどうなっているんだろうな」ヴァーノンは空を見上げひとりごちた。

「あ、あの……」だれかがヴァーノンに声をかけた。

海尉は視線を落としてその人物を見た。士官候補生のウッドフィールドだった。

「ウッドフィールド士官候補生、どうした？」

「いえ、さきほど副長から事件について海尉が詰問(きつもん)されているのを見て、大変そうだと思いまして……」

「別に詰(なじ)られていたわけじゃないよ。副長の憤(いきどお)りは殺人者に向かっている。まあ、これ以上調査に進展がないと、わたしも責められるだろうがな」

「それで、調査の助けになればいいと思いまして……お伝えしたいことがあるのです」

「ほう、何かね？」

「営倉で水兵が撃たれた事件があった夜、自分とリッチー士官候補生が一番に艦尾区画に入りましたよね。それで部屋を順番に見て回っていたときのことなんですけど……」

「うむ」

「あの……リッチー士官候補生に確認しても〝聞こえなかった〟と言われたんで、本当に自分の気のせいかもしれないんですが、聞こえたように思うんです」

「何が聞こえたのだね？」

「下甲板って喫水線に近いから波の音がうるさいですよね。でも波の音に混じって、何か重くて硬いものを引きずるようなゴリゴリって音が聞こえたような気がするんですよ。だけど音の出所がわからなかったんで、空耳ってこともあると思うんですけど……」

「いや、よく話してくれた。ありがとう」

　気弱な士官候補生はほっとして口元を緩ませた。

　ウッドフィールドが去っていくと、ヴァーノンは今の証言とこれまでに判明していることを組み合わせてじっくりと考えた。

　壁越しに撃たれたガリー、マスケットがくるまれていたと思われるハンモック、そして何かを引きずるような音……まさか！

　ヴァーノンは頭のてっぺんから足先まで衝撃が走る感覚に襲われた。この方法なら犯人が現場にいなかった説明がつく！

　ヴァーノンは脱兎の如き速さで自分の寝室に向かって駆け出した。それから私物箱の鍵を開けてマスケットを取り出すと、明るいところで詳細に見るため、同じ速さで露天甲板に戻っていった。マスケットを片手に走るヴァーノンを見て、多くの者がぎょっと立ちすくんだが彼は気にも留めなかった。露天甲板に出ると海尉はマスケットをじっくりと見た。

　このマスケットはほとんど調べていなかった。事件が起きた夜は手に取ることもしなかったし、その後も暗い艦内でただ単に視界に収めていたという程度だ。詳しく見るということをしていない。わたしの予想が正しければ、このマスケットのどこかに細工の形跡が……ない？

そんなバカなとヴァーノンは何度も何度も入念にマスケットを調べたが、自分が予想したものは存在しなかった。

意気消沈したところに先任衛兵伍長がやってきた。

「どうされたのですか海尉」マイヤーは困惑しきりだった。「海尉がマスケットを持ってものすごい顔で走っているという情報がいくつも寄せられましてね。みな海尉がだれかを殺害するのではないかと怖がっておりましたよ」

ヴァーノンは自分の推理をマイヤーに聞かせた。

「ははあ、なるほど。それで明るい場所でマスケットを調べてみたら、当てが外れたというわけですか」

「理屈は合っているはずなんだ」

ヴァーノンの推理が正しければ、犯人は彼に違いないのだ。事件発生時の居場所から考えて間違いない。だが、事件発生後に艦尾区画前に配置された番兵の話では、その後はだれも下甲板の艦尾区画には入っていないということだ。それに凶器のマスケットを現場から持ち出したあとは、ヴァーノンが自分の私物箱に鍵をかけて保管していた。彼がマスケットに触れて細工の痕跡を消し去る機会はないのだ。

ヴァーノン海尉が手にしたマスケットを恨めしそうに見下ろしていたとき、一陣の風が吹きつけた。寒気をたっぷり含んだ風は冷たく、煮えたぎっていた彼の頭を冷ましてくれた。

同時に、海尉の頭に事件が起きた夜のある記憶が甦（よみがえ）った。あの晩は当直を替わる頃に風が戻ってきた。そのことを思い出したヴァーノンは真相を摑んだと確信して震えた。

彼は真剣な目でマイヤーを見た。

「確かめたいことがある。ボートを降ろすぞ」


その日は何事もなく過ぎていった。上陸許可を与えられなかった水兵たちは、せめて商売女たちがやってきたときに備えて服を洗濯したり、破れた箇所を繕ったりした。グロッグの配給時間には仲間と上官に対する愚痴を言い合ったり、歌ったりした。港町から仕入れた新鮮な食材がふんだんに使われた夕食で心を慰めた。一日の終わりには、いつものように豚小屋のような窮屈極まる状態で就寝する。多くの船員にとって、何百日と続く何の変哲もない航海生活の一日に見えた。だが日常のベールの裏側で、この日が運命の日になる瞬間が着実に近づきつつあった。

夜の二点鐘（二十一時）が鳴らされたとき、船倉の脇の通路には、三人の男がランタンを囲んで座っていた。ガブリエル、ヒュー、フレディだ。ネビルの姿はどこにもなかった。

「ネビルのやつ、おせえな」フレディが言った。

「ひょっとして怖じ気づいたか？　土壇場になって士官に密告したなんてことはないよな？」ヒューが心配そうに言った。

ガブリエルは落ち着いていた。

「もしやつが裏切ったのなら、おれたちは今頃捕縛されてるよ。……ほら、噂をすればってやつだ」

船倉の脇の通路に置かれたランタンが、三人の元に歩いてくるネビルの姿を映し出した。ネビルが座り込むと、ガブリエルは話し始めた。

「よし、揃ったな。今、この瞬間からおれたちは自由を手にするための戦いに身を投じる。この作戦に命をかけるつもりで当たるんだ」

「なあ」ネビルが口を開いた。「やっぱりやめよう」

全員がネビルを見た。ヒューとフレディは信じられないという表情をしたが、ガブリエルは暗い表情でネビルを睨みつけた。

「やめる、だと？」ガブリエルが静かに言った。その目にはもう迷いも苦悩もなかった。

ネビルはまっすぐガブリエルを見た。「やはり無関係な人たちを巻き込むことなんてできないよ。ここにいる水兵の多くは、ぼくたちと同じように無理矢理この艦に乗せられた人たちだよ。同じ境遇の人たちを犠牲にしてまで逃げ出すなんて、やめたほうがいい。無事に逃げ出すことができたとしても、きみたちは胸を張ってその後の人生を送れるのかい？　脱出なら補給船に乗せてもらうって計画もあったじゃないか。そっちの機会がやってくるまで待てばいいだろ」

ガブリエルは深く息を吸った。

「今頃になっておれたちを裏切るのか？」

「裏切るなんてとんでもない」ネビルは熱意を込めて話し続けた。「ぼくはその気になれば、だれかにきみたちの計画を告げることができた。でもそうするときみたちは縛り首になる。ぼくはきみたちにも死んでほしくないからこうやって計画を取りやめてほしいと頼んでいるんだ。ぼくはだれにも死んでほしくないんだ。頼むよ、考え直してくれ」

ガブリエルはじっと床を見ていたが、やがて立ち上がって言った。

「そうかい、わかったよ」

わかってくれたのか。ネビルはほっとしたが、すぐにガブリエルのズボンのポケットが膨（ふく）らんでいることに気づいた。

ガブリエルの行動は早かった。ポケットに手を入れると、中に入っているものを抜き出した。それは帆を索に繋ぎ止める棒——ビレーピンだった。ガブリエルは棍棒のようにビレーピンを握ってネビルに振り下ろした。

その一撃はネビルの頭を正確に捉え、彼はうめき声を上げて仰向けに倒れた。

「おまえを同盟に誘ったことが間違いだったと、今わかったよ」

ガブリエルはネビルを見下ろした。

「おまえはこの艦と一緒に海に沈んでろ」

ガブリエルは脚を後ろに引き上げた。

「や、やめ……」ネビルはかすれ声で訴えたが無駄だった。

ガブリエルの蹴りはネビルのこめかみ付近に命中した。ネビルはぐったりと動かなくなった。

それを見たガブリエルは満足げに「よし」と言った。

「それじゃあ改めて作戦開始といこうか」

ヒューとフレディは顔を強ばらせていたが「ああ」と返事して頷いた。もうここまで来たらあとには退けない。

「おれとヒューがフランス人捕虜を解放する。騒ぎが起きたらフレディは充塡室に火をつけろ。そのあとは露天甲板で合流して艦から脱出だ」

「どうやって脱出するんだ?」ヒューが訊ねた。

「混乱に乗じてボートを落とすとか、漂流物になりそうなものを落とすとか、いろいろあるだろ。どのみち港から爆発を目撃した連中が助けにくるはずだから、そいつらの世話になるまで海に浮かんでいればいいんだ。難しいことなんて何もないさ」

「わかったよ」ヒューは頷いた。

「よし、もういいな。それじゃあやるぜ。自由のために！」

ガブリエルたち三人は船倉から出ていき、ネビル一人が残された。ネビルは完全に意識を失ったわけではなかった。朦朧としながらもかろうじて意識は現実と夢の狭間を漂っていた。彼は混濁する意識のなかでマリアの幻影を見た。彼女はネビルに微笑んで手を伸ばした。ネビルはその手を取ろうとしたのだが、その瞬間塩が水に溶けるようにさっと彼女の姿は消えてしまった。

もう二度とマリアに会えない。ネビルの本能がそう直感した。

「マリア……」ネビルの口がかすかに動き、うわごとを発した。「マリア、すまない。すまない……」

気力が尽き、ネビルの意識が完全に闇の底に引きずり込まれようとしたとき、いきなり彼の顔に水がかけられた。鼻の穴に水が入り、ネビルは激しく咳き込んだ。

「しっかりしろ！」だれかがネビルに呼びかけ、頬を叩いた。

ネビルの意識は頭の定位置に無事戻り、彼は目を開けた。目の焦点があったとき、ネビルは息が止まりそうになった。

そこには死んだはずのジョージ・ブラックの顔があった。


その頃、ヴァーノンはマイヤーを伴って艦長の執務室を訪れていた。マーレイは執務机に着いて、メインマストに雷が直撃した瞬間を見たかのように目を見開いていた。

副長は、先ほどヴァーノンが言った言葉をオウム返しに言った。

「殺人犯がわかっただと？　それは本当なのか？」

「はい」ヴァーノンは自信を持って言った。「それにウォルドン殺害時に犯人が消えた理由も説明することができます」

マーレイは前のめりになった。

「その不可解な事実に説明がつくというのか？　犯人はいったいどんな魔法を使ったのだ？　早く説明しろ」

「わかりました。まずはガリー・ウォルドン殺害の真相についてお話ししましょう」

ヴァーノンは最初に簡単なおさらいを行った。

「ウォルドン殺しですが、事件が起きたのは夜の八点鐘が鳴った午前零時過ぎ、この時間に銃声が発せられました。第一発見者はウッドフィールド士官候補生とリッチー士官候補生の二人です。彼らは銃声が鳴ったとき、下甲板の艦尾区画に通じるドアの前にちょうど立っていました。彼らは銃声の正体を確かめるべく、そのまま艦尾区画に入っていき、射殺されたウォルドンを発見しました。そのあとわたしも艦尾区画に行き、他にも士官たちが駆けつけてきましたが、犯人の姿はどこにもありませんでした。ここまではよろしいですね」

「ああ、それで犯人はどこに消えたのだ？」

「犯人は最初から艦尾区画にいなかったのです」

マーレイはぽかんと口を開け、それから顔をしかめた。

「犯人がいなかった？　そんなわけないだろう。銃が発射されたのだぞ。犯人はその場にいて引き金を引いたはずだ」

「その場にいなくても引き金は引けますよ。犯人はマスケットの引き金に糸を括り付けたのです」

「糸？」

「はい。糸を取り付けてそれを引っ張ればその場にいなくても引き金を引けます」

マーレイは感心した様子はなかった。むしろ胡散臭げな視線をヴァーノンに向けた。

「ミスター・ヴァーノン、きみの言いたいことはわかるが、それは無理だろう。引き金に糸を括り付けて引っ張れば、撃鉄が落ちる前にマスケットが動くのではないかね？　狙いのつけようがない。それと仮に糸を使って引き金を引いたとしたら、犯人はどこから糸を引っ張ったのだ？」

そうした疑問が来ることは予想していた。ヴァーノンは落ち着いて説明を始めた。

「順番にお答えします。まず銃弾が放たれる前にマスケットが動いてしまう問題ですが、殺人者はマスケットを固定したのですよ。ウォルドンのいた営倉と用具保管庫を隔てる壁は、フランス艦からの砲撃で穴が空いています。そして事件発生直後、その穴のすぐ近くには二枚のハンモックが落ちていました。犯人は砲撃でできた穴に銃身を差し込み、さらに穴の隙間を完全に埋めるように丸めたハンモックを詰め込んで銃身を固定したのです。そうすることで引き金が引かれるまでマスケットが移動するのを防ぎ、同時にマスケットが弾を発射したときに、反動で狙いがブレるのを防いだわけです。これならウォルドンが背中を撃たれて死んだことの説明がつきます」

「説明はつくが、そううまくいくのか？　狙いをつけずに銃を撃つということだぞ」

ヴァーノンはマイヤーにも説明した、点と点を結ぶ理論を披露した。砲弾の通ったルートは営倉で拘束されたポジャックを殺したルートなので、壁の穴と甲板にできたへこみの直線上にマスケット銃を配置すれば、狙いをつけずともガリーに命中するのだ。

マーレイは頷いたがまだしかめっ面であった。

「理屈はわかった。だがまだ納得できないことがある」

「なんでしょう?」

「マスケットを壁の穴に設置しているときに、営倉の被害者に気づかれはしないか? たとえ気づかれなかったとしても、被害者が気まぐれで首を巡らせたなら、銃口が自分を狙っているのが見えて助けを求めるのでは?」

「まず第一に、マスケットが設置されたのは、夕食後から夜の八点鐘(零時)が鳴らされるまでの間です。そうでないと夕食を持ってきた係の者が細工に気づくはずですからね。ですので、犯人がマスケットを設置したとき、被害者は寝ていた可能性があります」

「犯人はその可能性に賭けたと? それはかなり危ういのでは?」

「ええ、もちろん犯人はそこまで愚かではありませんでした。彼はハンモックをもう一枚用意して、マスケットを包んだのですよ。遺体発見後に用具保管庫でハンモックが燃えるボヤ騒ぎがありましたが、それは火皿から噴出した火の点いた点火薬がハンモックに燃え移ったからです。また燃えたハンモックには銃弾が空けた穴と、その周りに銃口から噴き出した火がつけた焦げ跡がありました。その穴をマスケットの銃口にぴたりと付けると、燃えた箇所は火皿の部分に当たるのです。マスケットがハンモックで包まれていたことを示すものですよ。

ハンモックで包んでしまえば危険な雰囲気など消えてしまいます。銃身が極端に突出していない限り、営倉に閉じ込められた人間からすれば、砲撃で空いた穴に応急処置的な詰め物がされたように見えます。戦闘を終えてから毎日、船大工班があちこちを修理していますからね。ウォルドンが壁の穴が塞(ふさ)がったことに気づいたとしても、それは修理の一環だと思ったことでしょう」

マーレイはうなった。

「むう、確かに。それなら被害者も警戒しなかっただろう。不審に思うかもしれないが、壁に詰められた白い布を見ても、それが自分の命を狙う凶器とは到底思えないだろうからな」

副長は次の疑問を述べた。

「それで、犯人はどこから糸を引っ張ったのだ？」

「ハンモックは営倉と用具保管庫を隔てる隔壁の近くに落ちていましたが、マスケットは反対側の壁際で発見されました。つまりマスケットは後ろに引っ張られたということになります」

「後ろと言っても用具保管庫の後ろなど、ほとんど何もないではないか。あるのは大砲くらいだぞ」

「大砲があるということは、当然砲門もありますよね。艦尾の砲門はスライド式です。犯人は砲門に糸が通せるだけのごく僅かな隙間を空けておくことができます。さらに木の板を角材に打ちつけてできている隔壁にも、板と板の間に糸を通せる隙間はあります」

ヴァーノンは糸の通り道をまとめた。

「マスケットの引き金に結ばれていた糸は、用具保管庫の隔壁の木板の隙間から糸を部屋の外に出されていました。隙間は横方向にいくつもありますが、糸は低いところの隙間に通されたでしょうね。あまり高い位置から糸を外に出すと、銃が持ち上がって銃口が下を向くことになりますからね。ひょっとしたら床と隔壁の隙間かもしれません。まあとにかく、そうして用具保管庫から出された糸は、続いて砲門から艦尾に出されたのですよ」

「艦尾、つまり糸の先は海上に出ていただと？」

マーレイはその様子を想像した。艦尾の先は当然海だ。そこにだれかが立って糸を引くことなどできない。ならば糸の行き先は一つしかない。上だ。

「犯人は艦尾楼甲板から糸を引っ張ったのか?」

下甲板の下はもう喫水線なので上しかない。中甲板、上砲列甲板の艦尾ははめ殺しの窓で覆われているため、そこから糸を引っ張ることはできない。となると残るは最上部の甲板、艦尾楼甲板だけだ。マーレイはドライバーの下で糸を力一杯たぐり寄せる犯人の姿を想像した。

「いえ、違います」

マーレイは顔に冷や水を浴びせられたかのように呆然とした。

ヴァーノンは副長が落とし穴にはまるのも仕方ないと思った。彼も実は当初、マーレイと同じ予測を立てていた。犯人は艦尾楼甲板から糸を引っ張ったのだと。

そして容疑者の中でそれが唯一可能だったのがコフランだった。事件当時、コフランはヴァーノンのあとの当直主任として艦尾楼甲板にやってきた。あらかじめ艦尾楼甲板の目立たない場所に糸を結んでおき、それを下甲板まで下ろし、砲門から中に引き込んでマスケットに取り付けたと思っていた。あとは当直主任の時間に艦尾楼甲板に結んでいた糸をほどき、引っ張ってマスケットを発射したと推測した。

だが違った。コフランが犯人だとすれば、彼はいつ、マスケットの引き金に結んだ糸を回収できたのだ?　事件発生後、コフランは当直主任のため現場にやってこられなかった。死体が見つかり艦尾区画が一通り調べられたあとは、番兵が艦尾区画の前に配置された。番兵は見張りに就いてから艦尾区画に入った人間はいなかったと証言したので、当直終わりにコフランがマスケットに触れることは不可能だ。さらにそのあと、凶器のマスケットはヴァーノン自身が回収して、鍵をかけて私物箱にしまった。だからコフランには細工の糸を回収することはできないのだ。よって、彼は犯人ではない。

マーレイは困惑を通り越し、不審に満ちた目でヴァーノンを見た。

「艦尾楼甲板から糸を引っ張ったのではないとしたら、犯人はどこから糸を引っ張ったのだ?」

「正確には犯人は糸を引っ張っていません」

「なんだと?」

「糸を引っ張ったのはハルバート号ですよ」

予想もしなかった答えに、マーレイは言葉を失い、副長の仮面がぼろぼろと崩れ落ちていった。

「え? いや……いったいおまえは何を言っているのだ?」艦長代行の威厳がない素っ頓狂な、人間マーレイの言葉だった。

「事件があった日のことを思い出してください。あの日は日中から風がなく、ハルバート号はその場に足止めされていました。この立ち往生は日が落ちてからも続きました。ようやく風が戻ってきたのはわたしが夜間当直を交替する前でした。風が戻ったことでハルバート号はまた前に進み始めました。そして……」

ヴァーノンはわざと言葉を切って、次の言葉に力を込めた。

「ハルバート号がアチューユ号を曳航しているロープが、再びピンと伸びたわけです」

しかしマーレイはヴァーノンの話にピンとこなかったようだ。

「それがどうしたというのだ?」

ヴァーノンはもっと詳しく説明した。

「その日は、ハルバート号が停止している間、後ろのアチューユ号はうねりの影響を受けて徐々に近づいて来ていて、そのうちぶつかるのではないかと危惧していたではありませんか。ハルバート号とアチューユ号が近づけば、二隻を繋いでいる牽引ロープはたるんで垂れ下がりますよね。

牽引ロープは、風が戻るまでハルバート号の艦尾にくっつくように垂れ下がっていたわけです。犯人は、そのロープに糸を括り付けたのですよ」

「なんだと?」マーレイは目を見開いて言った。

「犯人はおそらく、用具保管庫に置かれていた鉤ざおを使って、下甲板の艦尾砲門から垂れ下がったロープを引き寄せたのでしょう。犯人はそこに、マスケットの引き金に結びつけた糸のもう一方の端を結んだのですよ。もちろん、糸の長さにはゆとりを持たせていません。するとどうでしょう」

殺人者の卑劣な仕掛けがついに明かされようとしていた。

「牽引ロープがたるんでいるときにマスケットの引き金と牽引ロープを結ぶ糸はしっかりと伸びているとします。その状態で風が戻ってきてハルバート号が動き出せば、牽引ロープはどんどんたるみがなくなり、艦尾から離れていくわけです。するとロープに括られた糸は引っ張られていきます。糸は張力を帯びてついにはマスケットの引き金が引かれるほどの力となり、銃弾が発射されたわけです。銃弾が発射されたあとも牽引ロープが糸を引く力は衰えないので、マスケットは詰め物のハンモックと一緒に穴から抜けて落ち、反対側の隔壁まで引っ張られたのです。マスケットは隔壁に当たりますが、糸にはさらに引っ張る力が加わったことで、ついには切れて、マスケットは用具保管庫の床に残されます。ウッドフィールド士官候補生が艦尾区画に入ったときに、何かが引きずられる音を聞いたと話していました。それはマスケットが引っ張られる音だったのですよ。マスケットから解放された糸は、牽引ロープに引っ張られるまま砲門から外に消えていったというわけです」

明朗な推理だがマーレイには一つ気になる点があった。

「確かに何もかも筋が通る話だが、それは事実なのかね？　ミスター・ヴァーノン、それがきみの空想でないとどう証明するつもりなのだ？」

ヴァーノンは落ち着き払って言った。

「この推理を裏付ける証拠はあります。日中にミスター・マイヤーとボートを出してハルバート号とアチューユ号を繋ぐ牽引ロープを調べました。ロープの中間辺りに糸が結ばれていましたよ。帆布の補修に使う、黒く丈夫な糸がね。犯人はマスケットに結んだ糸は回収できましたが、ロープに結んだ糸はさすがに回収できなかったのですよ。数日後に造船所からアチューユ号を引き取る船がやってきて、その船に牽引ロープを繋ぎ直せば証拠はアチューユ号と一緒に消えたのですがね、わたしのほうが早かったというわけです」

マーレイはさまざまな感情を落とすかのように顔をこすった。

「まったく、この犯人はとんでもないやつだな。こんなことを考えつくとは。しかも、運も犯人に味方している。ウォルドン殺しでは、仕掛けを済ませたあとに風が戻ってきたのだからな。仮に風が戻らず朝になれば、犯人の罠は露見していただろう」

「確かに犯人は頭の回転が速い人物です。自分にとっての好機が巡ってきたと思ったら、すぐさま計画を立てて実行に移すことをやってのけたのですから。ですが、本当に運が犯人に味方したと言えるでしょうか？」

「なに？」

「確かに夜の間に風が吹いたことは、犯人にとっては幸運でした。ですが同時に、銃声が鳴ったときに二人組の人間が下甲板艦尾区画の目の前にいたのは大きな不運だったといえます。その二人組がいたことで、事件現場から犯人が消えたという奇々怪々な状況が出来上がったのですからね。

　艦尾区画の目の前にだれもいなければ、人が来るまでの間に犯人は現場から逃げ去ったと考えられますし、二人ではなく一人だった場合は、わたしはその人間に疑惑の目を向けていたでしょう。銃弾が発射されたちょうどそのときに、艦尾区画の前に複数の人間がいたことで、こうして犯人の細工を突き止めることができたのです」

「ううむ、そうか」

「今回の一連の事件は、犯人に順風と逆風が交互に吹きつけたようなものです。最初の殺人のときは新月の夜に艦がカウンターブレースとなったことで犯人に犯行の機会が訪れましたし、二件目の殺人のときもターゲットをこっそり始末できる機会が巡ってきました。しかしその両方とも予期せぬ邪魔が入って、無関係の人間を殺害することになってしまいました。さらに、最初の殺人のときは凶器を回収できなくなったことで士官に疑いの目が向くことになりましたし、第二の殺人のときはウォルドンに目撃されたことからゆすられて、彼の口を封じなければならなくなったのですからね。まさに犯人からすれば、順風が吹いたかと思えばいつの間にか逆風に弄(もてあそ)ばれていた、という調子だったでしょうね。しかし、彼の凶行はもう終わりです。彼は縛り首となって自分の行いの報いを受けるのですから」

「ああ、ああ、そうだとも」マーレイは顔を紅潮させて言った。「それで、肝心の犯人はだれなのだ？　そいつの名前を教えてくれ」

「犯人は……」

　ヴァーノンは続きを言うことができなかった。底から突き上げるような衝撃と身がすくむような爆発音が彼の言葉を奪った。

時は少し巻き戻る。ネビルを殴り倒したガブリエルは、ヒューとフレディを連れて最下甲板に上がった。

「フレディ、充填室のほうは任せたぞ」

「わかってるって」

「おれたちは捕虜を解放したあとに〝カエル野郎どもが逃げた!〟って叫ぶ。そのあとに充填室に火を放て。そうすればフランス人どもの仕業に見せかけられるだろう。火をつけたら後甲板に集合だ」

こうしてフレディに充填室を任せて、ガブリエルとヒューは充填室の先にある前部ハッチに向かった。前部ハッチはフランス人が逃げられないように船倉に続く階段が取り外され、ハッチのすぐ傍にある木製の柱にロープで括り付けられていた。階段がなくなってただの穴となったハッチには格子蓋が被せてある。その格子蓋の周りを一人の海兵隊員がうろついていた。主計長の倉庫の見張りだ。

捕虜ができて以来、主計長の倉庫の見張り番は捕虜の見張りも兼ねていた。どのみち、倉庫の見張りが邪魔になることはわかっていたので、ガブリエルとヒューはあらかじめ打ち合わせしていたとおりの行動をとった。二人は小走りで海兵隊員に近づいていった。海兵隊員は銃剣付きのマスケットを持っており、近づいてくる謎の男たちに気づくと反射的にそれを構えた。

「止まれ!」見張りは張り詰めた声で言った。「いったい何事だ?」

「大変なんです」ヒューは焦ったような声で言った。「死体です。また艦内で死体が見つかったんです」

「なんだと？」海兵隊員は疑いもせずそれを受け入れた。

ヒューは艦尾に続く暗がりに向かって指を差した。

「向こうのほうに死体が転がっていたんです」

海兵隊員は餌につられた魚のようにヒューの指先を目で追った。海兵隊員の注意が逸れた瞬間、ガブリエルは素早く背後に回り、その無防備な後頭部に渾身の力を込めてビレーピンを叩き込んだ。海兵隊員はうめき声を上げて倒れたが、ガブリエルはさらに二度ビレーピンを見張りの頭に振り下ろした。それでもまだ海兵隊員の身体が動いているのを見ると、ガブリエルは相手が落とした銃剣付きのマスケットを拾い上げ、先端を倒れている男の首に突き刺した。銃剣を引き抜いたガブリエルは肩で息をしていた。

首から血を噴き出して息絶えた男を見下ろしたままヒューに言った。

「格子蓋を外して階段を取り付けるぞ」

これでもうあと戻りはできない。最後までやりきるしかない。

ガブリエルとヒューは柱と階段を結ぶロープをほどくと、格子蓋を外したハッチにゆっくりと降ろした。夜のこの時間になっていきなり階段が取り付けられたことに驚いたのだろう。前部船倉に閉じ込められているフランス人たちがざわめき始めた。

ガブリエルはマスケットを、ヒューはビレーピンとランタンを手にして階段を降りていった。捕虜とはいえフランス人は敵であることには変わりない。その集団が占拠している空間に入ると思うと二人の身体に緊張が駆け巡った。

二人が最後の一段を降りると、暗闇の中に佇むたくさんの捕虜が彼らに視線を注いだ。予期せぬ闖入者（ちんにゅうしゃ）の登場に、捕虜がざわめく声はやむどころか大きさを増していった。

「静かに！　静かにしろ！」ガブリエルは威嚇するように言った。

簡単な英語だったため通じたのか、話し声が多少収まった。ガブリエルは生唾を飲み込んで言った。

「この中で英語がわかるやつはいるか？」

暗がりの中から一人の男が進み出た。腕に濃い毛を生やした小男で、その目は猜疑と警戒に満ちていた。

「わたし、少し英語わかる。いったいなんだ？」

「他の連中に伝えろ。おれたちはおまえらを助けに来たってな」

通訳の眉間には最初から皺ができていたが、この発言によってそれはさらに深くなった。

「おまえ、何を言ってる？」

ガブリエルは舌打ちをした。

「だから、おまえたちを助けに来たんだよ。上の見張りはおれたちが始末した。おまえたちはここから出られるんだ。自由だぞ、自由。上に行ってひと暴れすることだってできるんだ」

通訳は仲間に向かって何かを言った。ガブリエルが言ったことを伝えたのだろうが、捕虜たちは血をたぎらせてしゃべるどころか、一ヶ月放置された果物の切れ端のようにしなびた表情になった。

「なんだ？」ガブリエルは予想と違う捕虜の反応に戸惑った。彼は復讐に燃えるフランス人たちが船倉から飛び出て、大暴れすることを思い描いていたのだ。「ここから出られるんだぞ」

「出て、どうする？」通訳はガブリエルに言った。「わたしたち、じっとしてれば、監獄に連れていかれる。監獄、自由ない。けど安全。何年か我慢すれば、捕虜交換で国に帰れるチャンスある」

通訳は首を振ってから続けた。

「けどここで反乱起こす、無謀。ここフランスじゃない。イギリス。逃げたところで周りはみんな敵。すぐに捕まる。反乱の罪で殺される」

自分の思い通りに事が運ばないことにガブリエルは焦りと怒りを覚えた。

「この艦を奪ってフランスに向かえばいいだろ！」

通訳は一応この言葉を仲間に伝えたが、多くの捕虜がやる気なげに言葉を発した。

通訳は仲間の総意をガブリエルに伝えた。

「わたしたち、この艦動かせるほど多くない。そもそも武器ない。どうやって制圧する？　教えてくれ、天才軍師サン」

最後の皮肉にガブリエルは堪忍袋の緒が切れた。

「いいから逃げろよ！　逃げないと死ぬことになるぞ！」

「何言ってる？」

「おれたちはこれからこの艦を沈めるんだからよ。大量の火薬に火をつけてな。今まさに仲間がそうしようとしているところなんだ！」

ガブリエルは当初の計画に拘泥（こうでい）していたため、なんとか捕虜を外に出そうと思って自らの手の内を晒（さら）したのだが、これは悪手であった。

通訳が大慌てで仲間にそのことを伝えると、捕虜たちは事の重大さに気づいた。このままでは異国の艦と運命を共にすることになる。そんなのは御免だとばかりに一斉に助けを呼び始めた。

その場から動かずに騒ぐ捕虜たちを見てガブリエルは大いに焦った。このままでは人がやってくる。そうなると上にある死体が見つかって取り押さえられてしまう。ガブリエルはこの場を自分でコントロールできないと悟った。

「ヒュー、来い！」

ガブリエルは階段を駆け上がり、フレディの待つ充塡室まで一直線に向かった。

ガブリエルとヒューの姿を見たフレディはぎょっとした。

「脅かすなよ。海兵隊が来たのかと思ったぜ。合図はどうしたんだ？」

「合図はなしだ。カエル野郎ども、ぜんぜん逃げやがらねえ。このまま充塡室に火をつけて逃げるぞ」

ガブリエルは棚に置かれた袋をひっつかむと、中身の火薬を乱暴に床にぶちまけ始めた。

「でもそれじゃあ火災を捕虜の仕業にできないじゃないか」フレディが心配そうに言った。

「うるせえ！　この際火災がだれの仕業かなんてもうどうでもいい！　この艦から脱出できれば、指名手配されようが追っ手を放たれようがどこまででも逃げてやる！　いいからおまえらも手伝え」

ヒューとフレディは黙って従った。自分たちが無事に逃げ出すには、もはや艦内に巨大な混乱を引き起こすしかない。次から次へと袋の中の火薬を床に捨てているときに、充塡室に駆け足で向かってくる足音が聞こえた。

「くそ！　もう来たのかよ」

ガブリエルは背負っていたマスケットを出入り口の湿ったカーテンに向けて構えた。

カーテンが動いた瞬間にガブリエルは引き金を引いた。

それが反逆者たちの最後であった。そもそもガブリエルは火薬を袋から出す必要はなかった。

乱暴に袋からぶちまけられた細かい火薬は空気中に漂っていた。ガブリエルはそんな場所でマスケットを放ったのだ。マスケットから噴き出た火は空気中の火薬に引火し、烈火が瞬く間に充塡室全体に広がった。炎は床に捨てられた火薬、まだ棚に置かれている袋詰めにされた火薬を巻き込んだ。

充塡室は完膚なきまでに吹き飛び、ガブリエルたちは光の中に消えた。


ジョージの姿を見たネビルの意識は、完全に現実に引き戻された。

「ジョージ！」ネビルは大声を出したが、頭が割れるように痛んだ。

「静かにしろ。こっぴどくやられたんだろ？」

もちろん静かにしてなどいられなかった。

「きみは死んだんじゃないのか？」

ジョージは返事をしなかった。黙って水が入った小樽に手を突っ込み、意味もなく中身をかき回した。

「ジョージ、何とか言ってくれ」

ジョージは恥じ入るように話し始めた。

「あの海戦の最中、おれがいた艦首楼甲板を砲弾が直撃した。その場は大混乱に陥った。おれはその混乱に乗じて逃げ出し、ずっと船倉に隠れていたんだ。水樽を一つ空けて、人が来たときにはその中で隠れて過ごした。あとは船倉の食料と飲料を頂戴しながらネズミのように生きてきた。もちろんおまえたちの無謀な計画も、ガリーが殺されたことも、すべて聞かせてもらったよ。そしてさっき、おまえたちが仲違いするのも聞いてた。ネビル、おまえが殴り倒されたようなんで心配して出てきたってわけさ。まあ、これから艦が沈むかもしれないのに隠れ続けているのは無意味だと思っての行動だがな」

「きみが今までどうやって過ごしてきたかなんて重要じゃない。どうして突然みんなの前からいなくなるようなことをしたんだ？　食卓班のみんなもきみが死んだと思って悲しんでいたんだよ。いったいなんで……」

ここでネビルははっとした。

「ひょっとして、ホーランドとホイスルの事件があったからか？　ホイスルが殺害されたあと、きみは犯人の狙いは自分かもしれないと言っていた。きみは身の危険を感じていたのか？」

ジョージはつらそうに下を向いた。

「そうだ。おれは……命を狙われているからな。あのまま海戦を生き延びても、普通に生活していればまた命を狙われた。だからこうして隠れたんだ。悪あがきにしかならないと知りながらな」

ネビルはジョージの肩に手をかけて揺さぶった。

「どうして？　逃げなくても、事件を調査しているヴァーノン海尉にでも助けを求めればよかったじゃないか」

ジョージは激しく首を振った。

「駄目だ、駄目なんだよ！　命を狙われる理由を話したら、それこそおれの命はない」

「どういうことだよ？」ネビルは困惑しきって言った。

「ネビル、おれはかつて商船で働いていた船乗りだったと言ったな」

「ああ、すばらしいマスト上りを披露したあとに話してくれたね」

ジョージは涙目になって言った。

「あれは嘘だ」

「えっ？」ネビルはジョージという男がわからなくなりそうだった。「船乗りじゃなかったっていうのかい？」

ジョージは顔を悔恨の念に染めて語り出した。

「商船には乗っていなかった。おれがかつて乗っていたのは軍艦だ。おれは昔一度、強制徴募で海軍の艦に乗せられた。そこで水兵の技能を身につけたんだよ。だがおれは艦上の生活に耐えられなくなって、脱出計画を練った。金を払って補給船に乗せてもらうっていう、おまえもよく知る計画をな。おれがおまえたちに提言した脱出計画は、おれがかつて実行したものだったんだよ。計画通りおれは補給船に乗せてもらって、軍艦から逃げ出したんだ」

これだけでもネビルは衝撃を受けて言葉を失ったというのに、次に出てきた言葉がさらに彼を慄然とさせた。

「それに、おれは艦から逃げ出すとき、仲間を殺したんだ。わかっただろ？　おれは脱艦者で人殺しなんだ。正直に話せば死刑になる」

ネビルは横っ面を殴られたかのようなショックを受けた。ジョージが人殺し？

言葉を失ったネビルを見ながらジョージが言った。

「信じられないって顔してるな。だが本当なんだ。じつはジョージ・ブラックっていうのも本名じゃないんだ。本当の名前はジョージ・ホワイト。姓を変えて故郷を捨て、殺人と脱艦の罪で海軍から追われている罪人というのが本当のおれの姿だ」

次々出てくる新事実に、ネビルは嵐の海に漂う小舟のように翻弄(ほんろう)された。衝撃的な数々の言葉がネビルを呆然自失させそうになったが、ジョージの次の言葉が彼の意識を覚醒させた。

「今まで隠してきたが、これから艦が沈むかもってときに秘密にしていてもしょうがないからな。最後に本当のことを知っていてほしかったんだ」

「最後?」ネビルは通路に手をつき、ジョージのほうに身を乗り出した。「最後って、どういうことさ?」

ジョージはネビルの質問を無視した。

「さあ、もう行け。ここにいると危ないぞ。充塡室が爆発したら船倉の弾薬庫も誘爆する危険がある。ここにいると吹き飛ばされるぞ」

「質問に答えてくれ! 最後ってどういうことさ?」

「そのままの意味だ。おれはどのみち死ぬしかない。ここに留まればこの艦と運命を共にすることになる。逃げ出せばみんなに見つかり、事情を話さざるを得なくなって縛り首だ。結局、命はないってことだ」

爆発が起きたのはそのときだった。耳をつんざく轟音と皮膚を痺(しび)れさせる衝撃が二人を襲った。上下左右の方向感覚を失い、ネビルたちはその場に伏せていることしかできなかった。爆発の衝撃が通り過ぎると、どす黒い煙と爆ぜながら激しく木が燃える音、さらに人々の叫び声が伝わってきた。

「おしゃべりが過ぎたな」ジョージは身を起こしながら言った。「幸い弾薬庫には引火しなかったようだ。してたなら今頃おれたちは木端微塵(こっぱみじん)になっていただろうからな。だが、それも時間の問題だ。火が回り始めている」

ジョージはネビルに言った。

「さあネビル。早く行け」

ネビルは立ち上がった。だがそれは逃げるためではなく、己を奮い立たせるための行為だった。

「きみも来るんだ」

「さっきも言っただろ」ジョージの口調には苛立ちがにじみ出ていた。「出ていったところでおれは縛り首だ」

「今は夜だから、みんなに気づかれる可能性は低いよ。それに燃えている艦を目撃した港町の人たちが救助を出すかもしれない。なら、海に飛び込めば民間のボートに助けられるだろ。そのあと陸に上がれば好きなように逃げられる」

ジョージは正気を確かめるようにネビルをまじまじと見た。

「おれを生かす道を示してくれるのか？　人殺しであるおれの？」

ネビルは熱を帯びた口調で言った。

「正直、いきなり〝おれは人殺しだ〟なんて言われてもピンと来ないよ！　唐突に罪を告白されても、ジョージと一緒にいた日々がいきなり消えてなくなることはない。ぼくの中では、きみはジョージ・ホワイトじゃなくて、未だに兄貴分であり友人でもあるジョージ・ブラックだ。ぼくはきみを見捨てることができないよ」

ジョージはネビルの顔に鉄の意志を見た。自分がここを動かなければネビルも動かないだろう。

「わかったよ」ジョージは立ち上がった。「みっともなくここまで生にしがみついてきたんだ。最後まであがいてやろう」

中央ハッチからはおびただしい黒煙が流れてきていたため、二人は後部ハッチから上を目指した。

爆発の中心となった充填室は影も形もなくなっており、最下甲板の天井をも吹き飛ばしていた。ただただ熱気が渦巻く虚空がぽっかりと存在しており、そこを中心に炎が四方八方に手を伸ばしてその版図を広げ続けていた。

さらに激しく損傷した死体がいくつも転がっていた。おそらく充填室の真上でハンモックを広げていた水兵だろう。爆発の衝撃で身体が引き裂かれ、ぼろくずのようになった亡骸(なきがら)は炎に飲まれていた。

「これはひどい」

ネビルが激しく瞬きしながら言った。煙は容赦なくネビルたちの目と喉を痛めつけていた。

「上に行こう」ジョージが促した。「ここに留まっていたらおれたちも危ない」

「下甲板の砲門から海に出よう。下甲板には艦尾にも砲門があった。そこからなら他の人たちに姿を見られる可能性は少ないよ」

「わかった」

ネビルとジョージは背を向けていたため気づいていなかったが、二人の会話を後部ハッチで聞いていた人間がいた。その男は上官に命じられ、逃げ遅れた人間がいないか確認するために最下甲板に向かっているところだった。後部ハッチの階段を降りていたところでネビルとジョージを見たのだ。

男は息が止まるほど驚愕した。自分が幾度となく殺そうとした人物がそこにいたのだから。男は急いで身を翻すと下甲板の艦尾区画に入っていった。サーベル保管庫からカットラスを一つ手に取り、そのあとすぐに銃器室でピストルに弾込めを行った。

そのまま銃器室に身を潜(ひそ)めていると、艦尾区画の扉が開いてだれかが中に入ってきた。話し声も聞こえる。紛れもなく先ほどの二人組の声だ。男は息を殺し、足音が銃器室の前を過ぎていったとき、部屋の外に出て叫んだ。

「ジョージ！」

ネビルとジョージは驚いて振り向いた。

ネビルは目を見張った。

憎悪に顔を歪ませた主計長ウィリアム・パーカーがそこにいた。二人が何らかの行動をとる間もなく、パーカーはピストルを発射した。

犯人はパーカーしかありえないのだ。

容疑者の中でパーカーだけが、事件が起きた夜に用具保管庫に入った。彼だけがマスケットに取り付けられた糸を外す機会があったのだ。

ヴァーノンはそのときのことをふり返った。営倉でガリーの遺体を発見したあと、用具保管庫で何かが燃えていることに気づいた。すぐに隣の部屋に行き、燃え始めていたハンモックの火を踏み消した。そのあとやってきたのがパーカーだった。彼は砂の入ったバケツをハンモックにかけた。ごく自然な行為だったので、それからのパーカーの動向には注意を払わなかった。

そのあとの犯人捜しは士官候補生に任せたので、容疑者の士官たちは通路に集まり、それ以降用具保管庫に入る者はいなかった。だからパーカーならば、用具保管庫から出る前に何食わぬ顔でマスケットに触り、引き金に結ばれた糸を外すことができた。

他にもパーカーが犯人であればいろいろと筋が通る。主計長の寝床はファルコナーと同じ部屋だ。船大工長の道具箱から金槌（かなづち）を盗むなど容易だっただろう。また、彼は水兵あがりの士官だ。

ヤードからヤードに移り、索を滑り降りる胆力があって当然だ。そして、ガリーが虚偽の供述をした件もある。ホイスルが殺害されたあとに聞き込みを行ったとき、ガリーは船倉で犯人の姿を見たはずなのにそれを伏せていた。ガリーはそのときにはもうゆすりを目論んでいたのだろう。だからだれも見なかったという嘘を吐いた。だが、ホイスルが殺害されたときはまだアチューユ号を拿捕しておらず、賞金など影も形もない。我々が所持している金などたかが知れているのに、どうして危険なゆすりを計画したのか？ それは犯人がパーカーであれば説明がつく。パーカーは主計長で、彼はこの艦のあらゆる物資、つまり金も管理している。敵艦を拿捕する前では、金をたんまりゆすりとれる唯一の人間といっていい。

だがヴァーノンのこうした推理は爆発によって断絶させられた。その衝撃はすさまじく、ヴァーノンたちは立っていられなかった。棚は倒れ、壁に掛けられていた絵は落ち、机の上にあったものはすべて床に叩き落とされた。このとき燭台で灯されていた蠟燭の火も消えたため、艦長の執務室は暗闇に包まれた。

爆発が収まったとき、ヴァーノンの頭からは殺人事件のことは瞬く間になくなり、この緊急事態に対処するために意識が切り替わった。

「何事だ？」副長が大声を上げた。「いったいどうしたのだ？」

もちろんヴァーノンもマイヤーも答えられるはずがない。ヴァーノンは状況を把握すべく急いで露天甲板に飛び出した。

露天甲板に出ると、中央ハッチから黒煙が勢いよく立ち上っていた。その煙から逃れようと、艦内から次々と水兵たちが逃げ出してきている。ヴァーノンはすぐ近くにいた水兵を摑まえて、鬼気迫る表情で訊ねた。

「何があった？」

「下のほうで爆発があったんです」水兵は呆然とした表情で言った。

「爆発だと？」背後で声がしたのでヴァーノンはふり返った。真っ青な顔をしたマーレイがいた。

「被害はどれほどだ？」マーレイは水兵に詰め寄った。

「わ、わかりません。とにかく逃げるのに必死で……」

「役立たずめ！」

　マーレイは吐き捨てると湧き水のように出てくる水兵たちを押しのけて、後部ハッチから下に降りていった。ヴァーノンも被害をその目で確かめようと副長のあとに続いた。中甲板は煙と混乱する水兵たちだけだったが、下甲板に降りると爆発による破壊と燃え上がる炎が見えた。炎はみるみるうちに周りを飲み込んでいるところだった。艦内は下に行けば行くほどじめじめと湿気が籠っているが、猛火の勢いを押さえ込むほどの力はなかった。

　大穴が空いているところは充塡室のちょうど真上に当たる。そのためヴァーノンは何者かが充塡室に火を放ったのだと直感した。同時に戦慄がヴァーノンの内側から湧き起こった。充塡室の下には弾薬庫がある。充塡室と共に弾薬庫が爆発したならば船底が吹き飛び、今頃ハルバート号は沈み始めているところだ。だがハルバート号は未だ海上に浮いている。つまり弾薬庫の樽の中に入っている火薬はまだ無事なのだ。この事実は、このまま火が回れば先ほどよりも大きな爆発が起きることを意味していた。

「くそっ！」マーレイの声は半狂乱になった者が出すそれだった。「何でこんな事に！」

「副長！」

　燃えさかる大穴の向こう側から声が飛んできた。ヴァーノンは煙と炎の先にジャーヴィス海尉の姿を見てとった。サルのモンタナも一緒だったが、キイキイと喚きながらジャーヴィスの肩と頭の上を激しく往復していた。

「反乱です！　複数の水兵がこの爆発を引き起こしたようです！　フランス人捕虜どもがそう言っておりました」

「ミスター・ジャーヴィス！」ヴァーノンは大声を上げた。「今はおしゃべりをしている暇はありません！　退艦しましょう！」

「ならん！」マーレイが絶叫するように言った。「水兵どもを集めて消火活動を指揮せよ！」

ヴァーノンは啞然として副長を見つめた。

「副長、もう無理です！　退艦すべきです！」

マーレイはヴァーノンを睨みつけた。怒りと恐怖と焦燥がごちゃ混ぜになったその顔は、炎に赤く照らされて悪魔じみて見えた。

「退艦だと？　ふざけるな！　国王陛下の艦を見捨てろというのか？　わたしはこの艦を任されたのだぞ。沈めてなるものか！」

「おそらくこのあと弾薬庫が爆発します！　もう手遅れです！」

「今のこの艦の指揮官はわたしだ！　わたしの命令に従え！　汲み上げポンプはまだ生きているだろ。水兵どもを呼び戻して全員でバケツリレーだ」

マーレイは威圧するように炎を睨みつけた。

「こんな炎がなんだ。すぐに消える！」

それを証明したかったのか、マーレイはすぐ近くに落ちていた防火バケツを拾い上げた。バケツは横倒しになり、中に入っていた砂は半分零（こぼ）れていたが、マーレイは何の躊躇（ちゅうちょ）もなくそれを拾い上げると、小走りで大穴に向かっていった。

マーレイがバケツの中身をぶちまけようとした瞬間と、彼の足元が崩れたのは同時だった。穴の周りの甲板はすでに裏で炎がしゃぶり回して、堅牢さが抜き取られていたのだ。マーレイは叫び声を上げながら炎の中に落ちていった。

ヴァーノンとジャーヴィスは唖然として副長が消えていくところを見ていたが、ずっと惚けているわけにはいかなかった。

「ミスター・ジャーヴィス」ヴァーノンはショックを押さえ込んで言った。「艦首のほうの避難指示をお願いします。わたしは露天甲板に上がってボートを降ろすように命令を出します」

「わかった」

ヴァーノンは後ろをふり返ってぎょっとした。そこにはマーレイに告発するつもりだったパーカー主計長が立っていた。その顔は不安に満ちていた。

「何をしている、ミスター・パーカー？」自然と厳しい口調となった。

「いえ、下の倉庫にある軍資金が気になりまして……」

今はパーカーを断罪するときではない。一刻も早く無事に乗組員を脱出させることが最優先だ。

「もうすぐこの艦は沈む。金は諦めろ。今は避難を優先させる。……いや待て、主計長」ヴァーノンはまだ最下甲板を調べていないことに気づいた。「主計長、最下甲板に逃げ遅れた者がいないか確かめてきてくれないか？　わたしは露天甲板に行って指揮を執るのでな」

「アイ・サー」

「無理はするな」おまえには正当な裁きを受けてもらう必要があるのだからな。

こうしてパーカーはネビルとジョージを発見することとなった。

パーカーの放った弾丸はジョージの腹に命中した。ジョージは絞り出すような声を上げて後ろに倒れた。

「ジョージ！」ネビルは叫び声を上げたが、足の裏が甲板と一体化したようにその場から動けなかった。梁からぶら下がるランタンに照らされたパーカー主計長の姿を見て、ネビルは衝撃と恐怖を覚えた。こいつが、この男が殺人者なのだ。

「な、なんで？」ネビルはうわごとのように口走った。

「なんで？」パーカーのまぶたがぴくりと動いた。「おれがその男を撃った理由か？　理由なら単純だ。その男はおれの兄を殺した。だから殺すんだよ」

ジョージは傷口を押さえてうめき声を上げていた。苦しむジョージの姿を見てパーカーは満足そうに微笑んだ。

「最初から何かひっかかったんだ。補充員の名簿にあったジョージ・ブラックという名前を見たとき、どうにも気になって仕方なかった。白と黒、真逆だからこそジョージ・ホワイトという名前がすぐに思い浮かんだよ。それでもまさかとは思ったが、密かに食卓を確認しておまえの顔を見たときは、おれは神に感謝したよ。偽名を使うならもっと工夫するんだったな。それとも、自分の過去は真っ黒という罪の意識がそう名乗らせたのか？」

パーカーはくくっと笑った。

「あのナイフのプレゼントもお気に召してくれたようだしな。あんな反応を見せてくれて、おれもうれしかったよ。あれを見て、おれが長年抱き続けてきた考えは間違いじゃなかったとはっきりわかったよ」

あのナイフ？　ネビルは一瞬なんの事かと思ったが、すぐにある晩食事桶の中に入っていた、柄に緑色の石が埋め込まれたナイフのことだと思い当たった。あれを見てジョージは激しく動揺していた。

パーカーは話し続けていた。

「ちゃんと覚えていてくれたようで何よりだ。おれの兄はあのナイフに刺されて殺されていたんだからなあ。おまえがそれを見て動揺したってことは、やっぱりおまえが兄を殺したってことだ。そうだろ？」

ジョージはぜいぜいと息をするだけだった。

「大人数が乗る艦でどうやってだれにも気づかれずにおまえを殺すか悩んだが、自然と機会が巡ってきた」パーカーは苛立たしげに首を振った。「まあ、その機会をモノにすることはできなかったがな。二回目の殺しのときは水兵に見られて、ゆすられるなんてヘマをしちまったし。おかげで余計な仕事が……」

ここでパーカーは何かに気づいたようにはっとした表情を見せた。

「おっと、長話は厳禁だった。この艦はもう長くないようだし、おまえらを殺してさっさと逃げないとな」

パーカーはピストルを捨ててカットラスを構えた。

「最後の最後に、最高の機会が巡ってきた。この大混乱のなかなら遠慮なくやれるぜ」

「よ、よせ」ジョージが声を震わせながら言った。「ネビルは関係ない」

「関係なくてもなあ……見られたら殺すしかないだろうが！」

「ネビル、逃げろ」

ネビルにはジョージを置いて逃げることなどできなかった。それに、たとえ逃げたとしてもすぐに追いつかれるだろう。パーカーから逃げ切るには、艦尾の砲門まで走って、砲門を開き、そこから身を乗り出して海に落ちる必要があった。だが実際にそれを行動に移せば、海に入る前に背中から斬りかかられて終わりだろう。ネビルとパーカーの距離はそれほど近かった。

ネビルは腹を括った。助かるにはパーカーに立ち向かうしかない。しかし、周りには武器になりそうなものはなにもない。丸腰でカットラスを持ったパーカーに立ち向かうのは絶望的に思えた。

だがふと、コフラン海尉の言葉が甦った。戦闘訓練の際に、コフランはこの言葉を何度も繰り返し、水兵たちに近接戦の基礎を叩き込んでいた。

〝カットラスの基本は突きだ〟

これしかない。ネビルはかつてないほど意識を集中させてパーカーと対峙した。

パーカーがカットラスを構えたままじりじりと近づいてくる。

「うおおおおおおお！」

ネビルは雄叫び（おたけ）びを上げて大きく一歩踏み出した。パーカーはネビルが突進してくると思い、さっとカットラスを前に突き出した。だがカットラスは空を突いただけであった。ネビルは最初の一歩だけ大きく前に出たものの、次の瞬間には思い切り横っ飛びをして隔壁に背中から当たった。そしてぶつかった反動を利用してすぐさまカットラスを握っているパーカーの腕に飛び付いたのだ。ネビルは死に物狂いでパーカーの右手を摑み、カットラスを奪い取ろうと奮闘した。

「ちい！　離せ！」

パーカーは空いているほうの手でネビルの後頭部を殴りつけた。さきほどガブリエルにやられたダメージがまだ残っていて、頭の中に火花が散るような痛みが走った。それでもネビルは手を離さずに抵抗した。ここで手を離したらすべてが終わる。

二発目の打撃がネビルを襲った。鋭い痛みがネビルの身体から力を奪おうとしたが、彼は必死に耐えて殺人者の腕にしがみつき続けた。ふと、ネビルの視界にパーカーの右手の甲に彫られた髑髏(どくろ)のタトゥーが入った。その剝き出しの歯は、ネビルの努力を嘲笑(あざわら)っているかのように見えた。

事実、ネビルのほうが圧倒的に不利だった。パーカーの意表を突くことには成功したが、相手は長年軍役に就いている海の男だ。力ではパーカーに軍配が上がっている。パーカーはこれで終わりだと言わんばかりに思い切り腕を振り上げた。

しかし、その手が振り下ろされることはなかった。ネビルとパーカーのもみ合いは、人には抗(あらが)いようのない力によって唐突に終わりを迎えた。弾薬庫に侵入した炎が火薬樽の一つをついに破り、爆発が起きた。爆発は周りの火薬樽を巻き込んで、ハルバート号にとどめを刺す大爆発となった。その衝撃は下甲板の艦尾区画の壁を粉々に吹き飛ばし、ネビルとパーカーは巨人の手に押されたかのように倒れた。

ネビルは左肩を激しく打ちつけ、左腕全体が熱く痺れた。おまけに倒れたときにパーカーから手を離してしまったので、いつカットラスの刃先が襲ってきてもおかしくはなかった。ネビルは必死になって立ち上がり、パーカーに向き直った。

だが急ぐ必要はなかった。パーカーのうなじには、先ほどまで壁の一部であった大ぶりの木片が深々と突き刺さり、血が止めどなく流れ出ていた。パーカーは二度と起き上がることはなかった。

ネビルは肩で息をしながらパーカーを見下ろしていたが、事態が飲み込めると急いでジョージに駆け寄った。

「ジョージ、ジョージ大丈夫か？」

「あ、ああ……」

ジョージの身体には細かい木片が降り注いでいたが、パーカーのようにそれが肉体を突き破ってはいなかった。だが、パーカーに撃たれた箇所には大きな血のシミができている。

「ジョージ、立てるかい？　早く逃げよう」

ネビルは肩を貸して何とかジョージを立たせた。二人は艦尾の砲門を開けた。ハルバート号は着実に沈没しつつあり、砲門から海面までは驚くほど近かった。ネビルは先にジョージを砲門から外に押し出し、自分もあとに続いた。海は身が締め付けられるように冷たく、長く浸かっていれば死んでしまいそうだとネビルは思った。

「ジョージ、大丈夫か？」ネビルは夜の海に浮かぶジョージに呼びかけた。

「ああ」返事はあったがひどく弱々しかった。

ネビルの背中に何かが触れた。手を伸ばすとそれは大きな木板だった。おそらく外板に使われていたものだろう。

「ジョージ、艦の残骸がある。これに掴まろう」

二人は木板に掴まって救助を待った。船体に遮られて様子こそ見えないが、艦の側面は喧噪に満ちていた。甲板から海に次々に人が飛び込む音、混乱した叫び声、ボートをどこどこに回せと命令している大声、みなが助かろうと必死になっている光景がネビルの脳裏に浮かんだ。

炎は今や艦の外にまで噴き出し始めており、闇夜を照らす巨大なかがり火となっていた。

「ねえ、ジョージ」ネビルが口を開いた。「さっきパーカーが言っていたことだけど……」

ジョージは静かな口調で語り出した。

「ああ、おれが過去に脱艦したとき、仲間を殺したと言ったな。それがパーカーの兄ケインだ。おれが最初に乗せられた艦はフリゲート艦で、パーカー兄弟は上級水兵(エーブル・シーマン)だった。おれとケインは同じ食卓班になって、よくしてもらったよ。そんな親切にしてくれた男を、おれは殺したんだ」

「なんで?」ネビルは訊ねずにはいられなかった。「なんでそんなことをしたのさ?」

ジョージは溜息を一つ吐いた。

「金だ。脱出するための補給船に払う金が必要だった。そのときおれが持っていた金だけじゃ、補給船に密航させてもらえなかった。おれはケインがまとまった金を持っていたのを知っていた。その金を合わせれば足りたんだ」

「いくらだったんだ?」

「船長と交渉して金貨十枚にしてもらった。おれとケインの持ち金を合わせれば、その額は支払えたんだ」

ネビルは驚いた。

「たった二人の水兵がそんな大金を持ってたのか?」

「フリゲート艦は敵国の商船を拿捕することがある。制圧した商船に乗り込んだとき物資の他にあるんだよ、売上金が。おれとケインは、商船への乗り込み組に選ばれたときに、その金をちょっとばかりちょろまかしたことがあったんだ。まあ役得ってやつだ」

ジョージはここで歯を食いしばって息を吐いた。身も凍る海に浸かっているというのに、額には汗が輝いていた。

「補給船を使って逃げようと決めたとき、おれはケインを船倉に呼び出して、理由を話して金を譲ってくれるように頼んだ。ところがけんもほろろに断られてな。まあ、今思えば無理もない話だ。だがそのときのおれは自由を渇望していた。艦から逃げるという、長い年月の間願っていたことがすぐ目の前にやってきたんだ。おれはそれが地獄から逃げ出す最後のチャンスだと思ったんだよ。だからおれは、持っていたナイフでケインを殺して金を奪ったんだ」

ネビルは黙ってジョージの話を聞き続けた。

「おれは逃げ出すことができたが、こうして海軍に戻ってくることになるとはな。しかも、乗せられた艦にパーカーが乗っているなんてよ。おれがケインの胸に突き立てたナイフが再び目の前に出てきたとき、犯した罪からは逃げられないと神に告げられた気分になったよ。この艦で起こった殺人は、全部おれのせいだ。おれが罪を清算しなかったから……」

ジョージは咳き込んだ。

「だが、ついに報いを受けるときがきた……」

「ジョージ……」ネビルの目から涙が零れ落ちた。

「ネビル、最後に一つだけ言っておくぞ……ガブリエルたちの計画については一言も話すな。訊かれてもしらを切れ。じゃないとこの破壊を招いた一味として縛り首になるぞ」

「でも、ぼくは確かにガブリエルたちと結託してた」

「最後は違っただろ。おまえはあいつらの計画を止めようとしたじゃないか。たとえそれが失敗だったとしても、おまえは正しいことをしようとする意志を見せた。おまえの意志をおれは知っている」

ジョージはゆっくりと目を閉じた。

「おれが知っているなら、神もちゃんと知ってくださっているさ。おまえはおれとは違う……罪の意識を抱く必要はない。胸を張って、生きろ……」

ハルバート号の赤々と燃える光がジョージの顔を照らした。その顔は、嵐を切り抜けたあとで港を見つけた艦長のように穏やかなものであった。

「ジョージ？」ネビルは呼びかけたが、返事はない。

ひときわ大きな波が、二人が身を預ける木板にぶつかった。ジョージの身体はやすやすと板から離れ、海上を漂い始めた。

「ジョージ……ジョージ！」

ネビルはただただ友人の名前を呼び続けることしかできなかった。それが無意味なことだとわかっていても、口を閉じることはできなかった。

ネビルの声は段々と大きくなっていき、最後は涙を流しながら絶叫するようになった。

「おい、向こうにだれかいるぞ！」どこからともなく大声がした。

ネビルの声を聞きつけて、炎に照らされた金波銀波をかき分けながら一隻のボートがネビルのほうに近づいてきた。

そのボートはヴァーノン海尉が指揮を執っていた。水兵たちは、泣きじゃくるネビルをボートに引っ張り上げた。

「おい、ネビルじゃねえか！」マンディだった。

ガイ、コグ、ラムジー、チョウ、ジャックも同じボートに乗っていた。彼らは錯乱しているネビルをなだめた。

「あそこにもだれかいます！」水兵の一人が水面に浮かぶジョージを指差した。

ヴァーノンは炎に照らされたその顔を見て驚愕した。

「ジョージ・ブラック？　なぜ彼が？　彼は海戦で死亡したのではなかったのか？」

「さっきまで、さっきまで生きていたんです」ネビルは涙を流しながら言った。

ヴァーノンはいくつもの問いを脳裏に浮かべたが、今は優先すべきことがあった。

「詳しい話はあとで聞こう。生存者の救助が先決だ」

ネビルが救出されたあとも救命活動は続けられた。港から出てきたさまざまな船も合流し、一人でも多くの船員を救おうと尽力した。

すべての船が岸に向けて戻り始めたとき、英国海軍の誇りであり、ネビルにとっての監獄だったハルバート号は、その姿を海底へと消したのであった。

エピローグ

その家では新しい命が誕生しようとしていた。親族が寝室の前に集まり、そのときを今か今かと待ち望んでいた。しかし、新しい命を歓迎する雰囲気の中に暗い陰がわだかまっていた。

寝室では女が、身体が引き裂かれそうになる痛みに耐えつつ、新しい命をこの世に送り出した。産婆に取り上げられたその赤子（あかご）は、きれいに身体を洗われ、清潔な布にくるまれて母となった女の横にそっと寝かされた。

親族たちが入ってきて祝福の言葉をかけたが、その笑顔の中には一抹の懸念がうっすらと混じっていた。

親族たちは寝室から出ていき、女と赤子の二人だけとなった。女は身を起こして我が子をその腕に抱いた。

喜びはなかった。彼女の心を占拠していたのは不安であった。日常はあの日を境に崩れ去り、思い描いていた未来は消え去った。この先のことを思うと、女の目から涙が溢れ、赤子の頬に零（こぼ）れ落ちた。

そのとき、玄関のドアが開く音がし、次に親族たちが一斉に驚きの声を上げたのが聞こえた。親族たちの声は静まることを知らず、大騒ぎが続いた。その騒ぎ声の中に女は彼の名前を聞いた。

心臓が大きく跳ね上がった。彼女は魅入られたかのように寝室のドアを見続けた。やがてドアは開かれ、男が入ってきた。

日に焼け、顔つきも精悍なものとなっていたが見間違いようがなかった。生涯を誓い合った男がそこにいた。

男と女は互いに名前を呼び合った。二人の目はすでに涙でいっぱいだ。

男が乗っていた艦は沈み、船員があぶれることとなった。そのため水兵から除隊希望者を募った。引き続き軍に残る者は他の艦に配属されるが、除隊希望者はそこで軍籍から離れられる。士官や下士官、海の男であることに誇りを持つ水兵や愛国心溢れる者は引き続き軍役に就いた。艦に乗って日の浅い者や艦上生活で疲弊しきった者は海から去っていった。

男は後者だった。彼は迷わず除隊を希望した。男は艦でできた友人たち一人ひとりと抱擁を交わして別れを告げたあと、まっすぐ懐かしの我が家を目指し、今こうして彼女の元に戻ってきたのだ。

男は耐えきれなくなり嗚咽した。暗い艦の中で幾度となく再会を渇望した女が、今、目の前にいるのだ。男はベッドまで近づくと、女と赤子をまとめてその腕に抱いてから、涙声で言った。

「ただいま」

参考文献

●書籍
輪切り図鑑クロスセクション　帆船軍艦　スティーブン・ビースティー画　リチャード・プラット文　宮坂宏美訳　あすなろ書房
図説イングランド海軍の歴史　小林幸雄　原書房
図説英国の帆船軍艦　ジェイムズ・ドッズ、ジェイムズ・ムーア　渡辺修治訳　原書房
海の覇者トマス・キッド（一）　風雲の出帆　ジュリアン・ストックウィン　大森洋子訳　早川書房
海の男ホーンブロワーシリーズ（一）　海軍士官候補生　セシル・スコット・フォレスター　高橋泰邦訳　早川書房

●YouTube
HMS Victory: Total Guide Part 1 by Epic History TV
HMS Victory: Total Guide Part 2 by Epic History TV

第三十三回鮎川哲也賞選考経過

　小社では一九八九年、「《鮎川哲也と十三の謎》十三番目の椅子」という公募企画を実施し、今邑彩氏の『卍の殺人』が受賞作となった。翌年鮎川哲也賞としてスタートを切り、以来、芦辺拓、石川真介、加納朋子、近藤史恵、愛川晶、北森鴻、満坂太郎、谺健二、飛鳥部勝則、門前典之、後藤均、森谷明子、神津慶次朗、岸田るり子、麻見和史、山口芳宏、七河迦南、相沢沙呼、安萬純一、月原渉、山田彩人、青崎有吾、市川哲也、内山純、市川憂人、今村昌弘、川澄浩平、方丈貴恵、千田理緒各氏と、斯界に新鮮な人材を提供してきた。
　第三十三回は二〇二二年十月三十一日の締切までに百八十六編の応募があり、二回の予備選考の結果、以下の五編を最終候補作と決定した。

矢崎紺　　ＩＮ ＮＯＭＩＮＥ
小松立人　そして誰もいなくなるのか
河原采　　追杉一途と四つの失恋
三日市零　シュープリーム・カクテル
岡本好貴　北海は死に満ちて

　最終選考は、辻真先、東川篤哉、麻耶雄嵩の選考委員三氏により、二〇二三年三月三十日に行われ、次の作品を受賞作と決定した。

岡本好貴　　北海は死に満ちて

更に、次の作品を優秀賞と決定した。

小松立人　　そして誰もいなくなるのか

＊

受賞者プロフィール
　岡本好貴（おかもと・よしき）氏は一九八七年岡山県生まれ。岡山県在住。鳥取大学大学院修了。現在は動画投稿者。

　なお、受賞作は刊行に際して『帆船軍艦の殺人』と改題した。

第三十三回鮎川哲也賞選評

辻　真先

今年こそ鮎川賞受賞者を発掘したい。と思ったけれど、イヤそんな前提で選考するなんて、投稿したみなさんに失敬だし、東京創元社はむろん、亡き鮎川先生にだって申し訳ない。それくらい百も承知しているのだが、脳内に膨らむ風圧のせいで、ことに前半目を通した候補作については、甘い採点という気分がぬぐえなかった。

　たとえば『そして誰もいなくなるのか』である。オオかの高名な作に正面から挑んだか、いい度胸だ。それなりに作者の自負あってのことだろう。まずそう考えて読んだ。はじめの設定に強引さを覚えたが、展開はスムーズで登場人物が死んでゆく状況に既視感はあっても、あの作品とは舞台がまるで違うから、それなりの手応えを覚えて読了。――さて熟考した。するとやはり不満が湧いて出た。かの名作にない工夫は買うものの、描写の粗さが残念でぼくはついてゆきにくかった。もうひと練りほしいのは選者の欲張りだったろうか。ラストを「女か虎か」の手で締めたのも、この局面では収まりがわるい。だってあれでは勝敗がミエミエだもん。ふたりが互いに守るべきモノを背負って戦うなら、それぞれ擁するモノの重みは等量であるべきだ。予想できない勝敗の盛り上がりあってこその、リドルストーリーではなかったか。

『ＩＮ ＮＯＭＩＮＥ』は史実の貫禄で、がっつり読ませてくれた。コロンブスを助けて大航海時代に帆を孕ませた船乗りの物語を縦糸に、折ふしおきるミステリアスな事件を横糸に編んだ構えは大きく、探検ものとしてカタルシスを覚える場面も貴重だが――ぼくの甘さを差し引いて再考すれば、二兎を追って一兎も得られなかった憾みがのこる。少年水夫に扮した王女など役どころは面白いけれど、リアル世界から観照すれば、トイレはどうなる風呂をどうした？　後段マゼランの世界一周談まで加わるに至っては、むせ返る潮の匂いの前に、謎の香気がケシ飛んでしまった。筆力はあるのに、最初の企画段階で煮詰める労を怠ったのだと思う。

『追杉一途と四つの失恋』は学園ものであった。ひねくれホームズと元気印のワトスンという組み合わせは定石だが、探偵役がただの陰キャラどころか〝あの子〟のストーカーというのは、突き抜けていていい。〝あの子〟に関するかぎり徹底的に謎を追うが、さもなければ一顧もしないというのもいい。当然ながらぼくは、ホームズと〝あの子〟のかかわりがどう変化して幕切れになるのかと期待しつつ読んだ。オムニバスのミステリ趣向で、螺旋を描くように切迫してゆくものと思っていたら、最後がワトスンの苦い恋バナになってエンドだったから、肩すかしを食わされた。これはぼくが最初から読み違いして、あらぬ期待を寄せてしまったのか。曖昧模糊な〝あの子〟の存在を、作者は少年のひたむきな慕情の対象として象徴化していたのか。目が届かなかった不明を詫びながら、まだぼくは首をひねっている。

『シュープリーム・カクテル』は、とある小さなバーに集う人々を媒介にした謎語り。各章の見出しにカクテルの名があしらわれて、呑み助のぼくは目次を見ただけでそそられた。第一章「レディ・キラー・キラー」では、店を切り盛りする主役のバーテンダーに早くも仕掛けが施されて、作品の成分にミステリ色の濃いことがわかる。スイスイ各話を読まされて、中でも第四章にあたる猫のミルクの失踪話は感銘ののこる挿話であった。だがこの連作集には、隠された一本の太い筋が貫かれている。それを暴くのはこの店の先代バーテンダーなのだけれど、どんな経緯で彼が真犯人を突き止めたのか、裏にまわされ読者はおいてけぼりだ。いくらなんでもマズイと思わせたのは、残念だ。

『北海は死に満ちて』の作者は、本賞最終候補の常連である。（これで五年連続でしたか？）英国あるいは植民地を舞台にしながら、その都度おもむきを変えたミステリで応募してくる。間口の広さは申し分ないのに、軸となるミステリ度にバラツキがあって長蛇を逸していた。候補作を読み進むにつれはじめの甘さを反省したため、トリとなった本作をぼくはけっこうシビアな目で見たつもり。よく調べてあるのは毎度だが、果たしてミステリ度の底上げに結びつくのか。みごとに的のシンを射抜いていた。帆船の構造に着目して読者の盲点を衝き、さらに終盤で明らかとなるこの物語ならではの、巨大なトリックにも感じ入った。ドラマ全体の結構も纏まっていて後味がとてもいい。細部の取捨はあるべきだろうが、今は素直に五度目の挑戦と、その成果としての栄冠をお祝い申し上げたい。岡本さん、頑張りましたね。おめでとうございます。

東川篤哉

今年も鮎川賞が出なければ、三年連続正賞受賞作ナシという異常事態（二年でも充分に異常ですがね）。正直それだけは避けたいという思いで、恐る恐る候補作を読んだところ、どうやら今年は鮎川賞が出せそうな好感触でホッとひと安心。とはいえ、「では、どの作品が？」と考え出すと、「文句なくこれ」といえるほどの作品はない。案の定、選考会では三人の選考委員が文字どおり三者三様の考えで別々の作品を推す展開となりました。

『ＩＮ　ＮＯＭＩＮＥ』

　大航海時代を舞台に、語り手の「僕」が「提督」とともに航海の先々で五つの謎に遭遇する。凡手では到底扱えない題材をよく調べ、優れた文章力でそれなりに読ませる。作家としての力量は充分。だが肝心のミステリ部分が弱い。例えば一話目、死体の処理方法として「けっして開けられることのない引き出しに隠し」てから「犬に食わせた」という話だが、犬の世話をする立場の人間がその引き出しを自由にできたとは思えず、そもそも死体をどうやって引き出しまで移動させるのかも、よく判らない。そのほか、作者はたびたび叙述トリック的な仕掛けを施すのだが、それがあまり効果的ではなく、かえってアンフェアな印象を与えてしまって残念。最後に明かされる「僕」の正体も驚きには繋がらなかった。

『そして誰もいなくなるのか』

　過去に盗みを働いた四人の男が、隠したカネを掘り返しに行く途中、車が災害に巻き込まれて全員死亡。ところが「死神」の力で一週間前に時間が戻って——という特殊設定ミステリ。ひとり死にふたり死に、という展開は一気読みのスリルがあり、その裏に隠された真相も大変面白い。が、驚きがあるか否かは微妙。限られた人物の中で意外な犯人は誰か、と考えていくと勘のよい読者は早い段階で結末に気付くだろう。その意味でサプライズには欠けるが、サスペンスは大いにある作品。問題は「死神」の設定で、これが何のために時間を過去に戻すのか、その説明がない。こじつけでもいいから、何か理由がないと読者は納得しないだろう。そういった諸々の書き直しを条件に、これを優秀賞とすることに決定した。

『追杉一途と四つの失恋』
キラキラネームの女子がストーカー気質の男子とともに、いくつかの謎に遭遇する学園モノ。「盗撮したビデオに写る透明人間っぽい映像」など優れた謎の提示がある一方で、「現金の入った茶封筒をゴミ箱に隠す泥棒」みたいな無理筋も見受けられて、受賞にはいま一歩届かなかった。が、それより何より、追杉くんが一途に追いかける「あの子」の存在が、あまりに謎すぎる。「あの子」の正体は何か。なぜ「あの子」の周囲で事件が頻発するのか。当然そんな興味を持って読み進めたのだが、説明ナシで終了というまさかの展開。お陰で追杉くんのキャラも中途半端な印象となった。ひょっとすると作者としては長く続くシリーズの第一巻のつもりかもしれないが、この一作のみでは評価のしようがなかった。

『シュープリーム・カクテル』
バーテンダーの視点で五つの事件が語られるバー・ミステリ。文章が達者でバーの雰囲気がよい。一人称を省いて語る技量は見事で、なおかつ、その独特の文体がトリックと結びついている点も好印象。そう思って私はこの作品を一位に推したのだが、一方で問題点も多い。例えば、仮装してバーを訪れている犯人が、わざわざ仮装を解いて逃走する意味はないだろうとか、後妻業の女と知って結婚する男などいないはずとか、あるいは警察も手を焼く連続殺人鬼を素人が発見できるものなのかとか、ツッコミどころが目立つのだ。一話ごとの完成度を高めれば、全体の優れた構成も活きるのだが、そのためには相当な書き直しが必要だろう。そう考えると、私もそこまで強く推すことはできなかった。

『北海は死に満ちて』
この作者が最終候補に残るのは、これで五回目。今回の舞台は英国海軍の軍艦、しかも帆船というのが珍しい。そこで起きる連続殺人は不可能趣味もあって、まさに本格という雰囲気でよい。序盤が長すぎるのは欠点だが、ひとたび事件が起きるとテンポもよくなり、終盤は怒濤の展開へとなだれ込む。中にひとつ、この舞台でのみ可能なトリックがあって大いに感心したのだが、作者はその魅力に気付いていないのか、妙にアッサリと扱っているのがもったいなかった。全体的に見て、当時の海軍や帆船に纏わる蘊蓄が多いのだが、逆にそこがこの作品の読ませどころともいえる。無駄な部分を多少削れば、それほど改稿せずに刊行できる程度の完成度の高さがあり、これを正賞受賞作とすることに決定した。

　というわけで今回は無事に鮎川賞と、おまけに優秀賞まで出すことができました。選に漏れた候補作も受賞した二作との差は僅かなもの。気を落とさずに、またの挑戦を！

麻耶雄嵩

三年ぶりに鮎川哲也賞の正賞受賞作が決定しました。岡本好貴さんの『北海は死に満ちて』です。おめでとうございます。

本作は近世ヨーロッパ、フランスと戦争中のイギリスの軍艦が舞台です。酒場で無理矢理に徴募された新米水兵の主人公が、いつ敵艦に遭遇するかわからない緊張感が漂う艦内で連続殺人事件に巻き込まれます。

殺人は三つ起こり、それぞれに工夫がなされています。特に最初の不可能犯罪が船上ならではのトリックでとてもおもしろかったです。また犯人特定のロジックも鮮やかでした。不満があるとすれば最初の事件の謎解きを途中であっさりとしてしまうところ。第二、第三の事件も悪くはないのですが最初ほどのインパクトはないので、最後まで引っ張った方がミステリ的なカタルシスもより大きかったと思います。

作中で、軍艦での生活は下っ端にとっては地獄だ、二度と生きて陸に戻れない、と何度も強調されますが、けっこう和気藹々と話が進みます。飄飄とした作者の持ち味というか、状況の深刻さよりも謎解きを優先するスタイルは個人的には好みです。いきなりハッピーエンドになるのもいい感じです。

とはいえ敵艦との交戦などストーリー的に盛り上げるべきところは盛り上げ、しかもきちんとトリックに関与していたりして、正賞受賞にふさわしい作品だったと思います。

『そして誰もいなくなるのか』小松立人。

はやりの特殊設定の長編ミステリですが、犯人の動機に驚かされました。ここだけを評価するなら受賞もあり得たくらいです。最大の問題は、特殊設定があまりにもトリックのための設定だったことです。事故死した主人公たちを死神が延命させてくれるのですが、理由の説明も特になく、結局作者がトリックを成立させたいがためだったことが解ります。もちろん多くの特殊設定ミステリも本質的には同じですが、作中での大義名分があったり、普遍的な設定の盲点をついたりと、いわば作者の腕の見せ所でもあります。そこを省略されると、作者の意図が透けて見えすぎて、真相が提示されたとき驚きと同時に興醒めになってしまうのがもったいなかったです。とはいえその部分が補強されれば充分にすばらしい作品と思うので、優秀賞の受賞に異議はありませんでした。

『IN NOMINE』矢崎紺。

コロンブスを探偵役に新大陸発見の歴史を舞台にした連作短編ミステリ。四話目の動機が美しく、そのためだけにこの時代をチョイスしたと云われても納得するできばえです。続く最終話も叙述トリックの組み立てはとてもすばらしいです。ただ読者を驚かせるには、トリックに氷が必要なことを予めすり込ませておいた方がいいのでは。一気にあれもこれも説明されたせいで、おそらく作者が目論んだほどのサプライズは得られませんでした。そこがとてももったいなかったです。あとラスト二話と比べると三話目までの話が小粒で物足りませんでした。せめてつかみの一話がミステリ的に濃度が高ければ、結果は違っていたかもしれません。

これは評価とは関係ないのですが、歴史上の人物を登場させたため、当初意気軒昂だったコロンブスが落魄する展開は哀しかったです。織田信長が主役のドラマを本能寺まで見る感じというか。史実を改竄するわけにもいかず、やむを得ないことですが。

『シュープリーム・カクテル』三日市零

隠れ家的バーを舞台とした安楽椅子探偵物。書きぶりが巧みで、バーの常連客のキャラクターも少ない出番ながら印象に残ります。なので作中のバーと同様に、小説の雰囲気はとても居心地がいいです。しかし各話のトリックが悪くはないですがおとなしく、どれか一編だけでも心に刻まれるものがあれば評価はもっと上がったと思います。

逆に連作短編としての構想は独創的で秀逸でした。ただ実際の運用に物足りなさを感じました。ある事件を体験した犯人がそれを模倣した犯罪を行うのが手がかりなのですが、模倣の仕方が概念的で、むしろほぼ同じ犯罪を起こすような、他人が書いたらパクリと非難されるほど具体的にパクった方が効果的だったと思います。犯人は頭脳明晰に描かれているため、その程度のトリックはゼロから思いつきそうなので、手がかりとして機能せず、連作の仕掛けの意外性が薄らいでしまっています。話をそつなくまとめていただけになおさら残念でした。

『追杉一途と四つの失恋』河原采

五作の中では唯一の日常系学園物です。まず探偵のキャラクターがおもしろかったです。同級生の女子生徒を好きすぎて盗撮までする危険なストーカーなのですが、異常性をうまくユーモアで包んで描いていました。

全体としては連作短編の縦糸となる黒幕の手口があまりに拙い印象で、その目的なら恋敵を排除するよう手を替え品を替えるべきだったのではと思いました。頭がいいのか悪いのか判断に困るというか、黒幕ならもっと悪知恵を働かせてほしかったです。

気になったのは主人公の少女がミステリのトリックを成立させるために都合がいい性格で（特に一話）、それは各話の被害者や犯人も同じでした。『そして誰もいなくなるのか』の時にトリックを成立させるためだけなのか露骨な特殊設定は興醒めすると書きましたが、本作では登場人物のキャラクターがトリック成立のために形成されているようで醒めてしまいました。キャラクターのリアリティにはさほど拘らない性分ですが、逸脱した部分が人間性や物語の彩りではなくトリックのためだとさすがに気になります。結果的に奇人変人として描かれているはずの探偵が一番まともな人間に見えてきたのはさすがに問題かと思います。

帆船軍艦の殺人

2023年10月6日　初版

著者
岡本好貴

装画
鈴木康士

装幀
岩郷重力＋R.F

発行者
渋谷健太郎

発行所
株式会社東京創元社
〒162-0814　東京都新宿区新小川町1-5
03-3268-8231（代）
http://www.tsogen.co.jp

印刷
フォレスト

製本
加藤製本

ISBN978-4-488-02567-0　C0093

鮎川哲也賞

創意と情熱溢れる鮮烈な推理長編を募集します。未発表の長編推理小説（四〇〇字詰原稿用紙換算で三六〇〜六五〇枚）に限ります。正賞はコナン・ドイル像、賞金は印税全額です。受賞作は小社より刊行します。

創元ミステリ短編賞

斯界に新風を吹き込む推理短編の書き手の出現を熱望します。未発表の短編推理小説（四〇〇字詰原稿用紙換算で三〇〜一〇〇枚）に限ります。正賞は懐中時計、賞金は三〇万円です。受賞作は『紙魚の手帖』に掲載します。

注意事項（詳細は小社ホームページをご覧ください）

・原稿には必ず通し番号をつけてください。ワープロ原稿の場合は四〇字×四〇行で印字してください。
・別紙に応募作のタイトル、応募者の本名（ふりがな）、郵便番号、住所、電話番号、職業、生年月日を明記してください。また、ペンネームにもふりがなをお願いします。
・鮎川哲也賞は八〇〇字以内のシノプシスをつけてください。
・小社ホームページの応募フォームからのご応募も受け付けしております。
・商業出版の経歴がある方は、応募時のペンネームと別名義であっても応募者情報に必ず刊行歴をお書きください。
・結果通知は選考ごとに通過作のみにお送りします。メールでの通知をご希望の方は、アドレスをお書き添えください。
・選考に関するお問い合わせはご遠慮ください。
・応募原稿は返却いたしません。

宛先　〒一六二-〇八一四　東京都新宿区新小川町一-五　東京創元社編集部　各賞係